Sanne Hipp

Die nächste Frau

Für Katja — für die beste Rezension

Die nächste Frau
Sanne Hipp

sanne.hipp@web.de
ISBN-13: 978-1484956076
ISBN-10: 1484956079

1

Manchmal gab es Tage in ihrem Leben, an denen ihr einfach alles gelang, und dieser Tag gehörte eindeutig dazu. Sie würde ihn im Kalender ankreuzen und ihn dankbar in Ehren halten, nahm sie sich vor. Alex hatte ihren Arbeitsvertrag unter Dach und Fach und war schon wieder auf dem Heimweg. Was hatte sie doch für ein Glück! Unbändige Freude stieg in ihr auf. Noch nie war sie so problemlos zu einer neuen Stelle gekommen, und dann auch noch zu ihrem Traumjob! Sie drückte sich genießerisch in ihren Sportschalensitz und juchzte einen leisen, unterdrückten Freudenschrei.
Ihr Leben würde sich mit dem heutigen Tag verändern, zum Positiven. Jetzt konnte sie Kontakt mit ihrer Maklerin aufnehmen, konnte umziehen, denn sie hatte den Job, mit dem das Sauerland gelockt hatte. Vielleicht eine kleine Umstellung für jemanden, der in Bochum groß geworden war, aber es gefiel ihr hier.
Alex ließ ihren Blick über die Felder schweifen. Jetzt würde es mit jedem Tag wieder grüner werden. Es war erst Mitte März, aber die Sonnenstrahlen hatten bereits die Kraft eines Sommertages. Der Himmel über ihr erstrahlte in einem kräftigen Blau, durchzogen von einigen wenigen Schönwetterwolken.
Da weit und breit kein anderer Autofahrer unterwegs war, konnte sie es sich erlauben, ihre Geschwindigkeit auf 50 Stundenkilometer zu drosseln, um das Dach ihres Boxters zu öffnen. Sie drückte auf einen Knopf an ihrem Armaturenbrett, innerhalb weniger Sekunden faltete sich das Stoffdach zusammen und versenkte sich im Kofferraum. Die Heckklappe schloss sich wieder, mit einem leisen Geräusch.
Die Gerüche des Frühlings strömten vielversprechend auf sie ein. Herrlich.
Sie fuhr gerade in eine enge Kurve, als sie zum Bremsen gezwungen war. So ein armes Schwein schob sein Motorrad aus der gefährlichen Enge bis zur nächsten Einmündung eines Feldweges. Alex verringerte ihr Tempo und fuhr rechts ran. Vielleicht konnte sie ihm ja etwas helfen.

Sie schaltete das Warnblinklicht an und wartete auf den Fahrer mit seiner Maschine.
Es dauerte nicht lange, bis er sie erschöpft erreichte und sein Motorrad auf den Seitenständer abstellte. Sie musterte es interessiert.
Es war eine Chopper, ein gemütliches Motorrad mit niedriger Sitzposition und hohem Lenker, wie geschaffen zum entspannten Touren. Aber natürlich nicht zum Schieben. Sie konnte den Frust des Fahrers durchaus nachempfinden.
„Was ist los? Ist Ihnen der Sprit ausgegangen?", rief sie ihm entgegen, stieg aus und ging auf ihn zu.
Er nahm den Helm ab. „So ein Scheiß-Moped!" Auch wenn die Stimme vor sich hin schimpfte, sie hatte einen angenehmen Klang. Aber vielleicht empfand Alex das auch nur so, weil es eindeutig eine weibliche Stimme war. Und einer sehr attraktiven Frau gehörte, stelle sie mit einem verblüfften Blick fest. Gerade strich sie sich mit einer fahrigen Bewegung über ihre kurzen, glänzenden blonden Haare.
„Kann ich Ihnen helfen?", wiederholte Alex ihre Frage. Es war kein leeres Angebot – schließlich war sie selbst lange Jahre Motorrad gefahren.
Auch aus unmittelbarer Nähe sah die Fremde sehr anziehend aus. Ihre Deckhaare waren länger gelassen, nur an den Seiten und im Nacken zentimeterkurz geschnitten. Ihr Friseur verstand eindeutig etwas von seinem Handwerk. Es betonte in besonderer Weise die schöne Kopfform der Fahrerin. Ihre Ohren wiesen mehrere Ringe und Stecker auf. Auch ihr Nasenflügel war gepierct und mit einem dezenten Ring verziert, was ihr sehr gut stand.
Sie schien Alex gar nicht recht zu bemerken, auch nicht, als sie direkt neben ihr stand. Sie starrte nur auf die Chopper, sagte mehr zu sich selbst als zu ihr: „Sprit ist doch drin, der Tank ist gut halbvoll." Wie zur Bestätigung saß sie wieder auf und bewegte die Maschine zwischen ihren Beinen hin und her. Es waren deutliche Gluckergeräusche aus dem Tank zu hören. An mangelndem Benzin konnte die Panne also nicht liegen.
Alex grinste. Sie konnte sich bereits denken, was das Problem war.
„Das ist nicht Ihr eigenes Motorrad, nicht wahr?", versuchte sie ein Gespräch zu beginnen.
„Nein." Die Antwort kam nur widerwillig und der Tonfall sagte soviel wie: Ich wüsste nicht, was Sie das angeht.

Aber Alex ließ sich nicht so schnell abweisen, nicht bei dieser Frau. „Und Sie haben sie zum ersten Mal ausgeliehen?"
„Ja, Mann", brachte die Fahrerin gerade so heraus, ungeachtet der Tatsache, dass es eine Frau war, die mit ihr sprach.
Vielleicht hatte es eine so bildhübsche Person nicht nötig, höflich mit dem Rest der Welt umzugehen. Die Bewegung ihrer linken Hand war recht ungehalten. Temperament hatte sie, auf jeden Fall, stellte Alex fest, während ihr mittlerweile amüsierter Blick immer noch auf die Fahrerin gerichtet blieb.
Die fremde Frau ließ sich endlich dazu herab, Alex anzusehen. Ihre funkelnden, blauen Augen zeigten deutlich, wie genervt sie war.
Alex war hingerissen.
Das war kein Graublau oder Grünblau. Nein, allertiefstes Blau.
Wahnsinn.
„Warum?", hörte sie die Unbekannte fragen.
Alex brauchte einen Augenblick, um zu begreifen, dass sie auf ihre letzte Frage Bezug nahm. Ihre hübschen Augen waren etwas zusammen gekniffen. Sie schien ihr nicht zu trauen.
„Was fahren Sie denn sonst?", fragte Alex nach. Sie würde es doch wohl schaffen, mit dieser Frau wenigstens ein, zwei Sätze zu wechseln!
„Eine 1100er BMW."
Alex lächelte. Das hätte sie sich fast gedacht. Mit ihrem Gore-Tex-Motorradanzug und dem Vollvisierhelm passte sie vom Stil her nicht zu dieser Chopper. Wahrscheinlich war sie heute zum ersten Mal auf so einem Motorrad unterwegs. Sie würde ihr etwas Nachhilfe geben, entschied sie. Ihre linke Hand griff also zum Motorrad, in die Nähe ihres linken Knies, und stellte einen kleinen metallenen Hahnen von der neunzig Grad Stellung so, dass er nach unten zeigte.
„Sie haben vergessen, den Benzinhahn zu öffnen. Bei dieser Chopper müssen Sie das immer noch von Hand tun. Wie weit sind Sie denn mit dem geschlossenen Hahn gekommen? Einen Kilometer oder zwei?"
Die Frau hatte ihre Bewegung verblüfft verfolgt. „Das darf nicht wahr sein", stöhnte sie auf, „warum bin ich da nicht selbst drauf gekommen?" Ihr genervter Ausdruck war plötzlich verflogen. Ihre Hand strich wieder über die blonde Kurzhaarfrisur, eine Verlegenheitsgeste.

Alex ertappte sich bei dem Gedanken, dass sie es ihr gerne nachgemacht hätte. Wie würde sich das anfühlen? Die Fremde hatte zwar ungeschliffene Manieren und ein etwas ungezügeltes Temperament, aber sie war eine äußerst attraktive Frau.
Alex konnte gar nicht anders: Sie musste es zumindest versuchen! Frauen mit kurzen, blonden Haaren hatten sie von jeher fasziniert.
„Ich war einen Augenblick lang versucht, es Ihnen zu verschweigen, dann hätte ich vielleicht eine Chance gehabt, Sie nach Hause fahren zu können. So wie es aussieht, hab ich mir das soeben selbst verbaut."
Ihr Blick war eine Einladung gewesen, aber diese Frau reagierte nicht darauf.
Nicht im Geringsten.
Die Unbekannte zog es vor, den Motor zu starten. Sofort erklang ein kräftiges Röhren. Sie konnte also wieder weiterfahren und nahm dies erleichtert zur Kenntnis. Ihre rechte Hand drehte am Gasgriff.
Alex spürte Enttäuschung in sich hochsteigen. Das war's dann wohl.
„Einen schönen Tag noch", sagte sie resigniert in das Motorengeräusch hinein. Sie wandte sich ab, ging zu ihrem Boxter, ließ sich mit einem Seufzer in den Fahrersitz fallen, startete den Motor und fuhr davon.
„Schade, wirklich zu schade."
Im Rückspiegel wurde die Frau mit der Chopper immer kleiner, bis sie völlig aus ihrem Sichtfeld verschwand.

Alex beschleunigte, spürte den Anzug des kräftigen Motors, der es sonst immer schaffte, sie zu begeistern. Jetzt reichte es gerade aus, ihr etwas Trost zu spenden. Sie schluckte ihre Enttäuschung hinunter, schaltete das Radio an und versuchte die hübsche Frau wieder aus ihren Gedanken zu verdrängen.
Ihr Blick wanderte zum Beifahrersitz. Da lag er, ihr Vorvertrag. Ihre Freude kehrte zurück.
Sie hatte es geschafft! Ihre zukünftige Arbeitsstelle stimmte mit ihrem beruflichen Profil tatsächlich zu hundert Prozent überein. Übernächsten Monat würde sie ihre neue Tätigkeit als Hausleitung des Seniorenzentrums *Am Mühlbach* beginnen. Ein Verbund mit zwei Pflegestationen, einer Tagespflege, achtzig betreuten Wohnungen und einem ambulanten Pflegedienst. Sie würde die Verantwortung für knapp neunzig Mitarbeiter haben, die Hauswirtschaft und das Reinigungspersonal nicht mitgerechnet.

Es würde eine neue Herausforderung für sie sein.
Und doch hatte ihr Hochgefühl soeben einen deutlichen Dämpfer erhalten. Ihre Gedanken waren wieder bei der blonden Motorradfahrerin.
Was für eine hübsche Frau.
Wieder seufzte sie auf.
Ganz offensichtlich war sie nicht ihr Typ.

2

„Oh Gott. Ich bin so bescheuert, ich kann es selbst nicht fassen. Die wollte was von mir. Die stand auf Frauen!", Jackie fasste sich an die Stirn, als es ihr jetzt erst aufging, was ihr da vor einer knappen halben Stunde widerfahren war. Sie brachte ihrem besten Freund gerade sein Motorrad zurück, und war dabei ihm zu erzählen wie es gelaufen war. Allerdings beschränkten sich ihre Ausführungen auf die Beschreibung einer fremden Frau, die sie unterwegs getroffen hatte. Zu seinem neuen Motorrad hatte sie sich bis jetzt noch nicht geäußert.
„Und du hast sie einfach so wieder weiter fahren lassen?", fragte Klaus. Es überraschte ihn. So kannte er seine beste Freundin gar nicht. Jackie ließ sonst doch nichts anbrennen, um es vorsichtig auszudrücken.
„Sie war doch schon wieder weg, bis ich es überhaupt registriert habe. Ich wollte einfach nur sehen, ob sie Recht hatte, und hab versucht zu starten. Deine Maschine ist auch prompt wieder angesprungen. Du und dein Scheiß-Moped!"
„Woher soll ich wissen, dass du das nicht weißt?" Jackies vernichtender Blick traf ihn. „Okay, ich hätte es vielleicht erwähnen sollen."
„Diese Frau wollte mir helfen, kannst du dir das vorstellen? Lässt ihren Porsche stehen, um mir behilflich zu sein."
„Ihren Porsche? Was für einen?"
„Einen Boxter, silbergrau mit weinrotem Dach und weinroten Ledersitzen. Die hatte Stil, durch und durch. Ich dachte eigentlich, sie wolle irgendwas von mir, nach dem Weg fragen oder so, und war noch genervter. Aber sie wollte mir helfen, und das konnte sie auch.

Ich hätte nie gedacht, dass so eine Frau eine Ahnung von Motorrädern hat. Und dann versuchte die auch noch, mit mir zu flirten." Sie machte eine Pause, sah ihn verzweifelt an. „Und ich hab es noch nicht einmal kapiert", sagte sie in einem Anfall von später Reue, während ihre Hand wieder durch ihre Haare fuhr.

„Du und nicht merken, dass eine Frau was von dir will?" Klaus grinste. Das wäre dann heute die absolute Premiere gewesen, so etwas war ihr noch nie passiert. Und wenn das einer beurteilen konnte, dann er. Sie kannten sich schließlich seit der Grundschule. Jackie war so etwas wie seine jüngere Schwester. Und so führte sie sich manchmal auch auf.

Er schüttelte immer noch ungläubig den Kopf, als er seinen Helm nahm und wieder aufsetzte. Er stieg auf seine neue Chopper und nickte ihr zu. „Kommst du noch mit? Ich zahl dir auch ein Bier. Vielleicht erzählst du mir dann auch mal, wie du mein neues Motorrad findest."

Mit einem Seufzen fuhr ihm Jackie auf ihrer BMW hinterher. Ein gemütlicher Abend in ihrer Stammkneipe würde ihr vielleicht helfen, dies Missgeschick zu vergessen.

Sie fuhren keine zehn Minuten bis zu ihrem Ziel. Von weitem konnte man bereits die Regenbogenfahne entdecken. Es war das gemütlichste schwul-lesbische Lokal im Umkreis von fünfzig Kilometern, sagte Klaus immer. Sie fühlten sich hier beide sehr wohl. Die meisten ihrer Freunde gingen hier ein und aus. Ein Geruch von Pizzaschnitten und Bier schlug ihnen entgegen, als sie das Lokal betraten. Sie gingen an den kleinen dunklen Holztischen im Eingangsbereich vorbei bis zum Tresen, der sich l-förmig im Innern des langgezogenen Raums befand. An den Wänden hingen Bilder aus den Sechzigern. Sie zeigten Politiker, Komiker, Berühmtheiten, was dem Ganzen einen eigenen Charme verlieh. Jackie und Klaus schnappten sich beide einen hohen Barhocker und setzten sich an den Tresen, wie bereits unzählige Male zuvor.

„Hallo Jackie", grüßte die Barkeeperin. „Kannst du schon wieder Feierabend haben?"

Normalerweise hätte Jackie aufgelacht und sie jetzt alles Mögliche geheißen. Aber heute sagte sie nur: „Hallo Ritschie, machst du mir ein Bier?"

„Und mir bitte ein Pils", bestellte Klaus.

Ritschie stellte das Gewünschte vor sie hin, vor Jackie zuerst. „Was ist los heute?“, fragte sie Jackie mit einem gutmütigen Lächeln. „Bist du schlecht drauf?“

„Ihr ist vorhin die Traumfrau durch die Lappen gegangen“, erklärte Klaus und grinste verstohlen. Hoffentlich ärgerte sich Jackie nicht über seine Bemerkung.

Aber Jackie schien tatsächlich angeschlagen zu sein. Sie hatte keine Lust, auf seine Hänseleien einzugehen.

„Oh je, du Arme. Dann geht der auf meine Rechnung“, sagte Ritschie und schenkte ihr einen Korn ein, nur einen kleinen, die Autofahrervariante sozusagen. Jackie überlegte nicht lange, sie nahm ihn an und leerte ihn in einem Zug.

„Warum bist du ihr nicht hinterhergefahren?“, fragte Klaus, um wenigstens so zu tun, als würde er Anteilnahme zeigen.

„Bin ich doch, aber sie war weg. Wie vom Erdboden verschluckt.“

„Hast du das Kennzeichen?“

„Nein, hab ich nicht. Aber es war, wie gesagt, ein metallicfarbener Porsche Boxter mit weinroten Ledersitzen.“

„Ah, eine sportliche Frau. Die würde aber zu dir passen, was?“, lachte Ritschie. „Wie hat sie denn ausgesehen?“, fragte sie mit wirklichem Interesse.

„Hübsch. Wirklich hübsch“, sagte Jackie und nahm einen Schluck aus ihrem Bierglas, „eine Frau wie aus dem Modekatalog.“

„Seit wann gefällt dir denn so was?“, fragte Klaus verblüfft.

Jackie zuckte mit den Schultern.

„Keine Ahnung. Ist mir ja erst aufgegangen, als sie schon wieder weg war. Aber die Frau hatte was, echt! Und nett war sie auch“, seufzte sie. „Wesentlich netter als ich. Sie hatte sich wirklich bemüht. Nur ich war unmöglich.“

Klaus war sich nicht sicher, was er davon halten sollte. Jackie schien sich sonst nicht allzu viel Gedanken über ihre bisherigen Frauen zu machen. Es waren immer Gelegenheitsbekanntschaften gewesen, Frauen aus der Szene, zufällige Begegnungen, kurzweilig und nie sonderlich ernsthaft. Er konnte sich die vielen Namen von Jackies Verflossenen gar nicht mehr merken. Es waren Künstlerinnen darunter gewesen, Handwerkerinnen, ab und zu auch mal eine Studentin.

Ritschie hob ihr Bierglas und stieß mit ihr an. „Auf dein Wohl, Jackie. Ich hoffe, du begegnest ihr wieder.“

Falls Jackie gedacht hatte, sie könne sich hier ablenken, hatte sie sich getäuscht. Jetzt waren sie alle bei diesem Thema.
„Weißt du eigentlich", sagte sie zu der Barkeeperin, „dass man nur einmal im Leben die Chance bekommt, seiner Traumfrau über den Weg zu laufen?"
Ritschie lachte laut auf. „Und du meinst, sie wäre es gewesen, Jackie? Deine Traumfrau?"
„Vielleicht! Dann hätte ich diese Chance heute vertan."
Ritschie amüsierte sich. Schließlich kannte sie Jackie schon einige Jahre. Sie konnte ein herzhaftes Lachen nicht unterdrücken. „Mach dir mal nicht zuviel Sorgen", tröstete sie Jackie gutmütig, „man trifft sich immer zweimal im Leben. Du wirst sehen, falls es so sein sollte, kreuzen sich eure Wege wieder."
„Es hat sich noch nie eine Frau von so einem Kaliber für mich interessiert. Aber ich war so verdammt genervt. Meinst du ich habe sie verschreckt?"
„Du kannst manchmal schon ganz schön temperamentvoll sein", warf Klaus ein, mit einem schiefen Lächeln, „aber wahrscheinlich ist es genau das, was die Frauen an dir lieben." Er legte ihr besänftigend seinen Arm um ihre Schultern, wollte ihr nicht noch mehr zusetzen und wechselte das Thema. „Hat euer Zentrum eigentlich schon einen neuen Chef?"
„Nein, immer noch nicht", stöhnte Jackie, „aber es hat schon ein paar Vorstellungsgespräche gegeben. Muss diesmal auch was Gescheites dabei gewesen sein, hat mir Ina vom Personalbüro gesagt."
„Wäre ja gut, wenn ihr mal jemanden Kompetentes bekommen würdet, nach den Luschen in letzter Zeit."
„Ja, das stimmt. Der letzte Leiter hat den Haushaltsplan in ein Minus von über einer Million getrieben."
„Was?", staunte Klaus. „Woher weißt du das?"
„Auch von Ina. Sie sitzt ja mit im Gremium. Aber behalt es für dich, ja?"
Klaus schüttelte den Kopf.
„Ich konnte es auch kaum glauben. Und unsereins bekommt schon eine Abmahnung, wenn wir uns von dem Essen der Bewohner etwas nehmen, auch wenn es übrig geblieben ist und sonst weggeworfen würde", sagte Jackie frustriert.
„So ist das Leben. Wenn du erst mal oben bist, kannst du dir halt mehr erlauben."

Klaus zog eine Grimasse, zuckte mit den Schultern.
Jackie sah auf die Uhr, seufzte auf. „Ich muss los. Ich hab' morgen Frühdienst."
Sie zahlten und machten sich auf den Weg nach Hause.
„Ich glaube, ich fahr die Strecke jetzt öfter", sagte Jackie beim Hinausgehen zu Klaus, „vielleicht seh ich sie ja wieder."
Klaus brauchte etwas Zeit um zu verstehen, dass Jackie immer noch von dieser Frau im grauen Porsche sprach. „Du kannst es ja zumindest versuchen."

3

Alex war überwältigt. Es war ein wirklich süßes Haus, das friedlich und einladend vor ihr lag, umgeben von wenigen Gebäuden desselben Stils, eingebettet in saftiges Grün und einem idyllischen kleinen Bach, der an ihr Grundstück grenzte und daran vorbei plätscherte.
Sie fuhren über den Bach hinüber in den Hof. Alex beeilte sich auszusteigen. Eine grau weiße Katze kam ihr entgegen, mit hoch aufgerichtetem Schwanz. Der bisherige Besitzer des Hauses durfte sie nicht mitnehmen in das Altersheim, in das er umzog. Alex hatte sich gerne bereit erklärt, das Tier zu übernehmen.
„Ach ist die süß", rief sie entzückt, und ging in die Hocke, um die Katze zu streicheln. „Wie heißt sie denn?"
Ihre Mutter war ihr bereits entgegen geeilt. „Moritz. Es ist ein Kater, oder zumindest war er das mal."
„Hey, Mom!"
Alex umarmte ihre Mutter herzlich. Sie hatte hier gewartet, während ihr Vater sie vom Flughafen abgeholt hatte. Alex hatte noch über so viel restlichen Urlaub verfügt, dass sie sich entschieden hatte, drei Wochen in Thailand zu verbringen. Es war herrlich gewesen, natürlich, als sie aber ihre neue Heimat in Augenschein nahm, wusste sie mit Sicherheit, dass es ihr hier noch besser gefiel.
„Das ist ja wunderschön hier", staunte sie.
„Du musst es erstmal von innen sehen", sagte ihr Vater im Vorbeigehen, als er ihren Koffer ins Haus trug. Er meinte manchmal sie immer noch umsorgen zu müssen wie sein kleines Mädchen, dabei

war sie letzten Monat neunundzwanzig geworden. Alex lächelte vor sich hin, als sie ihm folgte. Eigentlich konnte sie ja froh sein, noch so nette fürsorgliche Eltern zu haben.
Sie betrat ihr Eigentum und blieb erst einmal andächtig stehen. Es sah größer aus, als sie es in Erinnerung hatte. Als sie das Haus letzten Monat zusammen mit ihrer Maklerin angesehen hatte, waren aber auch noch die Möbel und alten Teppiche und all der Nippes des alten Herrn, der hier vorher gewohnt hatte, vorhanden gewesen. Nun aber war alles leer geräumt und die Wände waren mit glattem Landhausputz versehen, wie sie es sich gewünscht hatte. Es sah hell und luftig aus und gefiel ihr unheimlich gut. Jetzt konnte sie anfangen, sich Gedanken um ihre Möbel zu machen. Es gab gute Antiquitätenläden in der Nähe, soviel wusste sie bereits.
„Wahnsinn!" Alex blieb vor dem verputzen Ofen inmitten des Wohnzimmers stehen. Die gemütliche Bank davor hatte ihr der Vorbesitzer überlassen. Blanke Landhausdielen waren unter den Teppichen zum Vorschein gekommen. Genau ihr Stil. Sie würde die Dielen lediglich abschleifen lassen und neu ölen. Ein großer Blumenstrauß stand mitten auf dem Boden und hieß sie herzlich willkommen. „Ihr seid zu süß, ihr beiden. Vielen Dank!" Sie umarmte beide Eltern, dann meinte ihre Mutter:
„So, und jetzt wird erst mal was gegessen."
Es gab frische Forellen, Salzkartoffeln und Gemüse.
„Weißt du, gleich ein Ort weiter gibt es so ein Züchter mit etlichen Forellenteichen. Die musst du dir ansehen", ereiferte sich ihre Mutter begeistert.
Das werde ich tun, nahm sich Alex vor. Sie würde die nächsten zwei Wochen die Gegend auskundschaften und ihr Haus einrichten. Sie konnte sich nicht vorstellen, was sie lieber täte.
Ihr Auto stand bereits in der Garage, stellte sie etwas später fest und grinste.

4

Alex ließ ihren ersten Arbeitstag entspannt auf sich zukommen. Gegen acht Uhr sollte sich gegen beim Geschäftsführer einfinden. Sie benötigte keine Viertelstunde für die Strecke zur Arbeit.
„Herzlich Willkommen und einen guten Start in Ihre neue Tätigkeit", empfing sie der Geschäftsführer, Herr Fischer, etwas steif, aber freundlich. Nach einem kurzen Rundgang durch die Räumlichkeiten der Verwaltung, wo er Alex allen Sekretärinnen vorstellte, gingen sie in ihr zukünftiges Büro, das an seines angrenzte.
Sie hatte den Raum bereits an dem Tag ihres Vorstellungsgesprächs angesehen: Hell und freundlich, durchaus repräsentativ für Besucher, was für den Altenpflegebereich nicht unbedingt üblich war. Er gefiel ihr gut.
Ihr erster Arbeitstag beschränkte sich mit dem Einrichten ihres Büros und die Einweisung des Geschäftsführers in das EDV-Programm, das ihr keine Schwierigkeiten bereitete. Sie hatte bereits zuvor damit gearbeitet. Sie würde nicht lange benötigen, um sich einen groben Überblick zu verschaffen. Und was sie bereits einsehen konnte, sah durchweg gut aus.
Für den Nachmittag hatte sie mit dem Geschäftsführer einen Rundgang vereinbart, um die Räumlichkeiten, die unterschiedlichen Abteilungen und die wichtigsten Mitarbeiter kennen zu lernen.
Nach einem gemeinsamen Mittagessen in der Kantine begannen sie mit dem großen Wohnblock des betreuten Wohnens. Die Fachkraft, die dafür angestellt war, hatte eine extrovertierte, positive Art an sich und war Alex sehr sympathisch.
Auch mit der Leitung des ambulanten Pflegedienstes schien man gut auskommen zu können. Sie hatte Alex freundlich willkommen geheißen und ihr einen guten Start gewünscht. Dann kamen sie zur Abteilung der stationären Pflege. Ihre Stellvertreterin, die Frau an ihrer rechten Seite, hieß Jasmin Maier.
„Frau Maier", sagte Herr Fischer mit ausladender Geste, „ich darf Ihnen allen Ihre neue Einrichtungsleitung vorstellen, Frau Alexandra Breitenbach." Jasmin Maier war wesentlich kleiner als Alex, und für diese Größe trug sie etwas zuviel an Körpergewicht mit sich herum, wie Alex feststellte. Aber sie hatte etwas ganz Liebevolles, Schalkhaftes an sich. Ihre blonden, halblangen Haare waren zu

einem Pferdeschwanz zusammengefasst, und ihr Erscheinungsbild war praktisch und ungeschminkt.
Alex lächelte sie an. Es blieb nicht ohne Wirkung, Frau Maier erwiderte ihr Lächeln sofort.
„Freut mich sehr", sagte sie, „auf gute Zusammenarbeit."
„Dann überlasse ich Sie Frau Maier, bei Ihrem weiteren Rundgang", sagte Herr Fischer, der wusste, dass er nun nichts mehr von Interesse zu ihrem Hausrundgang beitragen konnte. „Vielleicht können Sie mir später sagen, was Sie für einen ersten Eindruck von unserem Haus haben."
„Ja", nickte Alex, „mach ich gerne."

„Bitte sagen Sie nie Frau Maier zu mir", sagte Jasmin Maier als Erstes.
„Sondern?"
„Nur Jasmin, ich hasse diesen Allerweltsnachnamen."
„Wie Sie möchten, Jasmin", sagte Alex und hielt ihr die Tür auf. „Aber es darf Sie nicht stören, dass ich meinen Nachnamen ganz akzeptabel finde."
„Ist schon okay, Frau Breitenbach!" Jasmin lächelte amüsiert und sie starteten ihren gemeinsamen Rundgang.
Was sie sah, gefiel Alex wirklich gut. Die Atmosphäre war freundlich, die Mitarbeiter waren bemüht, alles erschien ordentlich und aufgeräumt. Jasmin legte dem Personal gegenüber einen kollegialen Tonfall an den Tag, aber Alex bemerkte doch den Respekt, den man ihr entgegen brachte. Es beeindruckte sie.
Jeder Wohnbereich hatte seine eigene verantwortliche Leitung, die in der Pflege mitarbeitete, für administrative Zwecke jedoch einige Prozente ihrer Arbeitszeit freigestellt waren.
Alex lernte nur eine der Wohnbereichsleitungen kennen, diejenige für den unteren Wohnbereich, Schwester Renate, die Vertretung von Jasmin. Die Leitung für den oberen Wohnbereich für die dementen Bewohner hatte heute Überstundenausgleich. Jasmin führte sie mit Eifer durch die Flure, zeigte ihr die Dienstzimmer, den Raum für die Medikamente, den Personalaufenthaltsraum für Fortbildungen und die Extraräume für Krankengymnastik oder interne Festivitäten. Jasmin war sichtlich stolz auf ihren Arbeitsplatz und Alex bemerkte ihren immer wiederkehrenden bewundernden Blick, der sie selbst traf. Sie schien auch stolz auf ihre neue Chefin zu sein. Alex musste sich ein Grinsen verkneifen.

Sie würde es einfach haben, mit ihr zusammenzuarbeiten. Ihrer Loyalität konnte sie jetzt schon sicher sein.
„Herzlich Dank für Ihre Zeit", sagte Alex am Ende des Rundgangs zu ihr. „Ich nehme ein paar Ordner mit in mein Büro." Sie nahm sich die Unterlagen für den Medizinischen Dienst aus dem Bord und verabschiedete sich. Den Rest des Tages würde sie sich einem Überblick über die theoretische Aufstellung der Pflegequalität widmen. Die praktische Ausführung gefiel ihr jetzt schon. Es war wirklich ein gutes Heim. Alex beglückwünschte sich zum wiederholten Mal zu ihrer Entscheidung.

5

Jackie war an diesem Tag nicht pünktlich zum Frühdienst erschienen. Das war insofern ungewöhnlich, da es unter der Woche war und sich ihr bisheriges Zu-Spät-Kommen immer nur auf das Wochenende beschränkt hatte. Aber Jasmin beschwerte sich nicht bei ihr, war auch nicht verärgert, weil sie wieder einmal selbst die Medikamente im oberen Stock verteilen musste. Das war sie ja schon gewohnt und wahrscheinlich steckte wieder eine Frau hinter Jackies Verspätung, wie so oft in den letzten Jahren ihrer Zusammenarbeit.
Jasmin war sicher, es würde ihrer Kollegin gefallen, wenn sie erfahren würde, dass ihr neuer Chef nun auch endlich eine Frau wäre.
„Die musst du sehen, Jackie! Geh nachher in ihr Büro und stell dich mal vor. Sie kennt dich ja noch nicht. Bin gespannt, wie sie dir gefällt."
Jackie zeigte ihr nur ein müdes Lächeln.
„Du bist ein alter Miesepeter. Aber sie sieht echt gut aus, und ist völlig in Ordnung. Du wirst begeistert sein."
„Warum? Nur, weil sie dich begeistert?" Jackie warf Jasmin einen spöttischen Blick zu. „Ich glaube nicht, dass wir in punkto Frauen denselben Geschmack haben." Sie grinste anzüglich.
„Ich mein ja nur", erwiderte Jasmin beleidigt, „sie sieht gut aus, ist kompetent, dazu noch sportlich …"
„Woher willst du das denn wissen?"
„So würde ich sie eben einschätzen. Immerhin fährt sie einen Porsche …"

Jackies Blick veränderte sich schlagartig. „Was für einen?"
„Keine Ahnung, so silbrig mit weinrotem Dach. Steht jedenfalls auf dem Parkplatz der Hausleitung. "
Jackie starrte sie an. „Was?"
Doch ehe Jasmin fragen konnte, was sie plötzlich hatte, war Jackie auch schon aufgestanden und eilte davon.
„He!", rief Jasmin ihr hinterher, „ich hab doch nicht gesagt, dass du das gleich machen musst."
Aber Jackie war schon weg.
Jasmin schüttelte den Kopf. Manchmal wurde sie aus ihrer Kollegin wirklich nicht schlau, auch nicht nach so vielen Jahren der Zusammenarbeit.

6

Es klopfte an ihrer Bürotür. Alex saß an ihrem Bildschirm, sie hatte das Dienstplanprogramm aufgerufen. Die Mittagspause war ausgefallen, weil sie gar nicht bemerkt hatte, dass es bereits so spät war, und dann wollte sie ihre Tätigkeit nicht mehr unterbrechen. Dieses EDV-gestützte Programm zum Abzeichen der Behandlungspflege war gar nicht schlecht. So konnte sie von ihrem Schreibtisch aus nachweisen, ob alle medizinischen Verrichtungen auf Station zur rechten Zeit von der richtigen Kraft ausgeführt wurden. Ganz nebenbei hatte sie auch die völlige Kontrolle. In Gedanken, den Blick auf den Monitor gerichtet, sagte sie: „Herein."
Sie hörte, wie die Tür sich öffnete, war aber noch so in ihr Programm vertieft, dass die Stille im Raum ihr erst gar nicht bewusst wurde. Erst nach einem Moment fiel ihr auf, dass die Person, die eingetreten war, keinen Ton von sich gab. Alex stutzte, wandte ihren Kopf in Richtung Tür und sah eine blonde Frau in ihrem Büro stehen, die sie überall wieder erkannt hätte.
Sie trug die hiesige Arbeitskleidung, musste also hier arbeiten, und auf ihrem Namensschild stand: Jaqueline Becker.
Alex war überrascht, die andere Frau nicht minder, wie sie erkennen konnte. Sie stand auf und ging auf sie zu. Einen Augenblick lang sahen sie sich in die Augen.
Diese wunderschönen blauen Augen.

Ihre Haare waren etwas gewachsen seit ihrer letzten Begegnung. Sie war in der Tat so hübsch, wie Alex sie in ihrer Erinnerung behalten hatte. Auch die Dienstkleidung stand ihr ausgesprochen gut, stellte sie mit einem weiteren Blick fest.

„Hallo", sagte Alex lächelnd. Sie war gespannt, was sie zu ihr geführt hatte.

Ihre Mitarbeiterin schien plötzlich unsicher zu sein, registrierte sie zu ihrer Überraschung, denn ihr Blick wanderte unstet zu ihr und wieder von ihr weg, als sie anfing zu sprechen. „Ich … ich wollte mich kurz vorstellen, ich war noch nicht im Dienst, als Sie Ihre Vorstellungsrunde machten."

„Das freut mich, und vielleicht sagen Sie mir jetzt noch, wo Sie arbeiten?"

„Im Wohnbereich für die dementen Bewohner, ich, äh, ich … bin die Wohnbereichsleitung des beschützten Bereichs."

Alex' Lächeln vertiefte sich. Es freute sie wirklich. Sie würden also zukünftig regelmäßig miteinander zu tun haben. Diese Frau in der Pflege, das passte zu ihrem Typ. Hätte sie es ihr nicht schon bei ihrer ersten Begegnung ansehen können? „Breitenbach", stellte sich Alex vor, „es freut mich, Sie kennen zu lernen, oder besser gesagt: Sie wieder zu sehen. Wir hatten ja schon einmal das Vergnügen." Alex lächelte unverbindlich. Es machte ja keinen Sinn, ihre erste Begegnung zu leugnen. Sie reichte Jaqueline Becker entgegenkommend die Hand.

Der Händedruck dieser Frau war nicht sonderlich fest. Es wunderte Alex, denn sie hatte ihr Gegenüber wesentlich taffer in Erinnerung, dafür auch unhöflicher. Sie war sich nicht sicher, was ihr jetzt besser gefiel.

„Wie möchten Sie denn gerne angesprochen werden, als Frau Becker oder als Schwester Jaqueline?", fragte Alex in sachlichem Tonfall. Man trifft sich immer zweimal im Leben, dachte sie sich, mit dem Gefühl, noch mal glimpflich davongekommen zu sein.

„Bitte nur Jaqueline, ohne die Schwester davor", sagte Jaqueline, um dann übergangslos fortzufahren: „Ich habe es irgendwie zu spät registriert, was Sie zu mir gesagt hatten. Und als ich endlich geschalten habe, waren Sie schon wieder weg."

Alex lächelte verlegen. Sie wusste natürlich, wovon Jaqueline sprach, so unangenehm es ihr auch war. Aber irgendetwas in ihr freute sich über diese Bemerkung. Ob es ihr inneres Ego war, dem

dieses Statement ausgesprochen gefiel? Sie schob den Gedanken zur Seite und war dankbar dafür, dass diese Frau nicht auf ihre Avancen eingegangen war. Es wäre spätestens jetzt für beide peinlich gewesen.
„Jaqueline, wenn ich gewusst hätte, wer Sie sind, hätte ich mich Ihnen gegenüber so nicht verhalten. Es tut mir leid. Ich hoffe, Sie können über meine Bemerkung hinwegsehen."
Jaqueline antwortete nicht darauf, ihre Augen waren aber weiterhin auf sie gerichtet, ihre Augäpfel bewegten sich minimal, als schien sie ihr Gegenüber erst noch vollständig erfassen zu müssen. Irgendetwas schien sie zu irritieren.
„Auf gute Zusammenarbeit, und es freut mich, dass ich jetzt auch einen Namen zu Ihrem Gesicht habe", warf Alex ein, um ihr die Chance zum Rückzug zu geben. Jaqueline reagierte sofort darauf.
„Ich geh dann mal wieder", sagte sie und wollte schon durch die Tür, als Alex sie noch einmal ansprach.
„Ach, Jaqueline?"
„Ja?" Die blauen Augen sahen sie erwartungsvoll an.
„Es ist mir vorher schon im Dienstplan aufgefallen: Sie sind morgens in letzter Zeit des Öfteren zu spät. Ich würde mir wünschen, Sie wären Ihren Mitarbeitern gegenüber ein besseres Vorbild."
Jaqueline rechtfertigte sich in keiner Weise, ihr Blick wurde aber sonderbar leer. Alex sah sich genötigt, noch etwas nachzulegen.
„Wenn Sie sich privat nicht so übernehmen würden, wären Sie beruflich in der Lage, pünktlich zum Dienst zu erscheinen. Sie verstehen mich?"
Es war, als könnte ihr Gegenüber das Blau ihrer Augen um eine Stufe zurückdrehen. Schlagartig verloren sie an Leuchtkraft. Aber wer ließ sich auch schon gerne kritisieren?
„Ja", sagte sie. Mehr nicht. Dann verließ sie Alex' Büro.
Alex schüttelte den Kopf. Und das war nun die Frau, die ihr so imponiert hatte? Wo war ihr Rückgrat geblieben?

7

Jackie versuchte sich krampfhaft, auf ihren Frühdienst zu konzentrieren. Jasmin hatte noch versucht, mit ihr zu reden, wollte wissen, wie es gelaufen war, aber sie hatte so getan, als müsse sie dringend etwas erledigen. Sie konnte mit Jasmin jetzt nicht über dieses Thema sprechen und war letztendlich froh, als die Übergabe vorbei war und sie sich verabschieden konnte. Sie musste raus hier.

Eilig setzte sie sich auf ihr Motorrad und düste davon. Seit Wochen machte sie nichts anderes, als die immer gleiche Strecke abzufahren, in der Hoffnung, diese Frau wieder zu sehen. Seit Wochen ging sie ihr nicht mehr aus dem Kopf.

Und dann hatte sie leibhaftig wieder vor ihr gestanden. Sie hatte genauso ausgesehen wie bei ihrer ersten Begegnung. Diese braunen Augen, die sie mit einem aufmerksamen Blick gemustert hatten, der Mund, den sie leicht spöttisch verzogen hatte, so wie an dem Tag, als diese Frau sie gefragt hatte, ob es nicht ihr Motorrad war, das sie da fuhr. Auch da hatten ihre Augen den gleichen Ausdruck getragen, als schiene sie es besser zu wissen und wartete nur ab, ob Jackie noch selbst darauf käme.

Eigentlich hätte es ihr damals schon klar sein müssen. Diese Frau hatte irgendeine Führungsposition, ihr ganzes Wesen strahlte dies aus. Die Art, wie sie einen musterte, ihre Art zu reden.

Jackie hatte sie wiedergefunden.

Aber warum? Um festzustellen, dass sie für sie nicht erreichbar war? Es traf Jackie mehr, als sie sich eingestehen wollte. Sie atmete tief durch und versuchte, ruhig die Fakten zu klären.

Ihre jetzige Chefin hatte tatsächlich versucht, mit ihr zu flirten. Sie hatte es selbst zugegeben. Was hätte geschehen können, mit ihnen beiden, wenn sie bloß schneller regiert hätte? Wäre Jackie mit in ihre Wohnung gegangen? Wahrscheinlich nicht gleich beim ersten Mal, aber sie hätten sich bestimmt ein weiteres Mal verabredet. Und dann wären sie sicher im Bett gelandet, da war sich Jackie sicher. Die Frau war nicht nur auffallend hübsch, sie hatte eine sehr sinnliche Ausstrahlung. Warum war ihr das erst so spät aufgefallen? Erst, als sie begriff, dass diese Frau ebenfalls ein Faible für Frauen hatte und ein eindeutiges Interesse an ihr.

Jackies Innerstes zog sich zusammen, bei der Vorstellung, wie es hätte sein können mit dieser Frau. Haderte sie jetzt nur über die

verpasste Chance? So war es nun mal. Wer zu spät kommt, den bestraft das Leben. Oder hätte sie sich bei ihr auch ausnahmsweise mehr vorstellen können als nur unverbindlichern Sex?
Als sie ihr Gesicht wieder vor Augen hatte, mit diesem leicht spöttischen Lächeln, diesem aufmerksamen Blick, wusste sie, dass es genau so war. Ausgerechnet sie, Jaqueline Becker, der Inbegriff des Ladykillers der hiesigen Lesbenszene, ausgerechnet sie bekam weiche Knie?
In der ersten Sekunde noch, als sie diese Frau wieder gesehen hatte, war Jackie sich sicher gewesen, dass es etwas werden könnte mit ihnen. Wie sie zu diesem Gefühl kam, konnte sie sich selber nicht erklären. Wie oft hatte Jackie in letzter Zeit das Bild dieser Frau vor Augen gehabt? Vor dem Einschlafen und morgens beim Aufwachen. Ihr Bild hatte sich in Jackies Gedächtnis eingebrannt, mit einer Deutlichkeit, als müsste ihr Gehirn Versäumtes wieder gut machen.
Heute war ihre neue Chefin nicht so formell gekleidet gewesen wie am Tag ihrer ersten Begegnung. Wahrscheinlich war sie damals von ihrem Vorstellungsgespräch gekommen, vermutete Jackie. Den eleganten Damenanzug hatte sie gegen einen braunen Leinenblazer ausgetauscht, darunter hatte sie eine helle Bluse und beigefarbene Jeans getragen. Modisch und nicht zu offiziell, um unnahbar zu wirken.
Jackie bemerkte, dass sie ihren Stil mochte. Die Art, sich zu kleiden, ihre Haare zu tragen, sich zu schminken. Es sah alles irgendwie natürlich aus, nicht aufgesetzt und doch sehr gepflegt. Sie spürte ein Ziehen in ihrem Bauch und irgendetwas Lebendiges begann in ihr zu pulsieren. Ein völlig neues Gefühl.
Doch dann hatte ihre Chefin sie angesehen und zu reden begonnen und schlagartig war alles anders. Ihr Traum war zerfallen wie ein Kartenhaus. Aber was hatte sie sich auch gedacht? Dass sie, Jackie, einfach nur hätte sagen müssen: Sorry, ich hab's überhört letztes Mal, können wir jetzt an der Stelle weiter machen? Wollen wir zu dir oder zu mir?
Hatte sie das vielleicht wirklich angenommen?
Sie solle ihre Bemerkung vergessen, hatte ihre neue Chefin nur gesagt.
Wie sollte das aber funktionieren, nachdem Jackie wochenlang versucht hatte, sich an ihre Worte zu erinnern, immer und immer wieder, dieselben Worte, deren Inhalt ihr erst viel zu spät bewusst ge-

worden war, ihren Tonfall, den Blick ihrer dunklen Augen. Warum war Jackie erst im Nachhinein aufgegangen, was das gerade für eine umwerfende Frau gewesen war und wie freundlich sie es mit ihr gemeint hatte?
Sie saß bereits seit zwei Stunden auf ihrem Motorrad und fuhr einfach nur durch die Gegend. Sie kam nur langsam zur Ruhe, als sie bemerkte, wie sie müde wurde.
Klaus kam ihr in den Sinn. Ob er sich mit ihr auf ein Bier treffen würde? Sie fuhr beim nächsten Parkplatz rechts ran, zog ihr Handy aus der Tasche, wählte seine Nummer.
„Hey, Klaus. Hast du Zeit auf ein Bier?"
Er war noch im Büro, versprach jedoch, bis in spätestens einer Stunde in ihrer Kneipe aufzutauchen.
„Ich freu mich auf dich", sagte Jackie.
„Ist was passiert?"
„Erzähl ich dir dann. Bis gleich."

„Du hast sie wiedergefunden?" Klaus konnte nicht verstehen, warum Jackie dann so traurig aussah. „Ja und? Dann freu dich doch."
„Klaus, diese Frau ist meine Chefin."
„Wie? Sie ist der neue Chef vom Seniorenzentrum?"
Ritschie hörte sie reden, wurde aufmerksam. „Ich brech nieder! Du hast sie endlich?"
„Nein, hab ich nicht!", erwiderte Jackie, vielleicht einen Tick zu laut. Die Gäste der umstehenden Tische sahen sich nach ihr um. „Hab ich eben nicht", wiederholte sie leiser, aber nicht weniger verzweifelt.
„Warum denn nicht?", fragte Ritschie teilnahmsvoll.
„Diese Frau ist meine neue Chefin", sagte Jackie. Alle sahen sie nur verständnislos an, und sie fügte hinzu: „Damit ist sie für mich unerreichbar."
„Wer sagt das?" So unbedarft konnte nur Klaus fragen.
„Sie selbst. Wenn sie gewusst hätte, dass ich dort arbeite, hätte sie nicht versucht, mit mir zu flirten. Ich soll's wieder vergessen. Hat sie gesagt."
Jetzt sahen Ritschie und Klaus doch etwas betreten aus.
Ritschie war die erste, die wieder etwas von sich gab. „Warte doch mal ab. Vielleicht ändert sie ihre Meinung ja noch."
„Ja, genau", pflichtete ihr Klaus bei. „Jetzt lass dir erst mal ein bisschen Zeit, und ihr auch. Vielleicht will sie sich bloß nicht gleich auf

was einlassen. Diese Frau hat ja auch eine Probezeit, wie jede andere auch. Und so Beziehungskisten sind im Pflegeheim vielleicht nicht gerade so gerne gesehen."
Jackie schien diese Erklärung tatsächlich zu beruhigen. „Meinst du wirklich?", fragte sie hoffnungsvoll.
„Ja. Mach es, wie Ritschie schon gesagt hat: Warte doch erst mal ab, bevor du den Kopf schon in den Sand steckst."
Jackie lächelte ein kleines hoffnungsvolles Lächeln, als Klaus mit ihr anstieß.
„Prost. Auf die Liebe."
Ritschie trank einen mit. Einige der Umstehenden hoben ihr Glas ebenfalls.

8

Lautes Gelächter kam von Wohngruppe Eins.
Es war kurz nach sechs Uhr morgens. Die Frühschicht beider Wohnbereiche hatte sich zur Übergabe im Stationszimmer eingefunden. Alex nahm nur ausnahmsweise daran teil. Einige Pflegevisiten nahm sie stichprobenmäßig selbst vor. Heute würde sie eine Pflegehelferin griechischer Herkunft bei der Versorgung ihrer drei Bewohner begleiten.
Ines, die Nachtschwester, schüttelte sich gerade vor Lachen. Sie erzählte von Frau Fischböck aus Wohnbereich 2, Zimmer 1, die heute Nacht das gesamte Klopapier abgerollt hatte, um es sich in den Büstenhalter zu stopfen. Ines hatte sie gefragt, warum sie das getan hatte. Darauf hin meinte Frau Fischböck empört, sie hätte heute Nacht fünf Kinder bekommen, sie bräuchte doch jetzt viel mehr Oberweite, schließlich müsse sie diese Kinder nun auch stillen.
Alle Kollegen saßen mit einer Tasse Kaffe in der Runde, Alex eingeschlossen, und kicherten vor sich hin.
„Und dann hab ich gesagt", berichtete Ines weiter, „um Himmels Willen, Frau Fischböck, warum denn gleich fünfe? Da haben Sie ja unheimlich viel zu tun. Wie wollen Sie denn das schaffen? Und dann meinte sie zu mir: Ach, dann nimmst du sie halt mit nach Hause, alle." Wieder lachte sie prustend los. Ihre Hand machte eine ausholende, abwehrende Bewegung. „Nee, Frau Fischböck, das will

ich nicht, hab ich gesagt, das wird mir zu viel. Also zwee würde ich ja noch nehmen, aber keene fünfe."
Der Lautpegel ihres Lachens schwoll wieder an.
Alex lächelte ebenfalls. Es war ein nettes Team auf dieser Station, stellte sie fest, die Arbeitsatmosphäre war ausgesprochen freundlich und gelöst. Ines war eine mütterliche, temperamentvolle Mittvierzigerin aus Sachsen. Sie erfreute sich bei Bewohnern und Kollegen durch ihre offene, herzliche Art großer Beliebtheit.
Schwester Ines fuhr mit ihrer Übergabe fort. Alex überflog die anwesenden Mitarbeiter. Jaqueline war im Dienst, sie hatte ihr Beisein an der morgendlichen Übergabe kommentarlos registriert, sie mit einem knappen „Guten Morgen" begrüßt und am anderen Ende des Zimmers Platz genommen. Anstelle von Jasmin war heute Renate eingeteilt, dazu für jeden Wohnbereich je zwei Helferinnen, oben zusätzlich zwei Praktikantinnen, unten eine. Sie waren vom Personal großzügig eingeteilt und lagen damit über der geforderten Personalvorgabe der Heimaufsicht. Aber das war für Alex auch Voraussetzung gewesen, hier zu beginnen. Ohne einen ausrechend großen und guten Mitarbeiterstamm konnten sie keine Qualität in der Pflege liefern.
Heute würde sie sich also eine griechische Mitarbeiterin ansehen. Alex konnte bisher noch nicht einschätzen, ob sie den Anforderungen dieser Aufgabe hier überhaupt gewachsen war. Manchmal erschien sie ihr beinahe etwas grob. Alex blickte auf ihr Namensschild, las zwei unaussprechliche Namen hintereinander.
„Was ist denn Ihr Vorname und was Ihr Nachname?", fragte sie die dunkle, große Frau, die ihr gegenüber saß.
„Weißt du was? Sagst du einfach Aslan zu mir, okay?", schlug ihr diese gutgelaunt vor.
Alex bemerkte, dass Jaqueline ein Grinsen kaum unterdrücken konnte, als sie mit Aslan an ihr vorbei ging, zu ihrer ersten Bewohnerin.

Nach eineinhalb Stunden hatte sie genug gesehen. Ihre Eindrücke waren ausreichend, um zu einer abschließenden Meinung zu kommen. Die ihr zugeteilten Bewohner hatte Aslan ausgezeichnet und sehr liebevoll versorgt. Ihre Art war zwar etwas laut und direkt, sie wurde von den Alten jedoch geliebt und geschätzt.
„Sie haben eine sehr nette und gründliche Art in Ihrer Pflege, das gefällt mir, Aslan. An Ihrer Hygiene müssen Sie noch arbeiten. Das schmutzige Bettzeug werden Sie zukünftig sofort in den Wäsche-

sack abwerfen und nicht zuvor am Boden ablegen. Und desinfizieren Sie sich bitte die Hände, wenn Sie von einem zum nächsten gehen, und, Aslan", Alex' Stimme senkte sich und wurde einen Ton dringlicher, „Ihre Ringe an den Fingern lassen Sie zukünftig zu Hause, ich erinnere Sie an die letzte Dienstanweisung, die auch Sie unterschrieben haben. Haben Sie mich verstanden?"
„Ja, ist schon gut. Habe ich heute Morgen nur vergessen."
Dein Wort in Gottes Ohr. Alex wollte sich nach dieser kurzen Nachbesprechung mit ihr schon verabschieden, aber ihre Mitarbeiterin hielt sie davon ab.
„Jetzt wird nicht gegangen. Jetzt trinken Sie einen Kaffee."
„Danke, ich hatte bei der Übergabe …"
„Aber keine griechische Mokka. Sie bleiben."
Damit ließ Aslan Alex stehen und begab sich zur Küchenzeile hinüber.
Nun gut, dann bleib ich eben noch einen Augenblick.
Alex nahm das Formular für Pflegevisiten, schrieb ihre Notizen ins Reine und heftete sie in den Qualitätsmanagement-Ordner ab. Sie war noch nicht damit fertig, als Aslan ihr eine Tasse Mokka hinstellte. Im selben Moment betrat Jaqueline das Stationszimmer.
„Trinkst du auch einen Mokka?", fragte Aslan.
Bevor Jaqueline sich überhaupt entscheiden konnte, bekam sie eine kleine Tasse vor sich hin gestellt.
„Es sieht so aus, als hätten wir hier nichts zu sagen", bemerkte Alex trocken. Jaqueline lächelte sie an. Sie entblößte dabei ein paar wunderschöne weiße Zähne.
Alex fragte sich gerade, ob sie diese Frau zum ersten Mal lächeln sah, als sie Jaqueline sagen hörte:
„Ich habe hier keinen leichten Stand. Schön, dass Sie das bemerken."
Alex sah einen Augenblick auf ihre Hände. Ihr fiel der Silberring auf, an einem ihrer Finger, die behutsam die Mokkatasse umschlossen. Jaqueline bemerkte ihren Blick.
Sie setzte sich neben Alex, für eine kurze Pause. Sie sah entspannter aus als sonst.
Alex machte sich ihre letzten Notizen auf ihrem QM-Formular und legte es dann zur Seite.
Plötzlich spürte sie eine Hand auf ihrer. Es war eine überaus sanfte Berührung, und sie verblüffte Alex so sehr, dass ihr Blick sich sekundenlang an diesem Bild fest hielt, als müsste sie sicher gehen, dass ihr Tastsinn ihr keinen Streich spielte.

Aber was sollte das denn jetzt?
Sie bemühte sich um einen gefassten Tonfall. „Ich hatte eigentlich angenommen, dass wir dieses Thema bereits abschließend besprochen haben, Jaqueline."
Jaqueline zog ihre Hand sofort zurück.
„Jaqueline, wie ich Ihnen bereits sagte, wäre meine Bemerkung neulich nicht gefallen, wenn ich gewusst hätte, dass Sie ausgerechnet eine Mitarbeiterin in diesem Seniorenzentrum sind, bei dem ich mich beworben hatte. Es ist vielleicht altmodisch, aber ich trenne Beruf und Privatleben und ich möchte nicht, dass Sie zukünftig solche Versuche wiederholen, sonst wird das für Sie Konsequenzen haben. Ist Ihnen das jetzt deutlich genug?"
Jaqueline schwieg.
„Jaqueline."
„Ja, völlig klar. Entschuldigen Sie." Jaquelines Blick war starr geradeaus gerichtet.
„Außerdem wissen Sie, dass Ringe aus hygienischen Gründen in der Pflege verboten sind. Es würde mich freuen, wenn Sie sich selbst daran halten würden, sonst brauche ich mich nicht zu wundern, wenn Ihre Mitarbeiter es nicht tun."
Jaqueline sah auf ihren Silberring herab.
Lag da Bedauern ihrer Mimik?
„Das gilt auch für Freundschaftsringe, Eheringe und dergleichen", ergänzte Alex.
„Er ist weder das eine noch das andere", sagte Jaqueline bestimmt.
Alex trank ihre Tasse leer und nickte ihr zu, zum Abschied.
Das war die Antwort auf eine Frage, die Alex ihr nicht gestellt hatte.
Sie stand auf und verließ das Schwesternzimmer.

Es wunderte sie, dass ihr später der Anblick von Jaquelines Händen wieder vor Augen auftauchte. Stunden später, als sie längst wieder in ihrem Büro war.
Ihre Hände hatten etwas Ehrliches an sich. Hände, die es gewohnt waren zu pflegen: Sanft und freundlich. Finger, mit kurzen, runden Fingernägeln. Sehr angenehme Hände. Eigentlich.
Ihre Berührung hatte ihr noch nicht einmal Unbehagen verursacht.
Sie ist deine Mitarbeiterin, ermahnte Alex sich selbst, als sie sich wieder auf ihre Arbeit konzentrierte.

9

Alex hatte erst wieder mit Jaqueline zu tun, als Ende der Woche nachmittags ihr Telefon läutete. Wohnbereich 2, zeigte ihr das Display an. Die Demenzstation.
Sie drückte auf den Knopf mit dem Lautsprecherzeichen. „Was gibt's?"
„Könnten Sie gleich mal rüber kommen?", hörte sie Jaqueline fragen. Sie klang verzweifelt. Im Hintergrund konnte Alex auch den Grund dafür hören. Eine Frauenstimme zeterte:
„Und ich bleib hier stehen, bis die Heimleitung kommt, und der werd ich was erzählen, was Sie hier für ein …"
Jaquelines Stimme unterbrach das Lamentieren. „Wir haben hier eine aufgebrachte Angehörige, die Sie unbedingt sprechen möchte."
Ihr Tonfall sagte soviel wie: Es tut mir leid, dass ich Sie damit belästigen muss.
Aber Alex hatte den Notfall ja selbst mitgehört. „Ich komme sofort. Bis gleich."
„Danke."

Sie benötigte nur ein paar Minuten zur beschützen Wohngruppe, gab den Zahlencode ein und passierte die Stationstür. Sie konnte das Geschrei von weitem hören.
Mehrere Bewohner sahen bereits verängstigt aus, und es herrschte eine allgemeine Unruhe auf Station, die sofort auffiel. Alex spürte, wie der Zorn in ihr hochkochte. Wie konnte sich diese Besucherin erlauben, sich so aufzuführen?
Sie erreichte das Schwesternzimmer. Eine Frau um die Sechzig stand an der offenen Tür und schrie Jaqueline an:
„Ich zeige Sie an, ich wende mich an den Medizinischen Dienst. Warten Sie nur, bis ich Ihrer Chefin alles erzählt habe."
„Was wollen Sie mir denn alles erzählen?", fragte Alex in schneidendem Tonfall. Die ältere Frau drehte sich zu ihr um.
„Breitenbach", stellte Alex sich vor, „ich bin die Einrichtungsleitung."
Die Frau musterte sie von Kopf bis Fuß. Alex wartete nicht, bis sie damit fertig war.
„Sie werden augenblicklich in einem normalen Tonfall weiter reden, sonst werde ich von meinem Hausrecht Gebrauch machen und Sie von hier entfernen lassen."

Die Frau starrte sie verblüfft an. Alex' Ton schien ihr die Sprache verschlagen zu haben.
„Wenn Sie möchten, können wir uns gerne drinnen weiter unterhalten." Alex ging vor der Besucherin ins Stationszimmer, wartete, bis sie eingetreten war, gefolgt von Jaqueline, und schloss die Tür hinter ihnen. Sie sah zu Jaqueline, die sich auf den Schreibtisch gesetzt hatte. Ihre Blicke trafen sich. Jaqueline schien erleichtert zu sein, aber in ihren blauen Augen spiegelte sich ein schlechtes Gewissen. Alex fragte sich, wieso. Was auch immer der Grund für das Verhalten der Besucherin war, keine Mitarbeiterin brauchte sich so einen Umgangston gefallen zu lassen. Warum wehrte sie sich nicht dagegen?
„Was wollten Sie mir sagen?", wiederholte Alex ihre Frage.
Das war das Stichwort, sofort begann die ältere Frau lautstark:
„Das ist doch eine Schweinerei …"
„Ich sage es Ihnen jetzt zum letzten Mal: Reden Sie mit mir in einer normalen Lautstärke!"
Die ältere Frau sah sie mit großen Augen an.
„Ich möchte mich beschweren", sagte sie dann, ruhiger als zuvor.
„Tun Sie das, dazu bin ich da. Vielleicht wollen Sie mir auch noch sagen, mit wem ich es zu tun habe?"
„Ich bin Frau Müller. Und meine Mutter wird hier nicht richtig versorgt."
„Wie kommen Sie darauf?"
„Sie bekommt zu wenig zu Essen und zu Trinken, und richtig angezogen ist sie auch nicht."
„Kann ich einen Blick in die Akte werfen?", fragte Alex an Jaqueline gewandt.
„Natürlich." Jacqueline reichte ihr hastig die Dokumentenmappe.
Alex hatte sie noch nie so angespannt gesehen. Ihre Hand zitterte etwas, als sie ihr die Mappe reichte. Hatte ihr die Angehörige so zugesetzt, oder hatte sie tatsächlich ein schlechtes Gewissen wegen irgendeines Versäumnisses?
Sie überflog die Unterlagen. „Wer sind Sie? Frau Gertraud Müller?"
„Nein, ich bin die Schwester, Hildegard Müller."
Alex nickte. „Sie sind nicht die Generalbevollmächtigte, richtig?"
„Die Vollmacht hat meine Schwester, aber es handelt sich immer noch um meine Mutter …"
Alex unterbrach sie, nachdem sie in der Akte auf eine vollständig aufgeführte Ein- und Ausfuhrtabelle gestoßen war, die belegen

konnte, dass die Bewohnerin ausreichend zu essen und zu trinken bekam. Im Pflegebericht stand, dass sie sich heute in guter Tagesform befand, heute Morgen sogar gebadet worden war. Sie hielt jedes weitere Wort überflüssig. „Wenn Sie keine Vollmacht haben, werde ich mich nicht mit Ihnen unterhalten. Sie haben kein Recht auf eine Auskunft von meiner Seite, auch nicht von Seiten der Pflegekräfte. Wenden Sie sich mit ihrem Anliegen an Ihre Familienangehörigen, die in Besitz der Vollmacht sind. Und jetzt möchte ich Sie bitten, Ihren Besuch hier im Stillen fortzusetzen."

Die Frau stand da mit offenem Mund, dann klappte sie ihn wieder zu, um anschließend zu sagen:

„Das wäre mir bei Ihrem Vorgänger nicht passiert. Der hatte immer ein Ohr für die Beschwerden der Angehörigen."

„Sie haben keinen Grund, sich zu beschweren. Ihre Mutter wird hier sehr gut versorgt. Ich rate Ihnen dringlich, sich hier angemessen zu verhalten und meine Mitarbeiter nicht bei der Ausführung ihres Tagesgeschäfts zu behindern. Falls Sie noch Gesprächsbedarf haben, kommen Sie nachher in mein Büro. Sie finden es im Erdgeschoss."

Mit diesen Worten öffnete sie die Tür. Die Angehörige verließ das Stationszimmer tatsächlich wieder. Alex wartete, bis sie draußen war, dann ließ sie die Tür wieder ins Schloss fallen und wandte sich an ihre Mitarbeiterin.

„Und das hätten Sie nicht selbst hinbekommen?" Alex' Tonfall war leicht provokativ. Warum ließ Jaqueline so mit sich umspringen?

„Was?", fragte Jaqueline verständnislos.

„Dass Sie dieser Angehörigen Grenzen setzen, dass Sie sich wehren?", schlug Alex vor.

Jackie sah aus, als wäre sie nie auf diese Idee gekommen. „Darf ich das? Ich meine, äh, was hätte ich …" Dann versiegte ihr Redefluss. Offensichtlich wusste sie nicht mehr weiter.

„Was war der Auslöser für dieses entgleiste Verhalten?", half Alex ihr wieder auf die Sprünge.

„Ich kann es Ihnen nicht mal genau sagen. Im Prinzip ist es auch egal. Sie findet immer etwas, was ihr nicht passt. Entweder, weil ihre Mutter die Schuhe verkehrt herum an oder das Unterhemd über dem Pullover angezogen hat. Frau Müller kann so etwas nicht akzeptieren. Sie denkt immer, wir würden nicht richtig nach ihrer Mutter sehen."

Alex sah ein, dass es für einen Laien manchmal wie Vernachlässigung wirkte, wie so manch ein Patient auf der Station herumlief. Aber das durften sie bei ihnen eben, dazu waren sie nun mal eine geschützte Station. Sie griffen hier nicht sofort korrigierend ein und verbesserten, was demente Menschen mit Stolz selbst noch geschafft hatten. Und wenn sich ein Bewohner eben ungewöhnlich anzog, dann durfte er so bleiben, wenn er sich selbst und andere nicht gefährdete.
Sie würde sich darum kümmern, diese Frau beim nächsten Vortrag über Demenz einzuladen, um ihre Wissenslücke zu schließen. Sie war ja zu vielem bereit, aber nicht dazu, einen derartigen Tonfall durchgehen zu lassen. „Und warum lassen Sie sich das jetzt gefallen?"
Jaqueline sah sie erneut verblüfft an. „Was sollten wir dagegen tun? Ich kann mir die Angehörigen nicht aussuchen."
„Setzen Sie ihr Grenzen, Jaqueline. Und falls Sie das in einem höflichen, bestimmten Ton nicht hinbekommen, dann üben Sie es. Ich melde Sie gerne zu einer Fortbildung für Konfliktmanagement oder Rhetorik an. Falls Sie es bis dahin noch nicht schaffen, rufen Sie mich bitte früher, bevor der ganze Wohnbereich in Angst und Schrecken versetzt wird."
„Ja, danke", hörte Alex Jaqueline sagen. Es fiel ihr auf, wie ihre Mitarbeiterin sie verwundert ansah. „Ihre Dokumentation ist übrigens wirklich gut", fuhr sie fort und sah ihr direkt in die Augen, aber sie war sich nicht sicher, ob ihre Mitarbeiterin dieses Lob überhaupt zur Kenntnis nahm. „Und setzen Sie sich zukünftig nicht mehr auf Ihren Schreibtisch. Das ist gegen die Hygienevorschrift."
Jaqueline nickte nur, wandte ihren Blick nicht ab. Nur ihre Lippen bewegten sich in ihrem Gesicht. „Ja."
Alex verließ den Raum und warf beim Hinausgehen noch einen Blick in die Runde. Es war wieder Ruhe eingekehrt, trotzdem die Angehörige mit ihrer Mutter im Aufenthaltsraum geblieben war. Kaum vorstellbar, dass sie vor fünf Minuten noch umhergeschrien hatte. Hildegard Müller blickte nicht auf, als Alex an ihr vorbei ging. Dafür konnte sie die Blicke der beiden Helferinnen in ihrem Rücken spüren, bis sie den Wohnbereich wieder verlassen hatte.

10

Jackie musste sich setzen. Ihr Herz schlug gegen ihre Rippen. Das hätte sie nie gedacht!

Sie war verzweifelt gewesen, als sie sich nicht mehr zu helfen gewusst und die Nummer gewählt hatte. Sie konnte sich kaum dazu überwinden, ihre Chefin um Hilfe bitten, nach dieser Abfuhr bei ihrer letzten Begegnung. Eigentlich hatte sie sich vorgenommen, zukünftig unauffällig und gewissenhaft ihrer Arbeit nachzugehen. Und dann passierte so etwas: Kam die Müller her und brüllte herum! Sie war hilflos gewesen, sie gab es ja zu, sie hatte diese Frau nicht zur Räson bekommen. Ihre Helferinnen hatten sie schon ganz unsicher angesehen und so hatte sie in ihrer Not zum Telefon gegriffen, mit der Gewissheit, nun schon wieder eins auf den Deckel zu bekommen.

Aber nichts in der Art war geschehen. Im Gegenteil! Ihre Vorgesetzte hatte ganz klar für sie Position bezogen.

Mein Gott, tat das gut! Sie fuhr sich erleichtert durchs Haar.

Die Frau war wirklich der Hammer. Sie war kompetent, sie war fair, und …, Jackie seufzte auf, … und sie hatte so umwerfend ausgesehen!

Ihre Art zu reden zeugte von Selbstsicherheit und Kompetenz, sie hatte deutliche Worte gefunden, war sachlich geblieben. Es hatte Jackie imponiert, wie schnell sie Frau Müller ruhig gestellt hatte. Hildegard Müller sollte übrigens mal dringend zu einem Therapeuten gehen. Seit Wochen machte sie Jackie nun das Leben schwer mit ihren ewigen Beschwerden und ihrer Herumstänkerei. Aber die Breitenbach hatte ihr Grenzen gesetzt, in aller Deutlichkeit. Jackie hatte das zornige Aufblitzen in ihren dunklen Augen gesehen.

Diese Frau hatte Temperament.

Jackie musste sich eingestehen, dass sie mit jedem Tag mehr von ihr beeindruckt war.

Und diese Person hatte damals tatsächlich versucht, mit ihr zu flirten?

Es erschien ihr immer unwirklicher.

11

„Was? Echt? Und sie hat dich nicht zur Schnecke gemacht?“, fragte Jasmin.

Es war halb neun Uhr abends, Übergabe an die Nachtwache. Beide verantwortlichen Kräfte waren dabei, die besonderen Vorfälle des Tages zu berichten.

„Nein, im Gegenteil. Sie hat Frau Müller rund gemacht: Was ihr einfallen würde, so herumzuschreien.“

„Ist ja der Hammer. Mir scheint, wir haben endlich mal eine richtig gute Heimleitung“, sagte Renate begeistert.

„Ich soll es lernen, ihr Grenzen zu setzen und sie möchte nicht, dass auf Station rumgeschrien wird. Im Notfall sollen wir sie rufen.“

„Wirklich gut.“ Jasmin war beeindruckt.

Dann fuhren sie fort, die wichtigsten Informationen über die Bewohner zu übergeben. Jasmin für den unteren Wohnbereich, Jackie für den oberen. Nach einer Viertelstunde waren sie durch, und die Nachtwache machte sich auf zum ersten Rundgang.

„Kannst du es mit der Breitenbach besonders gut, oder hätte sie dasselbe auch für uns andere getan?“, fragte Jasmin, kaum dass sie unter vier Augen waren.

„Wenn es irgendjemand nicht gut mit ihr kann, dann bin ich es. An persönlicher Vorliebe kann es nicht liegen. Ich schätze, die Frau hat Prinzipien.“

Leider, fügte Jackie in Gedanken hinzu. Warum musste sie auch so strikt Privates von dem Beruflichen trennen?

„Warum? Was hat sie gegen dich?“

Jackie zögerte. Ob sie es ihr tatsächlich erzählen sollte?

„Sag schon. Du weißt, ich halte immer dicht.“

Damit hatte Jasmin Recht. Sie arbeiteten nun über fünf Jahre zusammen. Jasmin hatte Jackie noch nie enttäuscht. Auch ihre intimsten Angelegenheiten waren bei ihr sicher.

„Ich hab meinen ersten Anschiss von ihr bereits bekommen“, gestand Jackie.

„Was? Du? Wann?“ Jasmin sah sie gespannt an.

Jackie holte tief Luft und begann zu erklären: „Mir ist die Breitenbach schon ein paar Wochen vorher über den Weg gelaufen, bevor sie hier angefangen hat. Sie hatte damals tatsächlich versucht, mit mir zu flirten, aber ich dumme Kuh habe es noch nicht mal bemerkt.“

„Was?“, rief Jasmin erstaunt aus. Sie legte sich selbst die Hand über die Lippen. Sie war über ihre eigene Lautstärke erschrocken.
„Die ist auch …ich meine … Das hätte ich nicht gedacht. Und sie wollte was von dir? Ich fass es nicht.“ Dann begann sie zu kichern.
„Wir haben eine lesbische Hausleitung, die scharf auf dich ist?“
„Ist sie nicht. Halt bloß den Rand, ich warne dich.“
„Keine Sorge. Und als ihr euch dann hier gesehen habt? Was hat sie gesagt?“
„Sie hat sich dafür entschuldigt. Wenn sie gewusst hätte, dass ich ihre Mitarbeiterin bin, hätte sie die Bemerkung unterlassen.“
„Welche Bemerkung?“, fragte Jasmin neugierig.
„Das spielt jetzt keine Rolle“, sagte Jackie.
Jasmin merkte, dass sie jetzt vorsichtig vorgehen musste, wollte sie den Rest auch noch erfahren. „Wahnsinn. Du gefällst ihr!“ Sie grinste anerkennend. „Aber du siehst ja auch nun mal super aus“, stellte sie neidlos fest.
Jasmin selbst war recht übergewichtig, worunter sie litt. Aber es gelang ihr nicht, auch nur ein Kilo abzunehmen. Sie schob es auf den Stress in ihrem Job.
„Und warum hast du dir dann einen Rüffel eingehandelt?“, fragte sie neugierig nach.
Jackies Blick wanderte auf den einfarbigen Linoleumboden des Stationszimmers. Ihre Hand fuhr wieder verlegen durch ihre kurzen Haare. „Na ja … Ich hätte es eben lieber nicht versuchen sollen.“
„Wie? Du hast versucht, sie anzumachen?“
„Hab ich gar nicht“, erwiderte Jackie ungehalten, „ich hab lediglich ihre Hand berührt, das war alles.“
Jasmin sah sie irritiert an, musste jedoch feststellen, dass es ihrer Kollegin wirklich ernst war. „Du fährst so richtig auf sie ab, im Ernst?“ Diese Frage war eigentlich überflüssig. Sie konnte es ja selbst sehen, wie Jackie die ganze Sache zu schaffen machte. Und die Breitenbach war ja wirklich nicht ohne, musste Jasmin zugeben. Sie war attraktiv und verstand ihr Geschäft. Und hatte Prinzipien. In Jackies Fall war das allerdings eher von Nachteil. „Blöde Situation. Das war's dann wohl. Nimm's nicht so schwer. Ich denke, du wirst Mittel und Wege finden dich zu trösten. Du warst noch nie ein Kind von Traurigkeit, wenn ich das mal so sagen darf.“ Damit war für Jasmin die Angelegenheit erledigt. Spätestens nächstes Wochenende würde das Thema wieder vom Tisch sein. Erfahrungsgemäß wartete da meist die nächste Frau.

„Ach, laber doch nicht", sagte Jackie mit einer abwertenden Handbewegung.
Jasmin grinste nur. Schließlich hatte sich Jackie noch nie über einen längeren Zeitraum für ein und dieselbe Frau interessiert.

12

Alex hatte sich eingelebt. In ihrem Haus, wie auch bei der Arbeit.
Die Zusammenarbeit mit ihrer Stellvertretung Jasmin, die Pflegedienstleitung für den Stationären Bereich erwies sich immer mehr als eine sehr angenehme Angelegenheit. Jasmin war eine Spitzenkraft, loyal und sehr zuverlässig, dazu verfügte sie über einen ausgesprochen spritzigen, trockenen Humor. Es machte Spaß mit ihr. Sie trug die Sorge dafür, dass ihre Anweisungen umgesetzt wurden. Die Tagespflege boomte, sie war bis auf den letzten Platz an jedem Wochentag ausgebucht. Die ambulante Pflege war mit zwei Touren am Tag ausgelastet. Alex war gerade dabei, die aufgeschriebenen Arbeitszeiten zu überprüfen.
Sie würde in nächster Zeit einmal eine unangemeldete Pflegevisite vornehmen und einen Tag mitgehen. Sie war sich nicht sicher, ob sie der verantwortlichen Leitung soweit vertrauen konnte, wie sie es zum Beispiel bei Jasmin tat.
Im Großen und Ganzen fühlte sie sich sehr wohl. Sie wusste, sie hatte ein kompetentes Team in ihrem Haus und die Mitarbeiter schätzten sie. Sie bemerkte es an der zunehmenden Anzahl kleiner Aufmerksamkeiten oder netter Gesten in ihrem Alltag. Sie nahm es dankbar zur Kenntnis, wusste aber jedoch, dass sie es nicht allen recht machen konnte, und das wollte sie auch gar nicht.
Ihr Ziel war, die größtmögliche Pflegequalität in diesem Haus zu erreichen. Und da war es noch ein Stück des Weges. Ihr Vorgänger schien sein Handwerk tatsächlich nicht sonderlich verstanden zu haben. Sie war nun schon seit Wochen dabei, an den Konzepten und Standards zu feilen, die er ihr hinterlassen hatte. So konnte sie das unmöglich der Heimaufsicht oder dem Medizinischen Dienst vorlegen.
Sie hatte als Erstes einen Qualitätszirkel eingeführt und die Anzahl der Stunden für Mitarbeitermeetings erhöht. Sie erwartete das krea-

tive Sich-Einbringen eines jeden Einzelnen. Das Wissen lieferten die Experten an der Basis nun mal genauso wie die Studierten in der Leitungsriege. Es galt nur, dieses Wissen abzuschöpfen, da war sie sich sicher. Und ihre Mitarbeiter brachten sich begeistert in diese neue Unternehmensphilosophie ein.
Nach zwei Monaten ihrer Amtszeit bemerkte sie sogar einen Rückgang der Krankheitstage.
Das war ja mal interessant.
Beruflich lief es also. Und privat?
Alex machte sich keine Gedanken darüber, dass es bisher noch keine Frau geschafft hatte, sich in ihr Leben zu verirren. Wie sollte das auch gehen - sie arbeitete im Durchschnitt neun bis zehn Stunden am Tag. Da blieb unter der Woche kaum Zeit für so etwas wie Privatleben. Sie war müde und abgeschlagen, wenn sie endlich zu Hause ankam. Die Wochenenden verbrachte sie mit Sport oder Ausflügen zu ihren früheren Freunden.
So gesehen fehlte ihr nichts.
Es fiel ihr selbst nicht weiter auf, dass sie sich in der letzten Zeit gar nicht mehr um neue Frauenbekanntschaften bemühte.
Dieses Thema kam erst wieder aufs Parkett, als Frau Doktor Geiger zur Visite auf die Wohngruppe Eins kam.

13

Alex hatte an der Mittagsübergabe teilgenommen, um sich einen Überblick über das laufende Geschehen zu machen. Eine Frau mit langen, dunkelblonden, Haaren hatte am Ende der Übergabe den Kopf ins Schwesternzimmer gesteckt.
„Wollte nur sagen, dass ich da bin. Ich fang mit Frau Koch an."
„Soll ich Sie begleiten?" Jasmin wartete die Antwort nicht ab. Sie schnappte sich den Dokumentenwagen. „Wenn ich nicht aufpasse, dann hat sie nachher wieder die Hälfte vergessen", sagte sie an Alex gewandt und verschwand.
Alex grinste und machte sich ebenfalls auf den Weg.
Frau Doktor Geiger stand mit Jasmin noch auf dem Gang, ins Gespräch vertieft. Ihre Blicke trafen sich. Eigentlich hatte sie vorgehabt, an ihr vorbei zu gehen, aber Frau Doktor Geiger schien sie es

plötzlich nicht mehr eilig zu haben. Sie lächelte Alex an, ihr Blick blieb auf ihr haften.

Alex sah sich genötigt sie anzusprechen. Sie lächelte verbindlich. „Breitenbach. Ich bin die neue Einrichtungsleitung. Ich schätze, wir kennen uns noch nicht", Frau Doktor schüttelte entzückt ihre Hand. Ihre hellen Augen musterten Alex mit äußerstem Interesse.

„Nein, wir hatten bisher noch nicht das Vergnügen. Ihnen gehört also der Porsche, der auf dem Parkplatz der Hausleitung steht?"

„Ja."

„Ich selbst fahre einen 911er. Tolles Auto. Sind Sie mit Ihrem zufrieden?"

Alex bemerkte Jasmins Ungeduld, sie wollte zur nächsten Patientin. Aber Frau Doktor wartete offensichtlich auf eine Antwort. „Ja, bin ich."

„Wir könnten ja mal eine kleine Ausfahrt machen." Das kam jetzt doch etwas überraschend. Frau Geiger kam noch einen weiteren Schritt auf Alex zu.

Jasmin machte im Hintergrund bereits einen verzweifelten Eindruck. Sie wusste, dass diese Ärztin maximal eine halbe Stunde Zeit mitbrachte. Für sechs Patienten wenig genug. Alex wollte die wertvolle Zeit nicht länger für sich in Beschlag nehmen.

„Gerne", sagte sie, um die Unterhaltung zu beenden.

„Ich rufe Sie an. Was haben Sie für eine Durchwahl?"

„Jasmin wird sie Ihnen gerne geben. Schönen Tag noch."

Und damit ging sie.

14

Es dauerte nicht lange, bis Frau Geiger sich meldete.

Der Zufall wollte es, dass Jasmin dabei wieder anwesend war. Sie saßen in ihrem Büro, über den Dienstplan versenkt und diskutierten die zukünftige Personalentwicklung.

Alex' Telefon summte. Sie zog das schnurlose Handy aus ihrer Tasche. Ein externer Anruf.

„Seniorenzentrum *Am Mühlbach*, Breitenbach, guten Tag!"

Frau Doktor Geiger meldete sich. Eine Ausfahrt am Sonntag. Sie beide. Diesen Sonntag.

Schon?
„Muss ich mal sehen, ob ich Zeit habe.“ Etwas Besseres fiel Alex nicht ein. Sie war nicht begeistert.
Jasmin hatte bereits Lunte gerochen und blickte interessiert auf. Ein leises Lächeln spielte um ihre Lippen.
„Ja, ich meld mich. Ja, versprochen.“ Alex legte auf und seufzte. Wie sollte sie aus dieser Sache wieder heraus kommen? „Sie haben ihr also wirklich meine Nummer gegeben.“ Es war eine Feststellung, keine Frage.
„Haben Sie doch gesagt“, rechtfertigte sich Jasmin sofort.
Alex hatte nicht damit gerechnet, dass Frau Geiger sich melden würde, und dann noch so schnell. „Was ist das für eine Frau, Jasmin?“
Ihre Pflegedienstleitung überlegte kurz. „Niedergelassene Hausärztin aus dem Nachbarort. Verdient nebenher noch viel Geld mit Wellnessprodukten, Aloe Vera und so Zeug, das sie jedem empfiehlt. War die letzten zehn Jahre mit einer Krankenschwester verheiratet. Ist letztes Jahr auseinandergegangen. Seitdem hat sie öfter mal eine Frau an ihrer Seite, aber nichts Ernstes.“
„An Ihnen ist ja ein Privatdetektiv verloren gegangen“, staunte Alex. So genau wollte sie es gar nicht wissen. Sie wollte lediglich einschätzen, auf was sie sich da einließ. Aber das wusste sie jetzt. Es war also ein Date.
Na ja, mal sehen.
„Sie ist doch eine hübsche Frau“, bemerkte Jasmin, als sie wieder mit dem Fortbildungsplan beschäftigt waren. Musste sie Alex jetzt aufbauen?
„Finden Sie?“
Jasmin sah sie erstaunt an. „Finden Sie nicht?“, sie zuckte mit den Schultern, „aber vielleicht kenn ich mich bei Frauen einfach nicht gut genug aus.“
Alex konnte sich ein Lächeln nicht verkneifen.
Sie schätzte Jasmins loyale Art.

15

Vielleicht durfte man die Dinge einfach nicht überbewerten, redete Alex sich ein. Es war nur der Versuch eines Dates. Sie würde es schnell aufklären können. Sie war nicht bereit für mehr, konnte und wollte sich nicht auf mehr einlassen. Die Geschichte mit Elli war noch zu gegenwärtig. Elli war wie Frau Doktor Geiger zehn Jahre älter als sie gewesen. Der Gedanke an sie löste immer noch Niedergeschlagenheit in Alex aus. Obwohl - es war ein Versuch gewesen, der fehlgeschlagen war, mehr nicht.

Also, was wollte diese Frau jetzt von ihr? Auch nur eine Affäre, eine Bettgeschichte?

Alex hatte sich geschworen, sich nie wieder auf so etwas einzulassen. Die nächste Frau würde zu ihr stehen, hundertprozentig. Nie wieder würde ihr so etwas passieren! Sie war schließlich nicht umsonst aus dem Ruhgebiet ins Sauerland umgesiedelt. Ihr Leben hier stand für einen Neuanfang. Keine verdeckten Beziehungsgeschichten mehr, sagte sie laut vor sich hin. Sie würde sich nur noch für Frauen interessieren, die zu dem standen, was sie waren, und natürlich zu ihr.

Alex sortierte die Fakten, versuchte es objektiv zu sehen.

Sie wollten also eine kleine Ausfahrt ins Grüne machen, okay. Konnte Frau Doktor Geiger haben. Beides gefiel ihr: Auto fahren und Ausflüge ins Grüne, einkehren in einen Biergarten. Jederzeit. Und das war's dann, dachte sich Alex, mehr nicht.

Sie überschlug die Zeit in Gedanken. Um 18:00 Uhr wollte sie spätestens wieder zu Hause sein. Dann würde sie noch Zeit genug haben, eine Runde zu joggen und sich in ihre Sauna zu setzen. Oder hatte sie Lust auf den *Tatort* heute Abend? Mal sehen. Auf jeden Fall hatte sie keine Lust, den ganzen Tag für diese Frau zu opfern.

Frau Doktor Geiger hatte ihr am Telefon ihre Adresse genannt. 14:00 Uhr - Alex war pünktlich. Sie stellte ihren Porsche auf den Parkplatz vors Haus, die Geiger hatte sie explizit darum gebeten, und sah sich um. Praxis und Haus waren ein riesiger Wohnblock aus Glas Beton und Holz. Über Geld schien sie in ausreichender Menge zu verfügen, dachte sich Alex. Was auch immer ihre Nebeneinkünfte waren, die Jasmin erwähnt hatte. Die Hausärzte jammern doch sonst immer, wie wenig sie verdienten. Sie grinste vor sich hin, als sie auf die Haustüre zuging.

Frau Doktor Geiger öffnete ihr sofort die Tür, sie lächelte nicht, nein, sie strahlte sie an. Alex war unangenehm berührt.
„Hallo. Kommen Sie rein. Wunderbar, dass Sie da sind. Kann ich Ihnen einen Kaffee anbieten?" Sie war nervös, eindeutig.
Alex lächelte und betrat nach ihr den großzügigen Eingangsbereich. Sie war auf eine protzige Zurschaustellung ihres Eigentums eingestellt. Aber diese Frau hatte Stil, musste sie anerkennen. Das ganze Ambiente war geschmackvoll aufeinander abgestimmt und überaus wohnlich. Sicher, billig war nichts von dem, was sie sah.
Sie gingen nach draußen. Der Garten war berauschend. Es duftete nach blühenden Stauden und Büschen, sie tauchte ein in ein Meer aus Schilf und Blumen. Sie erkannte darin ein großes Vogelhaus, trotzdem es zur Hälfte verdeckt war. Es plätscherte ein kleines Rinnsal in einen künstlichen Teich. Vogelgezwitscher wie vom Tonband. Alex staunte.
„Schön haben Sie es hier."
Frau Geiger freute sich sichtlich, dass es ihr gefiel. „Nehmen Sie Platz. Ich hol nur kurz den Kaffee."
Der Tisch war bereits gedeckt.
Alex setzte sich in einen großzügigen, stabilen Korbsessel. Er war sehr bequem. Sie konnte nicht leugnen, dass man sich hier ausgesprochen wohl fühlten durfte.
Die Geiger war sofort wieder da, schenkte Alex eine Tasse Espresso ein.
„Ich hab ja schon mitbekommen, dass Sie Mokka und Espresso einem normalen Kaffee vorziehen", sagte sie mit einem zuvorkommenden Lächeln. Die Art, wie sie sich in ihrer Gastgeberrolle um sie bemühte, rührte Alex. Damit hätte sie nicht gerechnet.
Frau Doktor Geiger stellte Alex Zucker, Gebäck, Kuchen, sogar eine Kanne Milch, in greifbare Nähe, bevor sie ihr gegenüber Platz nahm. „Bedienen Sie sich." Ihr Lächeln war irgendwie hilflos. Ihre klaren Augen musterten Alex immer wieder, als wolle sie abwägen, was für einen Eindruck diese Umgebung auf sie machte. „Freut mich sehr, dass Sie Zeit gefunden haben", begann sie die Unterhaltung.
„Es wäre ja auch eine Schande, einen so schönen Tag nicht zu einer Ausfahrt zu nützen", antwortete Alex, um sie an den eigentlichen Sinn des Treffens zu erinnern. Sie hatte nicht vor, sich hier verwöhnen zu lassen, um den Rest des Tages abzuhängen. Oder hatte Frau Doktor Geiger das so geplant?

„Ja, ja“, beeilte sich die Geiger zu sagen, „wir starten gleich. Sobald Sie sich etwas gestärkt haben. Oder möchten Sie sich hier noch umsehen? Ich habe eine nettes Schwimmbad hier, eine Sauna mit Whirlpool … Irgendwie muss ja auch mal Entspannung finden, meinen Sie nicht auch?“
„Ja, ich kann mir vorstellen, dass Ihr Job recht stressig werden kann“, sagte Alex höflich und gab ihrer Gastgeberin so die Möglichkeit, ausführlich über sich und den anstrengenden Beruf einer Hausärztin zu lamentieren. Als sie endete, hatte Alex ihren zweiten Espresso getrunken und ein Stück Kuchen vertilgt.
Die Geiger bemerkte es. „Wie bin ich unhöflich, ich rede und rede. Kommen Sie, ich mach mit Ihnen noch einen schnellen Rundgang durchs Haus.“
Alex fühlte sich bereits jetzt erschöpft, mehr emotional als physisch, erhob sich jedoch und folgte Frau Doktor Geiger durch den Garten, um dann durch den Hintereingang in den Wellnessbereich des Hauses zu gelangen.
Es roch nach Chlor und Saunaaufguss. Sehr angenehm. Alex spürte in sich sofort die Lust aufkeimen, ein paar Runden zu drehen, um dann gemütlich in der Holzkammer zu schwitzen.
„Sie gehen gerne in die Sauna?“, fragte die Geiger. Sie hatte ihren Blick nicht von der jüngeren Frau genommen.
„Ja“, gab Alex zu. Und bevor sie ihr die Chance bieten konnte, sie zu einem Saunaabend einzuladen, ergänzte sie rasch: „Ich hab auch eine. Eine original finnische.“
Die Geiger probierte es trotzdem. „Sie können jederzeit vorbei kommen, wenn Sie auf einen Saunabesuch hier Lust haben.“
Alex sah sie nur an. Ihr Lächeln war höflich. Es reichte aus, Frau Doktor Geiger verstand.
„Ich wollte nicht zu aufdringlich sein. Entschuldigen Sie. Es macht mich nur nervös, wenn ich eine so attraktive Frau um mich habe.“
Oh, dachte sich Alex, *sind wir schon so weit?* Solche Bemerkungen hätte sie eher am Ende ihres Treffens erwartet.
Aber die Geiger wurde sogar noch deutlicher: „Sie sind eine sehr gut aussehende Frau, mit einer selbstsicheren, starken Ausstrahlung.“ Ihre grauen Augen sahen Alex beinahe schon unterwürfig an.
Auf was steht diese Frau?, fragte sich Alex und konterte rasch: „Vielleicht wollten Sie diese schöne Frau nun auf Ihren Beifahrersitz bitten, für eine kleine Spritztour?“

Es war ein freundlicher Vorschlag von ihr, ihr Tonfall war warm und ihr Lächeln dazu verbindlich, auch wenn es die Augen nicht erreichte, wie ihr selbst bewusst war. Alex wurde es jetzt irgendwie zu eng. Aber sie interessierte sich für den 911er, der vor der Tür stand. Sie hatte nun mal eine Schwäche für schnelle Sportwagen. Vielleicht konnte diese Frau ja wenigstens gut Auto fahren, hoffte sie.

„Schnall dich an“, sagte die Geiger, oder besser Sabine, Minuten später zu ihr. Sie hatte Alex gerade das du angeboten, und Alex hatte es angenommen. Es sprach sich einfacher, insbesondere auf der Gefühlsebene.
Das Auto gefiel Alex. Ein 911er Cabriolet, rot mit beigefarbenen Ledersitzen. Das Interieur war nicht serienmäßig, sie sah es auf den ersten Blick.
Sabine startete den Motor.
Alex stellte den Beifahrersitz weiter nach hinten, kippte die Lehne etwas an.
„Mach es dir bequem.“
Mach ich.
Sabine gab Gas. Für Alex war kein Unterschied zu ihrem Boxter spürbar. Sabine fuhr eine ihr bekannte Strecke Richtung Wald. Nach zehn Minuten erreichten sie ihr Lieblingsstrecke: Serpentinen für die nächsten sechs Kilometer. Alex juckte es in den Fingern.
„Möchtest du?“, fragte Sabine, die offenbar ihre Gedanken erraten hatte.
Eine überflüssige Frage.
„Gerne.“
Sabine fuhr in eine Parkbucht, stoppte und kam um den Wagen herum zur Beifahrertür. Alex rutschte auf den Fahrersitz, positionierte Sitzfläche und Lehne neu, dass sie den richtigen Abstand zu dem Sportdesignerlenkrad hatte. Es lag gut in der Hand. Ihre Herzfrequenz stieg. Sie konnte nicht dagegen tun. Es war wie eine Sucht.
Sabine schien es zu spüren. Sie lächelte sie an.
Alex startete den Motor. Ein kerniger Sound.
So, nun lass mal den Unterschied sehen.
Er war sofort spürbar.
Dieses Auto hatte wesentlich mehr Biss als ihrer. Dreihundertfünfzig PS, Sechs-Zylindermotor und einen Anzug von 4,3 Sekunden

von 0 auf 100 Stundenkilometer, rief Alex die Daten aus ihrem Gehirn in Erinnerung. Damit hatte sie sogar wesentlich mehr Anzug als eine 1100er BMW.
Warum fiel ihr das gerade jetzt ein?
Sie musste sich langsam an seine Kraft herantasten, musste erst ein Gespür für diesen Motor bekommen, er ging ab wie eine Rakete.
Dieser Porsche zauberte einem ein Lächeln ins Gesicht. Er war faszinierend.
Alex jagte ihn den Berg hoch, gab Gas auf der darauffolgenden Geraden. Sabine hielt sich an der Armlehne fest. Die Schaltwege waren erfreulich kurz und ermöglichten einen raschen Gangwechsel. Den benötigte sie auch. Vor ihr tauchte ein Traktor auf. Der Gegenverkehr war bereits sichtbar. Aber der Überholweg war so kurz, dass es sie selbst überraschte.
„Ein tolles Auto“, sagte sie begeistert zu ihrer Beifahrerin.
Sabine war sichtlich bemüht einen entspannten Eindruck zu wahren. „Fahren kannst du, mein Gott.“ Sie strich sich eine Haarsträhne aus ihrem geröteten Gesicht.
Alex lächelte und gab wieder Gas.
Sie würde diese Gelegenheit auskosten. Sabine schien nichts dagegen zu haben. Sie warf ihr immer wieder einen verstohlenen Blick zu und schien ganz zufrieden zu sein.

Nach über einer Stunde kamen sie wieder bei Sabines Haus an. Alex stellte den Wagen auf den Parkplatz direkt vor der Garage. Vor der Tür der Praxis stand eine ganze Traube von Menschen.
„Das darf nicht wahr sein, hat man denn hier nie sein Wochenende“, seufzte Sabine voller Selbstmitleid.
Sie stiegen aus. Ein junger Mann kam sofort auf die Hausärztin zu. Seiner Mutter ginge es gar nicht gut. Ob sie nicht so nett wäre, sie kurz anzusehen, oder solle er einen Krankenwagen rufen? Alex bemerkte wohl, dass Sabine ihn am liebsten mit deutlichen Worten weggeschickt hätte, sich das jedoch nicht in Alex' Gegenwart traute. Stattdessen versuchte sie, ihr zu imponieren, indem sie sich Alex in der Rolle einer gestressten, sorgenden Ärztin präsentierte.
„Das ist jetzt wirklich ärgerlich. Du wärst jetzt sicher gerne noch mit herein gekommen. Aber wie du siehst ... Leider ruft die Arbeit wieder. Bei deinem Job kennst du das sicher auch. Kann ich dich anrufen? Unter der Woche, vielleicht?“

„Gerne“, hörte Alex sich sagen, „und vielen Dank.“
Sabine nahm ihre Hand, hielt sie eindeutig zu lange, sah ihr genauso lange in die Augen und sagte: „Ich bin diejenige, die sich bedanken muss. Es hat mir viel Spaß gemacht.“
Alex ließ sich mit dem Gefühl der Erleichterung in ihr eigenes Cabrio fallen. Nun gut, es verfügte vielleicht nicht über den bulligen Anzug eines 911ers, aber für den Alltag reichte es völlig aus. Und das Beste: Es saß keine Frau Doktor Geiger neben ihr, dachte sie auf dem Weg nach Hause. Augenblicklich bekam sie ein schlechtes Gewissen.
Sie war um sie bemüht gewesen, diese Frau. Sehr sogar. Es machte Alex nachdenklich.

16

„Frau Kollegin, darf ich Sie zum Mittagessen abholen?“
Es war Montag, Mittagszeit. Herr Fischer stand an ihrer Bürotür. Seit Neustem sprach er sie so an. Ob er damit mehr Nähe erreichen wollte, hatte Alex sich schon gefragt. Warum bot er ihr nicht einfach das du an? Sie würde schließlich nicht damit anfangen können. Laut Protokoll musste dies vom Vorgesetzten initiiert werden. Vielleicht traute er sich nicht.
Nun stand er da und lächelte sie tatsächlich schüchtern an. Alex warf verblüfft einen Blick auf die Uhr.
„Schon halb eins?“ Sie war mit ihren Angelegenheiten noch nicht so weit gekommen, wie sie sich vorgenommen hatte.
„Kommen Sie, machen Sie eine halbe Stunde Pause“, sagte Herr Fischer mutig entschlossen.
„Ja, sofort.“ Alex speicherte ihren Entwurf ab und schaltet den Monitor aus, bevor sie das Zimmer verließ.
Herr Fischer ging charmant plaudernd neben ihr zur Cafeteria. Mittlerweile hatten sie einen Stammplatz. Er setzte sich erst, nachdem sie Platz genommen hatte. Sie begann ihn zu mögen, mit seiner ganzen steifen, etwas verklemmten Art, stellte sie fest.
„Was steht heute Nachmittag auf ihrem Plan?“, fragte er interessiert.
„Mitarbeitermeetings, zuerst das Team der ambulanten Pflege, dann die Pflegestation.“

„Sind Sie mit der Qualität der Mitarbeiter zufrieden?"
„Durchaus, aber wir werden einige dringend erforderlichen Fortbildungen und Unterweisungen nachholen müssen, die gegenüber den Behörden nachzuweisen sind."
„Tun Sie das. Sie haben da völlig freie Hand."
Alex nickte.
„Danke. Und guten Appetit."

Die Arbeit in der Altenpflege hatte noch ihr nie so viel Spaß gemacht wie in diesem Haus. Das Mitarbeiter-Meeting war heute wieder eine ausgelassene und trotzdem informative und konzentrierte Angelegenheit. Sie genoss es, wie jeder sich einbrachte mit Verbesserungsvorschlägen, Ideen, Wünschen. Jasmin als Pflegedienstleitung machte ihren Job sehr gut, sie verstanden sich von Tag zu Tag besser.
Alex schaute auf die Uhr. Zwei Stunden waren bereits vergangen. Sie wunderte sich, dass trotzdem alle Anwesenden noch so aufmerksam waren. Das war ein gutes Zeichen. Ihre Mitarbeiterinnen zollten ihr einen ungeheuren Respekt, das war ihr recht bald aufgefallen. Trotzdem entschied sie sich, sie nicht überzustrapazieren. Sie waren mit allen wichtigen Themen durch, also konnten sie die Sitzung nun auch beenden.
Sie ließ ihren Blick über die Anwesenden schweifen. Es waren etwa fünfundzwanzig Mitarbeiterinnen anwesend, dazu drei Altenpfleger. Dies schien ausbaufähig zu sein, zumal sich die Männer gut in der Pflege machten. Alex holte Luft.
„Das war's für heute. Ich bedanke mich für Ihre Aufmerksamkeit. Notieren Sie auf Ihren Stundenzetteln die Zeit bis 16:00 Uhr und vergessen Sie nicht, sich für die Erste-Hilfe-Fortbildung einzutragen. Es stehen zwei Termine zur Verfügung, die Teilnahme ist Pflicht. Die beiden Wohnbereichsleitungen bitte ich noch dazubleiben, den Rest darf ich schon mal verabschieden. Auf Wiedersehen."
Sie hörte das anschwellende Klopfen auf den Tischen, dann packte einer nach dem anderen ein. Alex wandte sich an Jasmin, die neben ihr saß.
„Haben Sie noch etwas Aktuelles vorzubringen, oder können wir gleich zu meinem Thema kommen?"
„Sie können loslegen, ich habe nichts." Jasmin lächelte.
Sie würde jetzt nicht mit ihren Problemen kommen, selbst wenn sie welche hätte, dachte Alex. Sie ließ Alex den Vortritt. War dies das

Geheimnis ihrer guten Zusammenarbeit? Jasmin hatte sehr schnell herausgefunden, wie man am einfachsten mit ihr umgehen konnte. Alex war sich dessen bewusst und grinste. War sie wirklich so ein offensichtliches Alphatier? Sie wandte sich ihrer zweiten Wohnbereichsleitung zu.

„Haben Sie etwas Aktuelles, Jaqueline?"

Jaqueline - Jackie, rief Alex sich in Erinnerung, denn so wurde Jaqueline im Haus genannt - sah sie an, als wäre sie überrascht, überhaupt angesprochen worden zu sein. „Nein."

So langsam könnte sie ihre Einsilbigkeit hinter sich lassen und offener mit ihr zusammenarbeiten, dachte Alex, sagte jedoch nichts weiter dazu. „Gut, dann würde ich gerne bei Ihnen beiden eine Medikamentenstichprobe nehmen. Drei Bewohner reichen mir. Wir fangen unten an."

Beide schauten etwas verblüfft. Alex stand auf und ging in das Stationszimmer der Wohngruppe eins. Sie sah noch, wie Jasmin Jackie einen fragenden Blick zuwarf.

Alex zog den Dokumentenwagen hervor und entnahm ihm willkürlich drei Akten. „So, wir sehen uns Kurz, Langenbach und Hetzinger an. Wenn Sie mir den Medikamentenschrank schon mal öffnen, Jasmin."

Alex verglich die Eintragungen des Medikamentenblattes mit denen im Vorrat des ausgewiesenen Bewohners. Sie fand bei allen drei Bewohnern Unstimmigkeiten.

Beim ersten war ein eingetragenes Bedarfmedikament nicht vorrätig, beim zweiten hatte der Arzt die Dosierung nicht deutlich genug dokumentiert, beim Dritten war das Medikament von der Apotheke in der falschen Dosierung geliefert worden. Der Fehler war nicht bemerkt worden, man hatte die Schachtel einfach in die Box des Bewohners geräumt. Alex war ernüchtert.

„Ich gebe Ihnen zwei Tage Zeit, um diesen Laden hier in Ordnung zu bringen, okay?"

Jasmin nickte betroffen. Eine so schlechte Qualität im Umgang mit Medikamenten hatte sie auf ihrer Station wohl nicht erwartet.

„Gehen wir nach oben?", fragte Alex an Jackie gewandt.

„Ja."

Alex musste sich zwingen, nicht die Augen zu verdrehen bei so viel Gesprächsbereitschaft. Sie ging im oberen Stockwerk genauso vor wie unten und zog willkürlich drei Akten heraus. Jackie öffnete den

Medikamentenschrank und stand neben ihr, während sie kontrollierte.
Alex fand keinen einzigen Fehler. Alles war vorbildlich beschriften, angeordnet, abgezeichnet und vorrätig. Lediglich bei einem einzigen Fläschchen fehlte das Anbruchsdatum. Alex war sich fast sicher, dass dieses Versehen von Jackies Kollegin begangen worden war. Die gesamte Medikamentenverwaltung war oben wesentlich übersichtlicher und ordentlicher.
„So, wie es aussieht, könnten Sie Ihrer Kollegin etwas Nachhilfeunterricht geben, damit wir unten denselben Standard haben", bemerkte Alex trocken.
Jackie schien diese Anerkennung ihrer Arbeitsleistung gar nicht zu registrieren. „Ja", sagte sie lediglich. Offenbar war sie nicht ganz bei der Sache.
Alex stutze, wandte ihren Blick vom Arzneimittelschrank zu ihr. Jackie musste sie schon längere Zeit betrachtet haben. Ihre Blicke verschmolzen für einen kurzen Augenblick ineinander. Die plötzliche Nähe zu dieser Frau irritierte Alex.
Jackies schön geschwungene Lippen bewegten sich, formten Worte: „Es müsste niemand mitbekommen, Frau Breitenbach, wenn Sie es nicht wollen." Ihre Stimme war leise, mehr wie ein Hauch. „Sie werden es nicht bereuen. Ich versprech's Ihnen!" Ihre Lippen waren dicht an Alex' Ohr.
Alex begriff immer noch nicht. Erst als Jackies warme Hand zärtlich ihre Taille aufwärts strich, verstand sie, was Jackie ihr da soeben vorschlug.
Sie war geschockt.
Das war ihr bis jetzt noch nie passiert, weder in ihrem privaten noch in ihrem beruflichen Leben. Hatte diese Frau so etwas nötig?
Sie spürte wie ihr Blutdruck anstieg. „Verdammt noch mal, Jackie!" Es war ihr in ihrem Zorn nicht bewusst, dass sie ihre Mitarbeiterin mit Spitznamen ansprach. „Ich hatte wirklich angenommen, Sie hätten so langsam die Kurve gekriegt!" Alex holte tief Luft, schnappte sich die drei Akten, verließ das Medikamentenseparée und warf die Unterlagen auf die Arbeitsplatte. Jackie war ihr gefolgt, versuchte noch irgendetwas zu erklären. Alex wollte jedoch nichts mehr hören.
„Ich gebe Ihnen Zeit, bis Ende dieses Monats, damit Sie Ihre Angelegenheiten hier sauber übergeben können. Nächsten Monat werde ich Sie versetzen. Ich sehe mich außerstande, länger mit Ihnen zu-

sammenzuarbeiten." Mit diesen Worten verließ Alex das Schwesternzimmer.
Beinahe wäre sie mit Aslan zusammen gestoßen. Alex ging grußlos weiter in Richtung Treppenhaus.
Das war sonst nicht ihre Art.

17

Aslan warf ihrer Wohnbereichsleitung beim Eintreten ins Schwesternzimmer einen durchdringenden, prüfenden Blick zu. Jackie saß auf einen der Stühle, die vor dem Stationscomputer standen, und starrte vor sich hin. Sie atmete tief ein, wie nach großer Anstrengung.
Aslan räumte die herumliegenden Akten in den Dokumentenwagen. Ihre dunklen Augen fanden zu ihrer Teamleitung zurück, diesmal mit dem Ausdruck von Sorge. Dass Jackie auf ihre Chefin scharf war, hatte sie ja bereits vermutet, aber sie würde doch um Himmels Willen nicht versucht haben, sich ihr zu nähern?
„Du bist verrückt", sagte sie zu ihr.
Jackie zeigte mit keiner Reaktion, dass sie ihre Worte auch nur gehört hätte.
Aslan ließ sie wieder alleine. Sie wusste, wann es hoffnungslos war, mit Jackie zu reden.

18

Alex warf sich in ihren Schreibtischstuhl, kaum dass sie ihr Büro erreicht hatte. Sie atmete ein paar Mal tief durch.
Der Job hier könnte so schön sein, wenn diese Frau nicht wäre. Warum war sie ihr überhaupt jemals begegnet? Hätte sie nicht einfach vorbeifahren können?
Aber schließlich hatte sie ihr gefallen, damals. Sie stand auf kurzes blondes Haar, das wusste sie schon lange. Aber sie konnte sie nicht wissen, wer sie war und was sich hinter dieser Frau überhaupt verbarg.

Wie konnte Jackie sich bloß dermaßen anbiedern? Und sie hatte immer geglaubt, diese Frau hätte Rückgrat, wäre eine taffe Persönlichkeit. Oh Gott! Was hatte sie ihr da soeben angeboten? Eine Affäre? Wenn es das noch gewesen wäre ... aber statt dessen hatte sie ihr offenbar ganz devot ein sexuelles Abenteuer angeboten.
Sie werden es nicht bereuen, ich versprech's Ihnen.
Alex spürte, wie ihr übel wurde.
Sie musste hier raus.
Nach einem Blick auf die Uhr entschied Alex sich, pünktlich Feierabend zu machen. Eine Runde joggen würde ihr jetzt helfen, sich abzulenken. Sie packte zusammen und verließ das Büro.
Sie würde Jackie versetzen. Nächsten Monat. Dann hatte dieses missliche ein Ende.
Alex stieg in ihr Auto. Sie musste sich beherrschen, nicht loszurasen.
Was waren noch ihre Vorsätze bezüglich der nächsten Frau gewesen? Eine richtige Frau, eine taffe Persönlichkeit, eine, die zu ihr stand. Das würde ja eher auf Frau Doktor Geiger zutreffen als auf Jackie.
Sie hat mich tatsächlich derb angebaggert. Alex konnte es immer noch nicht fassen.
Jackie schien zu der Sorte Frau zu gehören, die das Abenteuer suchte. Das war ihr bereits klar gewesen, seit einer Bemerkung von Jasmin über ihr häufiges morgendliches Zu-Spät-Kommen, insbesondere an den Wochenenden.
Warum gab Jackie nicht endlich auf? Musste sie sich beweisen, Alex auch ins Bett bekommen zu können, obwohl sie ihre Chefin war, oder vielleicht ja gerade deswegen?
Alex gab es auf, weiter darüber nachzudenken. Sie war zuhause angekommen. Das Garagentor öffnete sich. Sie fuhr hinein.
Jetzt schnell umziehen und eine Runde laufen.
Am besten zehn Kilometer. Danach in die Sauna.
Sie spürte, wie bereits der Gedanke daran sie entspannte.

19

Jackie war kaum in der Lage, ihre Schicht zu Ende zu bringen.
Sie war vor Enttäuschung über sie selbst wie gelähmt, konnte sich kaum aufraffen. Sie hatte tatsächlich ihre Chefin angemacht, auf übelste Weise. Was war bloß in sie gefahren? Sie hatte irgendwann nur noch diese Frau gesehen. Sie konnte ihren Blick nicht mehr von ihr abwenden, war kaum mehr in der Lage, etwas Klares zu denken. Wie würde es sich anfühlen, wenn man sie berührte? Sie war so verdammt hübsch.
Dann musste ihr irgendwie eine Sicherung durchgebrannt sein.
Was wäre geschehen, wenn sich die Breitenbach damals auf einen Flirt mit ihr eingelassen hätte? Wieder und wieder hatte Jackie sich Versionen vorgestellt, wie der Tag hätte verlaufen beziehungsweise enden können. Ihr wurde wieder heiß bei dem Gedanken. Wäre sie mit zu ihr gegangen? Auf ihre Bude? Diese Frau?
Vielleicht wäre es für sie ein Abenteuer gewesen, einfach etwas anderes, auf das sie sich eingelassen hätte. Wahnsinn. Vielleicht hätte sie diese Frau ja tatsächlich ins Bett gekriegt. Es wäre der Himmel auf Erden gewesen. Alex war sich sicher.
Wen hätte es gestört, wenn sie sich später hier begegnet wären? So etwas passiert, sei's drum. Vielleicht wäre auch mehr daraus geworden.
Mehr? Wie viel mehr?
Jackie wusste selbst, dass sie zu keiner längeren Beziehung fähig war. Warum sehnte sie sich ausgerechnet bei Alex Breitenbach danach? Weil sie sowieso unerreichbar für sie war? Hatte Jackie sich deswegen in sie verliebt, weil sie nie Angst haben müsste, dass es eines Tages ernst werden könnte?
Sie war verwirrt, es gelang ihr kaum, ihre konfusen Gedanken zur Seite zu schieben.
Währenddessen arbeitete Aslan für zwei. Sie machte Abendbrot, brachte ihre zugeordneten Bewohner und die ihrer Kollegin ins Bett, kümmerte sich um die korrekte Dokumentation.
Jackie übergab alles an die Nachtwache.
Dann ging sie.

Zehn Minuten später stand sie an der Bürotür der Hausleitung. Es war dunkel darin. Sie hatte auch nicht wirklich angenommen, Alex

Breitenbach noch anzutreffen. Sie musste sich entschuldigen. Dringend.

Hatte sie das wirklich gesagt?

Sie schien in der Nähe dieser Frau nicht mehr zurechnungsfähig zu sein. Was hätte sie ihr sonst sagen sollen? Dass sie es nicht mehr schaffte, sie aus ihrem Kopf zu bekommen? Dass andere Frauen sie schon lange nicht mehr interessierten?

Seit Jackies Antrittsbesuch im Büro ihrer neuen Chefin hatte sich alles verändert. Sie konnte ihr Leben nicht mehr einfach so weiterleben wie bisher. Es ging nicht mehr.

Jackie dachte nur noch an Alex. Es war mehr als ein Schwarm, es war auch mehr als nur Verliebtsein. Sie war wie krank. Es erschien ihr selbst als nicht mehr normal. Sie sehnte sich immer mehr nach dieser Frau, ihre dunklen Augen, ihrem Lächeln, nach der Art, wie sie ihre Hände beim Sprechen bewegte. Sie mochte es, wie Alex sich kleidete, schminkte … einfach alles an ihr. Jackie mochte ihren Geruch, den man sofort wahrnehmen konnte, wenn sie das Büro betrat. Kein Parfüm, nein, wesentlich dezenter, vielleicht strömte ihr Duschgel oder die Bodylotion ihn aus, diesen Duft. Alle ihre Sinne schärften sich in Alex' Nähe oder schalteten ganz ab, wie es heute geschehen war.

Sie hatte es wieder einmal völlig versiebt.

Erschöpft und maßlos enttäuscht von sich selbst lehnte sie sich an die Bürotür ihrer Hausleitung, sank in die Knie und weinte.

Sie hatte Klaus angerufen, in ihrer Verzweiflung. Gott sei Dank, er war zu Hause.

„Komm zu mir“, sagte Klaus am Telefon, „wir überlegen gemeinsam, was du jetzt noch tun kannst.“

Er half ihr, so gut er konnte. Sie schmiedeten einen Plan. Jackie sollte sich gleich am nächsten Tag für alles entschuldigen. Klaus würde sie begleiten.

„Komm schon, es wird alles gut“, tröstete er seine Freundin, wie er es schon so oft getan hatte.

Sie waren schon immer so etwas wie Geschwister füreinander gewesen. Eigentlich schon ab ihrer Grundschulzeit. Jackie wohnte damals mehr bei Klaus' Familie als bei ihrer eigenen Mutter. Niemandem würde er sich je so anvertrauen wie ihr, und bei Jackie war es genauso. Klaus war immer für sie da.

Sie kuschelte sich dankbar in seinen Arm. „Ach Klaus, wenn ich auf Männer stehen würde, würde ich dich heiraten."
Er lächelte auf seine süße, bescheidene Art. „Das würde uns auch nichts bringen."
Natürlich nicht - schließlich war Klaus schwul.
Sie lachten beide.
Jackie sah ihn dankbar an. Es würde alles wieder gut werden. Nach einem gemeinsamen Abendessen gingen sie schlafen.

20

Alex konnte nicht abschalten, auch am nächsten Tag nicht. Immer wieder fanden ihre Gedanken zu ihrer Mitarbeiterin zurück und sie suchte nach neuen Erklärungen für ihr Verhalten.
Sie hatte es nicht geschafft, sich Distanz zu verschaffen, auch nicht, nachdem sie eine Nacht darüber geschlafen hatte. Sie war aufgewühlt und unruhig. Der Sport gestern hatte sie nur kurzfristig wieder ins Lot gebracht. Dieses merkwürdige Gefühl der Enttäuschung und der Schock über Jackies übergriffiges Verhalten waren heute Morgen wieder mit ihr aufgewacht. Dennoch - Alex fühlte sich irgendwie schuldig an Jackies Verhalten, konnte sich aber nicht erklären, warum. Hatte sie diese Frau nicht wirklich deutlich genug abgewiesen?
Wieder schob sie den Gedanken von sich und atmete tief durch, als sie an ihrem Schreibtisch saß.
Im Prinzip konnte es ihr egal sein. Nächsten Monat war das Thema sowieso gegessen, dann wäre Jackie nicht mehr in ihrem Haus beschäftigt, sondern bei ihrer Kollegin im Nachbarort.
Alex warf einen Blick in ihren Outlook-Kalender. Auf ihrem Tagesprogramm standen heute keine Anliegen der Pflegestation, sondern Termine mit der ambulanten Pflege und abends die Eigentümerversammlung mit der Hausverwaltung und den Bewohnern des Betreuten Wohnens. Es gab Ärger mit den Parkplätzen und mit der Regelung des allgemeinen Strombedarfs, dazu einige weitere Kleinigkeiten, überflüssige Streitereien, die sie heute zu regeln hatte.
Sie freute sich beinahe darauf.
Es war bereits nach 20:00 Uhr, als sie das Gebäude verließ und Richtung Parkplatz ging. Sie war mit sich zufrieden. Alex hatte einen

Großteil der Probleme zur Zufriedenheit aller Anwesenden gelöst und das Beste: Sie hatte drei Stunden lang nicht an ihre Mitarbeiterin gedacht.

21

„Das ist sie!“ Jackie deutete mit einer Kopfbewegung auf die Frau, die soeben den Trakt des Betreuten Wohnens verließ und ihre Richtung einschlug.
Eine auffallende Frau, dachte Klaus: ein dunkler Typ mit halblangen, braunen Haaren, sportlich elegante Ausstrahlung, sehr feminin. Sie trug einen grauen Damenanzug, mit weißer Bluse, dazu graue Stiefeletten. Eine schwarze Arbeitstasche, vermutlich für Laptop und Unterlagen, hatte sie sich unter den Arm geklemmt. Sie strebte in Richtung des silbergrauen Porsche Boxter. Die Art, wie sie sich bewegte, zeigte Entschlossenheit und Dynamik.
„Die da? Das ist jetzt nicht dein Ernst.“ Klaus warf Jackie einen ungläubigen Blick zu.
„Das ist sie“, wiederholte Jackie verbissen. Ihre Hand fuhr nervös durch ihre kurzen Haare. Sie atmete hörbar aus. „Du sollst mich aufbauen, nicht mich von vorn herein entmutigen.“
„Okay, mach ich. Du schaffst das.“ Klaus nickte eifrig, überlegte krampfhaft, was er jetzt Aufbauendes zu ihr sagen sollte, aber es fiel ihm nichts ein. Seine Augen blickten wie gebannt auf diese bildhübsche, selbstbewusste Frau, die mit energischen Schritten auf sie zukam.
Jackie atmete noch einmal tief ein. „Ich geh da raus und entschuldige mich bei ihr“, sagte sie entschlossen.
Sie raffte ihren ganzen Mut zusammen und stieg aus.

22

„Frau Breitenbach!"

Alex drehte sich um, sie hatte den Parkplatz für die Heimleitung schon beinahe erreicht. Die Frau, die eben aus dem Polo gestiegen war, war ihr gar nicht aufgefallen.

Es war Jackie.

Ihre Augenbrauen zogen sich augenblicklich zusammen.

Jackie kam auf sie zu, stand ihr für einen kurzen Augenblick unentschlossen gegenüber. Sie war sichtlich nervös, aber damit schien sie gar nicht allein zu sein. Alex bemerkte, wie sich auch ihre Pulsfrequenz bei ihrem Auftauchen beschleunigt hatte.

Jackie senkte ihren Blick, bevor sie stammelte: „Es tut mir Leid … Ich weiß nicht, was in mich gefahren ist … möchte mich bei Ihnen entschuldigen. Ich hatte nicht die Absicht, Sie blöd anzumachen."

„Sondern?" Alex' Tonfall war abweisend. Was sollte es denn sonst gewesen sein, außer eine blöde Anmache? Sie hielt jedes weitere Wort für überflüssig, drückte ungeduldig auf die Fernbedienung ihres Autos.

Der Boxter öffnete sich mit einem leisen Klacken.

„Ich weiß es nicht. Ich … Auf jeden Fall … wollte ich Sie nicht verärgern."

„Was dann?", fuhr Alex sie an, „Sie haben doch nicht angenommen, ich würde darauf anspringen, auf Ihr eindeutiges Angebot?"

Jackie schloss für einen kurzen Augenblick die Augen. „Es tut mir Leid, wirklich! Es wird nie wieder vorkommen. Sie werden zukünftig keinen Grund mehr haben, sich über mich zu beklagen", ereiferte sie sich. Ihre blauen Augen blickten Alex verzweifelt an.

Alex wandte den Blick von ihr ab. Nur so konnte sie kurz nachdenken.

Aber gab es denn überhaupt etwas, worüber sie hätte nachdenken können? Sie hatte entschieden. Sie würde Jackie nächsten Monat versetzen.

„Es ist mir egal, ob Sie mich versetzen oder nicht. Ich wünsche mir nur, dass Sie meine Entschuldigung annehmen", sagte Jackie leise. „Es war ein Fehler, ich weiß nicht, was mich geritten hat. Vielleicht kann ich in Ihrer Gegenwart nicht mehr klar denken. Entschuldigen Sie!"

Alex sah sie skeptisch an.

So viel Uneigennützigkeit überraschte sie, oder war das eine ganz neue Masche?
Akuter Verlust jeglicher Logik, totale Fremdsteuerung. Ausgelöst durch sie selbst.
Alex konnte sich einen abfälligen Gesichtsausdruck nicht verkneifen. „Was soll ich Ihnen verzeihen? Einen Blackout, der plötzlich über Sie gekommen ist?" Sie lachte ein kurzes trockenes Lachen, war sich nicht sicher, ob diese Frau sie verulkte. Jackies Blick sagte zwar etwas anderes, aber konnte man solch wunderschönen Augen überhaupt trauen? Sie hatten ihre Wirkung auf Frauen, und Jackie wusste es.
Sicher.
Alex wandte den Blick von ihr ab, unschlüssig. Warum war sie plötzlich so wankelmütig?
Sie bemerkte erst jetzt den jungen Mann, der im Auto saß sie und unverhohlen anstarrte.
Es war ihr unangenehm und ärgerte sie gleichzeitig.
„Ich gebe Ihnen noch eine Chance, Jaqueline. Es wird definitiv Ihre letzte sein!", beendete sie das Gespräch ungehalten.
Grußlos stieg sie ins Auto, startete den Motor und fuhr davon.

Alex wunderte sich während der gesamten Heimfahrt, warum das Atmen sich auf einmal so leichter anfühlte, so beschwingt, als wäre eine Last von ihr genommen worden.
Es war Jackie also offenbar wirklich peinlich, wie sie sich verhalten hatte. Vielleicht war sie doch nicht so ein abgebrühter Anbaggertyp?
Sie sah sie vor sich, mit ihrer engen schwarzen Cargo-Jeans, die sich um ihre schmalen Hüften spannte, ihre sportlichen Oberschenkel betonte, ihren knackigen Po, mit ihrem T-Shirt, das eher dazu geeignet schien, ihren Oberkörper zu modellieren als ihn zu bekleiden.
Ihre äußere Erscheinung war eine einzige Herausforderung.
Für jede lesbische Frau.

23

Jackie ließ sich ins Auto fallen, stöhnte laut auf. „Oh, Gott."
Klaus warf ihr einen verzagten Blick zu. „Und diese Frau hat damals versucht, mit dir zu flirten?"
„Ja, Mann."
„Dann hast du es mittlerweile aber ganz schön verschissen."
„Aber immerhin, ich hab eine letzte Chance bekommen." Sie strich sich die Haare aus dem Gesicht, lächelte zaghaft. „Ich hab's geschafft, Klaus!", stöhnte sie erleichtert auf, „ich hab's wirklich geschafft. Sie gibt mir noch eine Chance."
Sie umarmte Klas dankbar und küsste ihn auf die Wange. „Dank deiner Hilfe."
„Ich glaube nicht, dass ich dir da irgendwie geholfen habe." Er schüttelte zweifelnd den Kopf. „Ich wüsste auch nicht, ob ich dir grundsätzlich helfen könnte bei so einer Frau."
„Wie meinst du das?"
„Irgendwie schüchtert sie mich ein."
„Ja, sie ist der Hammer, nicht wahr?", sagte Jackie verträumt. „Kannst du mich jetzt verstehen?"
„Zumindest die lesbische Seite in mir versteht dich sehr gut", sagte Klaus gutmütig grinsend.
„Gehen wir was trinken?"
„Wenn du zahlst."
„Okay." Jackie war unendlich erleichtert.

24

„Sag mal, du hast schon lange nicht mehr verschlafen am Wochenende", frotzelte Jasmin in Richtung ihrer Kollegin.
Das ging nun schon seit Wochen so. Jackie kam pünktlich. Immer.
„Fehlt dir das etwa? Wusste gar nicht, dass du so gerne meine Medikamente oben verteilst."
Jasmin grinste, wie zur Entschuldigung. Im Grunde war ihr aber ernst zumute. Es besorgte sie tatsächlich, Jackie war so anders als sonst. Sie ging kaum mehr aus, zumindest erzählte sie nichts davon.

Auch keine Geschichten mehr über Frauen, die sie kennen gelernt hatte. Sie war merkwürdig still in letzter Zeit.
„Früher hattest du immer was am Laufen. Was ist los? Stehst du nicht mehr auf Frauen?"
„Wie kommst du darauf?"
„Du erzählst gar nichts mehr."
Jackie verdrehte die Augen. „Ich wusste nicht, dass es dich so sehr interessiert", sagte sie mit einem anzüglichen Grinsen.
Jasmin ließ sich nicht täuschen. „Was hast du, Jackie?"
Jackie antwortete nicht. Was sollte sie auch sagen? Sie kannte sich ja selbst nicht mehr.
Sie konnte diese Frau nicht einfach abhaken. Es ging definitiv nicht. Sie konnte sie nicht aus ihren Gedanken, aus ihren Gefühlen verdrängen. Sie wollte keine andere mehr.
In letzter Zeit spielte sie tatsächlich mit dem Gedanken, ihren Job zu wechseln. Würde das ihre Chancen verbessern? Wenn sie auch nur eine vage Chance hätte, würde sie es tun. Sie würde alles aufgeben, sei es auch nur für eine einzige Nacht.
„Mach doch mal ein paar Tage frei und geh dich amüsieren. Du gefällst mir gar nicht mehr." Jasmin sah sie immer noch mit diesem besorgten Ausdruck im Gesicht an.
Jackie hatte keine Lust, sich weiter auf dieses Thema einzulassen. „Ich wusste gar nicht, dass ich dir jemals gefallen habe."
Ihr Lächeln hatte wieder etwas Anzügliches. Jasmin stöhnte auf.
„Jackie, bitte, sei doch einfach wieder die alte."
„Es geht aber nicht! Sag mir lieber was ich machen kann um an sie ran zu kommen. Du hast mehr mit ihr zu tun als ich."
„Du hast keine Chance bei ihr. Kapier das doch endlich!"
Was sollte sie noch tun, um ihre Kollegin zum Umdenken zu bringen? Sie überlegte kurz, dann sagte sie: „Sie hatte am Wochenende ein Date mit Frau Doktor Geiger, nur zu deiner Info. Schmink sie dir also ab."
„Was hatte sie? Ein Date mit der Geiger?", fragte Jackie betroffen. Sie musste sich setzen. „Sag, dass es nicht wahr ist!" Jetzt wurde sie blass, musste tief Luft holen.
Jasmin wurde unsicher. Hätte sie es besser verschweigen sollen? Aber besser ein Ende mit Schrecken als ein Schrecken ohne Ende.
„Sie hat was mit dieser Hausärztin", sagte Jackie wie zu sich selbst, „sie lässt sich von der Geiger ficken? So blöd kann sie nicht sein."

Jasmins Gesichtsausdruck spiegelte plötzlich Entsetzen wider. Nicht, weil der Gefühlsausbruch ihrer Kollegin sie überraschte, sondern weil da eine Frau im Türrahmen aufgetaucht war, die Jackies letzten Satz sehr wohl mit bekommen hatte. Zumindest ließ das zornige Aufblitzen ihrer braunen Augen darauf schließen.
„Haben Sie nichts anderes zu tun, Jasmin, als sich mit ihrer Kollegin über mein Privatleben auszulassen?"
Beide Mitarbeiterinnen versteinerten unter ihrem Blick. Sie sagten kein Wort zu ihrer Entschuldigung.
Es gab ja auch keine.
Jasmin wandte den Blick ab, wurde rot bis in die Haarspitzen.
„Und Sie, Jaqueline, kommen nachher in mein Büro, wenn Ihre Schicht zu Ende ist."
Alex wartete Jackies Antwort nicht ab, drehte sich um und verließ die Wohngruppe wieder.
Sie bereute es zutiefst, dieser Frau jemals eine letzte Chance gegeben zu haben.

25

Es klopfte an ihrer Bürotür.
„Herein."
Jackie betrat den Raum, sie war noch in Dienstkleidung.
„Nehmen Sie Platz." Alex drehte sich mit ihrem Schreibtischstuhl so, dass sie sich gegenüber saßen. „Was soll das?", fragte sie geradeheraus.
Jackie antwortete nicht. Ihr Mund blieb demonstrativ geschlossen. Sie blickte an ihrer Chefin vorbei.
„Ich hatte gehofft, es würde doch noch klappen, mit uns. Dies scheint nicht der Fall zu sein, und ich habe keine Lust, mich von meinem eigenen Personal vorführen zu lassen."
„Jasmin hat nichts …"
„Mit Jasmin rede ich auch noch, machen Sie sich darüber mal keine Sorgen. Aber Sie, Jaqueline, werden nun definitiv ab nächsten Monat eine andere Aufgabe übernehmen. Ich habe Einsicht in Ihren Arbeitsvertrag genommen. Er gibt nur so viel her, dass Sie der Stiftung Ihre Arbeit schulden, nicht aber der Einrichtung. Das heißt, Sie

arbeiten ab nächsten Monat im Pflegeheim des Nachbarorts, das ebenfalls der Stiftung gehört. Ich habe mich mit der Leitung dort auch bereits verständigt. Sie freut sich auf eine Fachkraft, wie Sie eine sind. Allerdings werden Sie dort als Pflegekraft arbeiten und nicht als Wohnbereichsleitung. Ihr Gehalt wird jedoch in gleicher Höhe fortgezahlt, darauf haben Sie ein Recht. Bitte melden Sie sich in den nächsten Tagen bei meiner Kollegin vor Ort, um alles Weitere abzuklären. Haben Sie noch Fragen?"

„Nein."

Das verwunderte sie. „Übergeben Sie mir an Ihrem letzten Tag bitte Ihre Schlüssel und Ihre Kennungskarte für den Parkplatz, und jetzt wünsche ich Ihnen noch einen schönen Feierabend."

„Ja." Jackie stand auf und ging Richtung Tür.

Dann war sie fort.

Alex spürte ihre Enttäuschung, die sich wie eine Welle vor ihr aufbäumte, um dann ungehindert mit aller Wucht über ihr zusammen zu schlagen. Sie lehnte sich in ihrem Bürostuhl möglichst weit zurück, atmete verstärkt aus.

Es brachte kaum Besserung.

„Hallo Alex." Die Stimme kam aus dem Hörer, bevor sie sich offiziell meldete. Es war ein Anruf von außerhalb. Sie erkannte die Stimme von Frau Dr. Geiger, oder besser von Sabine. Sie hatten sich ja bei ihrem letzten Treffen auf das du geeinigt.

„Hallo Sabine", antwortete Alex pflichtbewusst.

„Was hast du?"

Sabine hatte offenbar den Unmut aus ihrer Stimme herausgehört. Alex beeilte sich, ihn auf die angespannte Arbeitssituation vor Ort zu schieben. „Ich hatte gerade Stress mit einer Mitarbeiterin." *Wegen dir*, ergänzte sie in Gedanken. Was hatte Jackie gesagt? Sie würde nicht so blöd sein, sich von der Geiger ficken zu lassen?

Warum blöd? Welchen Ruf hatte diese Hausärztin?

„Gehen wir zusammen ein Glas Wein trinken, heute Abend? Hast du Lust?"

Alex war nicht abgeneigt. Besser, als den ganzen Abend zuhause zu sitzen und vor sich hin zu grübeln. „Wann?"

„Um sieben beim Italiener? Soll ich dich abholen?"

„Nicht nötig, ich komme direkt dorthin", sagte Alex.

26

Zwei Stunden später hatte Alex immer noch das Bild vor Augen, wie Jackie ohne ein weiteres Wort ihr Büro verlassen hatte. Sie war froh, sich jetzt ablenken zu können und betrat entschlossen das italienische Lokal. Sabines 911er stand direkt vor dem Eingang.
Sabine selbst saß an einem gemütlichen Ecktisch. Eine kleine Kerze brannte, und zwei bauchige Weingläser und eine Karaffe mit italienischen Wein warteten zusammen mit Sabine, die Alex erwartungsvoll entgegensah.
„Hallo!", winkte sie freudig in Alex' Richtung.
„Hallo, grüß dich!" Alex gab ihr die Hand. „Bist du schon lange da?"
„Gerade gekommen."
Alex wusste, es war gelogen, sie wartete sicher schon eine ganze Weile. „Was hast du bestellt?"
„Einen Brunello."
„Einen was?"
„Du bist eingeladen", sagte Sabine mit einem reizenden Lächeln und schenkte ihr ungefragt ein.
Der Kellner kam mit der Speisekarte. Er war betont aufmerksam, kein Wunder bei der üppigen Bestellung. So ein Geschäft machte er ja nicht alle Tage.
„Hast du Hunger?", fragte Sabine.
Alex überlegte kurz. Sie einigten sich auf ein Pizzabrot und zwei große Salatteller.
Es wurde ein wirklich unterhaltsamer Abend. Vielleicht lag es aber auch nur an der zweiten Flasche Brunello, die Sabine bestellte.
Sabines Hand lag irgendwann auf Alex' eigener. Es fühlte sich nicht unangenehm an, aber irgendwie löste es in ihr auch nichts Überwältigendes aus. Der Vergleich mit Jackies Hand drängte sich ihr auf.
„Du gefällst mir sehr."
Alex sah in die Augen dieser Frau, die fast zehn Jahre älter war als sie und ihr soeben offenbarte, dass sie eine Schwäche für sie hatte. Alex wusste nicht, was sie sagen sollte, also schwieg sie.
Sabine lächelte verständnisvoll. „Du hast alle Zeit der Welt. Ich dränge dich nicht."
Zu was, fragte sich Alex, aber sie sagte immer noch nichts. Es war aber an der Zeit, sich grundlegend Gedanken zu machen, das war ihr klar.

Sabine schenkte nochmals ihre beiden Gläser voll. Alex fragte sich, ob sie nicht schon genug hatte. Sie musste noch fahren.
Nach diesem letzten Glas verabschiedete sie sich von Sabine - sie müsse morgen früh raus. Sabine hatte dafür vollstes Verständnis.
Alex lächelte dankbar, als sie sich verabschiedete.
Ein anderes Gefühl war da nicht.

27

Keine zwanzig Kilometer von ihr entfernt hatte Jackie in Sachen Alkohol das Maß der Dinge bereits überschritten. Sie saß am Tresen und wäre selbst nicht mehr in der Lage gewesen, alles aufzuzählen, was sie bereits getrunken hatte.
Aus Frust.
Jeder der Umstehenden hatte es mitbekommen. Auch Ritschie war fassungslos. „Und du bist deinen Job als Wohnbereichsleitung los? Und sie versetzt dich in ein anderes Haus?"
„Ja, ab nächsten Monat arbeite ich im Nachbarort. Das war's. Ich hab alles verbockt." Jackie war verzweifelt. „Ich bin so bescheuert!"
„Vielleicht ist es aber auch deine Chefin, die bescheuert ist", warf eine andere Frau namens Ruth ein. Jackie hatte sie noch nie hier gesehen. Ruth hatte ihr Gespräch mitbekommen, als Jackie vor einer Stunde völlig aufgelöst hier aufgetaucht war.
Klaus sagte schon lange nichts mehr. Diesem Auf und Ab weiblicher Gefühle war er nicht gewachsen. Er konnte nur hilflos zusehen und verstand die Welt nicht mehr.
„Die Breitenbach ist nicht blöd", sagte Jackie. „Ich würde es mir auch nicht gefallen lassen, wenn Mitarbeiter sich über mich das Maul zerreisen."
Sie tranken noch eine Runde Ramazotti.
„Machst du mir noch ein Bier?", fragte Jackie, an Ritschie gewandt.
„Dein letztes, okay?"
Jackie sagte nichts dazu. Sie musste irgendwie dieses Gefühl los werden, dieses Gefühl, alles falsch gemacht zu haben, diese bohrende Sehnsucht und den Wunsch, nochmals von vorne anfangen zu dürfen. Sie wollte einfach nur alles ertränken und alles verges-

sen, damit die Welt morgen einfach wieder besser aussähe. Könnte es nicht einfach so sein?

„Jackie, ich geh, ich muss morgen bald raus. Wie kommst du heim?", erkundigte sich Klaus.

„Mit meinem Moped. Wie sonst?"

„Das ist jetzt nicht dein Ernst! Lass dich bitte heimfahren, von wem auch immer." Klaus sah sie mit bedeutungsvollem Blick an.

Jackie lachte laut auf. „Mach, dass du verschwindest. Ich ruf dich morgen an. Ist schon okay."

„Versprochen? Mach kein Scheiß", warnte er sie noch, dann war er weg.

Ruth nahm unaufgefordert seinen Platz ein. Ihre Hand berührte Jackies Arm. Ihre Augen waren schon die ganze Zeit über auf diese hübsche, wenn auch schon sichtlich alkoholisierte Frau gerichtet.

„Wenn du möchtest, fahr ich dich heim", schlug sie entgegenkommend vor. „Du kannst aber auch mit zu mir kommen, kein Problem." Sie lächelte Jackie an, wartete auf eine Reaktion.

Jackie äußerte sich nicht zu ihrem Angebot. Schweigend saßen nebeneinander und tranken, bis Jackie zur Barkeeperin hinübersah.

„Machst du mir noch ein Bier?"

Aber Ritschie blieb konsequent. „Du hast genug für heute."

„Ach, leckt mich doch alle!", rief Jackie plötzlich ungehalten.

Ruth fuhr erschrocken zusammen. Sie sah zu, wie Jackie zwei Scheine auf den Tresen warf und sich genervt erhob. Dann verließ sie das Lokal.

Ruth eilte ihr hinterher. „Warte doch. Ich fahr dich."

„Verzieh dich. Ich komm' alleine klar."

„Sei doch vernünftig. Ich fahr dich gerne."

„Ich fick dich nicht, okay? Such dir eine andere." Es war Jackie egal, was Ruth von ihr dachte. Sie wollte jetzt ihre Ruhe haben.

Sie ließ Ruth stehen, als sie eine Gruppe junger Männer erspähte, die mit einigen Sixpacks und einer Flasche Wodka an der Hausecke standen. Sie hatten Jackies letzten Satz mitbekommen und grölten zu ihr hinüber. Jackie ging auf sie zu.

„Gibt es hier vielleicht noch was zu trinken?"

Sie verließ die Gruppe junger Männer erst, als sie bemerkte, dass es in ihrem Kopf zu kreisen begann. Es war auch nicht nur beim Alkohol geblieben. Jetzt war wenigstens dieses bohrende

Gefühl verschwunden, alles fühlte sich leicht an. Dafür war ihr schlecht.
Sie musste nach Hause, solange sie es noch konnte.
Aber wollte sie das wirklich? Hatte sie vorhin nicht gedacht, sie müsse noch etwas erledigen? Da fiel es ihr wieder ein. Sie wollte nochmal zu der Stelle fahren, wo sie Alex Breitenbach das erste Mal begegnet war. Sie musste es einfach tun.
Diese Frau hatte ihr helfen wollen. Sie hatte es nur nicht bemerkt. Eine umwerfende Frau, und sie hatte sie einfach so wieder gehen lassen. Sie würde die Stelle wieder finden. Es war eine Parkbucht in der Nähe, daran konnte sie sich noch erinnern. Jackie würde einfach noch einmal hinfahren, als könnte sie die Zeit zurück drehen und nochmals von vorne beginnen. Sie schaffte es noch, den Helm aufzusetzen, sich auf das Motorrad zu setzten und zu starten, dann fuhr sie los.
Glücklicherweise kam kein Auto, als sie von der Einfahrt auf die Straße fuhr. Sie war zu betrunken, um Rücksicht auf den fahrenden Verkehr zu nehmen.

28

Alex nahm den Fuß vom Gas. Da lag doch etwas auf der Gegenfahrbahn!
Bei diesem aufkommenden Nebel war die Sichtweite beim Fahren stark eingeschränkt. Sie erkannte undeutlich die Umrisse irgendeines Gegenstands auf dem Asphalt und kniff die Augen zusammen. Zuerst dachte sie an ein totes Reh, aber dann erkannte sie einen Lenker und Räder.
Ein Motorrad.
Es lag quer am Boden, zur Hälfte im Grünstreifen versunken.
Alex fuhr langsam heran und hielt nach einem Fahrer Ausschau. Sie entdeckte ihn einige Meter weiter, zusammengekrümmt am Straßenrand.
„Mist." Sie bremste, lenkte ihren Porsche an den rechten Straßenrand, schaltete das Warnblinklicht an und stieg aus, um nachzusehen. War sie nicht sogar zur Hilfeleistung verpflichtet?
Die Gestalt saß in der Hocke, hustete und übergab sich gerade in den Straßengraben.

Alex trat näher. „Kann ich Ihnen helfen?"
Sie war froh, eine Taschenlampe im Auto deponiert zu haben. Als der Lichtkegel auf die Person traf, erschrak sie.
Es war eine Frau, mit blonden, kurzen Haaren.
Jackie.
Mein Gott!
Alex betrachtete sie und versuchte das Ausmaß ihrer Verletzungen zu erfassen. Blut rann von Jackies Stirn, die Lippe hatte sie sich aufgeschlagen, die Knöchel ihrer Hände waren ebenfalls blutig.
„Jackie, was ist passiert?" Alex bückte sich zu ihr hinab.
Ihre Mitarbeiterin reagierte kaum, wehrte ihre angebotene Hand ab.
Alex warf einen Blick auf Jackies Motorrad. Es sah so aus, als sei sie lediglich weggerutscht, sie konnte keine Fremdeinwirkung erkennen. Jackies Alkoholgeruch schien ihre Theorie zu bestätigen.
Wenigstens wurde sie von niemandem über den Haufen gefahren, beruhigte sie sich selbst.
„Wie viel haben Sie getrunken, Jackie?"
„Leck mich."
Wenigstens konnte Jackie noch sprechen, aber sie war offensichtlich total betrunken. Und so setzte sich diese Frau auf ihr Motorrad?
Ein Glück, dass ihr nicht mehr passiert war.
Nur, was sollte Alex jetzt mir ihr machen?
Würde sie Jackie ins Krankenhaus fahren, wäre ihr Führerschein weg. Diese Fahrt in volltrunkenem Zustand würde auf jeden Fall bekannt werden. Könnte Alex das verantworten? Jackie schien auch so genügend Probleme zu haben. Alex bemühte sich, möglichst objektiv die Fakten zu ordnen.
Sie überließ Jackie für einen kurzen Augenblick sich selbst und begutachtete ihr Zweirad genauer. Der Tank wies deutliche Kratzspuren auf, der Blinker und der Kupplungshebel waren abgebrochen. Sie schaffte es, die Maschine aufzurichten, legte den Leerlauf ein, schob sie ein Stück weiter und stellte sie an der Einmündung eines Forstweges ab. Das Lenkradschloss ließ sie einrasten.
So würde das Motorrad niemandem auffallen. Morgen früh könnte sie immer noch ihrer Werkstatt anrufen, um es abholen zu lassen, falls Jackie bis dahin noch nicht fit genug sein sollte.
Sie ging wieder zurück zu ihrer Mitarbeiterin, die immer noch am Boden kauerte. „Kommen Sie mit, Jackie, Sie frieren. Und ein paar Erste-Hilfe-Maßnahmen würden Ihnen auch nicht schaden."

Jackies blutverschmiertes Gesicht wandte sich ihr zu. Plötzlich tat sie Alex richtig leid. Auch wenn sie mit dieser Frau ihre Probleme hatte, aber das hier hatte sie nicht verdient. Sie bückte sich zu Jackie hinunter und berührte ihre kurzen Haare. „Na, komm schon!“

Was auch immer der Grund war, warum Jackie sich so übergriffig ihr gegenüber verhalten hatte – es stand Alex nicht zu, sie dafür zu verurteilen.

„Wohin?“ fragte Jackie.

„Zu mir“, sagte Alex entschlossen.

„Zu dir?“ Jackie sah sie mit großen Augen an. „Wer bist du?“

„Jackie, wir kennen uns. Wir arbeiten zusammen.“ Alex legte Jackies Arm um ihre Schulter, umfasste ihre Taille. Sie schaffte es mit ihr ohne weiteres bis zu ihrem Wagen. Dort half sie Jackie vorsichtig auf den Beifahrersitz und schnallte sie an. „Sei so gut und kotz mir nicht ins Auto.“

Aber selbst wenn sie es täte, es war ihr im Grunde egal. Etwas an Jackie rührte sie heute.

Jackie lehnte ihren Kopf ans Fenster. Sie atmete hörbar aus. Ganz sicher war ihr speiübel. Trotzdem sagte sie: „Ich versuch’s.“

Sie erschien Alex plötzlich so verletzlich und schwach. Es irritierte sie. Alex bemerkte, dass ihre Einstellung zu Jackie sich schlagartig verändert hatte. Erwachte da auf einmal ein Beschützerinstinkt in ihr? Ausgerechnet bei einer Frau, die sie bisher immer auf Distanz halten musste?

Sie startete den Motor und fuhr los. Auf einmal hatte sie es eilig, mit ihr nach Hause zu kommen, hoffentlich war Jackie nicht schwerer verletzt, als sie auf den ersten Blick angenommen hatte. Ihr wurde bang zu Mute. War es die richtige Entscheidung, sie nicht in ein Krankenhaus zu fahren?

„Wie heißt du?“, fragte Jackie. Ihre Sprache war verwaschen.

„Alex.“

„Kenn ich nicht“, stellte Jackie resigniert fest.

Alex lächelte. Kein Wunder. Sie kannte sie ja auch als Frau Breitenbach. Sie war mit keinem ihrer Mitarbeiter perdu.

„Ich bin eine Freundin von Jasmin“, sagte sie, um Jackie zu beruhigen.

„Seid ihr zusammen? Jasmin und du?“ Jackie fuhr sich mit der verletzen Hand über das Gesicht und verschmierte das Blut noch mehr.

Alex stutzte. Jasmin stand doch gar nicht auf Frauen, oder? Dann verwarf sie den Gedanken wieder. Jackie war betrunken. Sie durfte von ihr keine Logik mehr erwarten. „Nein", sagte sie also nur.
„Du siehst geil aus, weißt du das?"
„Danke."
„Wir gehen zu dir?"
„Ja."
Pause.
„Ich geh nicht mit dir ins Bett."
Alex lächelte. Sie warf der sichtlich mitgenommenen Frau neben ihr einen freundlichen Blick zu.
„Das hätte ich jetzt auch nicht erwartet, Jackie."
„Ich bin vergeben, weißt du?"
„Ah ja?" Das nahm Alex ihr nicht ab. Warum sagte sie es?
Minuten später schien Jackie ihre eigene Bemerkung schon wieder vergessen zu haben. „Warst du auch schon mal in deine Chefin verliebt?"
Diese Frage machte Alex für einige Sekunden sprachlos. Dann schaffte sie es ein Wort herauszupressen. „Nein." Sie warf Jackie einen knappen Blick zu. Ihre Augen waren jetzt geschlossen. Sie sah sehr müde aus. „Ist mir noch nie passiert", sagte Alex zögernd, um am Thema zu bleiben. Ihr Herz klopfte plötzlich spürbar gegen ihre Rippen.
„Aber mir", sagte Jackie nach unendlich langer Zeit. „Ich krieg sie nicht mehr aus dem Kopf. Du siehst ihr ähnlich."
Bevor Alex in der Lage war ihre Gefühle zu ordnen, fragte Jackie unvermittelt: „Was ist das hier für ein Auto?"
„Ein Audi TT." Alex holte tief Luft und konzentrierte sich wieder aufs Fahren.

Nach zehn Minuten waren sie bei ihr zu Hause angekommen. Alex war gottfroh darüber. Sie würde diese Frau nach bester Möglichkeit versorgen und ins Bett stecken. Dann benötigte sie dringend Zeit, um in Ruhe über alles nachzudenken. Sie war verwirrt.
Alex drückte auf die Fernbedienung, das Garagentor öffnete sich. Sie fuhr hinein. Die Beleuchtung ging mit einem lauten Klicken an.
Da sah sie erst das ganze Ausmaß von Jackies Verletzungen: An ihrer Stirn klaffte ein richtiger Riss, ihre Lippe war aufgesprungen. Sie sah aus, als hätte sie eine Schlägerei hinter sich. Ihre Jacke war

mit ihrem eignen Erbrochenen verunreinigt. Die würde sie als Erstes in die Waschmaschine werfen, entschied Alex. Es würde eine lange Nacht werden, aber sie war dankbar dafür, Jackie als Erste gefunden zu haben. Alex stieg aus, öffnete die Beifahrertür und half Jackie heraus.
„Mir ist so schlecht", murmelte Jackie.
„Was hast du getrunken?"
„Alles mögliche", gab Jackie zu.
„Hast du was geraucht?"
„Willst du sonst noch was wissen?", blaffte Jackie, die ihrer Fragerei nun offensichtlich überdrüssig war.
Also ja.
Ihr Körper wurde schlaffer.
Alex schleifte Jackie mehr oder weniger durch die Zwischentür ins Haus. Moritz kam angelaufen, verzog sich nach einem misstrauischen Blick auf die schlaff in Alex' Armen hängende Gestalt gleich wieder.
„Machst du das öfter? Ich meine zu viel trinken", versuchte Alex an ihr Gespräch anzuknüpfen, sie musste Jackie jetzt noch eine Weile wach halten.
„Das ist mir scheißegal", sagte Jackie überraschend heftig, und viel leiser und resignierter fügte sie hinzu: „Es ist sowieso alles falsch … was ich mache."
„Schon gut", beschwichtigte Alex. Sie zog Jackie vorsichtig die Lederjacke aus und schob sie vor sich her ins Badezimmer. Kaum waren sie drin, übergab sich Jackie nochmals. Größtenteils tatsächlich über der Toilette. Alex war es ganz recht so, ihr Magen war jetzt auf jeden Fall leer.
Jackie war so erschöpft, dass sie sich kaum mehr auf den Beinen halten konnte. Alex fiel auf, dass sie unterkühlt war. Wie lange war sie schon am Straßengraben gekauert, bevor sie vorbeikam?
Ihre Blicke wanderten über die blut- und dreckverschmierte Frau, die sie stützen musste. „Bist du ohne Helm gefahren?"
„Nein."
„Warum hast du dich dann im Gesicht verletzt?"
„Gestolpert, keine Ahnung."
Sie wusste es offenbar wirklich nicht mehr und quälte sich nur. Alex ließ das Thema fallen. „Wie wär's mit einer warmen Dusche, bevor du ins Bett gehst?"

„Ja“, sagte Jackie nur.
Alex musste wirklich anpacken, Jackie geriet schnell ins Wanken. Sie zitterte, als sie nackt war.
„Setz dich hier hin.“ Alex stellte den Hocker in die Duschkabine, bugsierte Jackie darauf und brauste sie ab, nachdem sie sich von der warmen Temperatur des Wassers überzeugt hatte. Jackie ließ alles über sich ergehen. Das war ja beinahe wie in Alex’ früheren Zeiten auf der Pflegestation.
Ihre Augen wanderten über den Körper der anderen Frau. Nein, es war nicht wie in der Pflege, eine so schöne Frau hatte sie noch nie geduscht, noch nicht einmal, als sie noch im Krankenhaus gearbeitet hatte. Ihr entging nicht Jackies durchtrainierter, straffer Körper. Die seitlichen Bauchmuskeln traten deutlich hervor, ihr Bauch war glatt, ihre Scham rasiert, die Größe ihrer Brüste passte zu ihrer sportlichen Figur, und sie waren zudem sehr schön, mit hellen, kleinen Brustwarzen, die auf Alex wie eine Einladung wirkten. Außer ihrem Tattoo an der Schulter hatte sie noch eines am Oberarm und am Beckenkamm. Die Frau sah scharf aus, musste Alex zugeben. Sie gefiel ihr.
Aber sie hatte ihr ja schon bei ihrem ersten Aufeinandertreffen gefallen. Damals wusste sie noch nicht, dass es sich um eine ihrer Pflegefachkräfte handelte und hatte versucht mit ihr zu flirten. Gut, dass Jackie damals nicht darauf eingegangen war, sagte sich Alex zum wiederholten Male.
„Mach die Augen zu. Ich muss mal das Blut aus deinen Haaren spülen.“
Jackie schloss die Augen. Die Wärme tat ihr sichtlich gut. Sie ließ das warme Wasser noch eine Zeitlang auf sie herunterprasseln, dann reichte sie Jackie ein großes vorgewärmtes Badetuch vom Heizkörper und frottierte sie vorsichtig ab. Jackie Knie blutete ebenfalls, bemerkte sie. Aber eins nach dem andern.
„Kannst du einen Augenblick so sitzen, damit ich deine Platzwunde an der Stirn versorgen kann oder machen wir das besser im Liegen?“, fragte Alex, als sie den Riss an Jackies Stirn in Augenschein nahm.
„Kann ich mich wo hinlegen?“ Sie konnte offenbar nicht mehr.
„Ja, gleich.“
Jackie musste noch auf die Toilette. Alex holte in der Zeit ein warmes, längeres T-Shirt aus ihrem Schrank. Sie wartete vor der Tür, bis sie fertig war, und trat ein, als Jackie bereits wieder stand.

„Zieh das an."
„Ist das meins?"
„Ja. Mach schon, du frierst."
Das Schlafzimmer lag gleich gegenüber. Jackie sackte mit Alex' Unterstützung auf die dicke weiche Matratze und wollte sich schon auf die Seite rollen, um einzuschlafen, aber Alex hielt sie davon ab.
„Bleib noch kurz auf dem Rücken liegen und lass dich ansehen." Sie schaltete das Deckenlicht an.
Jackie wollte nicht.
„Komm schon, stell dich nicht so an."
Sie hielt glücklicherweise still und Alex reinigte und desinfizierte ihre Platzwunde und klebte sie mit drei Wundstrips zusammen. Die aufgeplatzte Lippe würde ohne Behandlung heilen, Alex betupfte sie nur mit einem milden Desinfektionsmittel, das nicht brannte.
Jackies Augen waren bereits geschlossen. Sie stöhnte leise auf. Alex lächelte und versorgte ihre aufgeschürften Fingerknöchel. Ihre Hände hatten wirklich etwas sehr Sympathisches an sich, dachte sie wieder. Sie entschied sich für eine Wundgaze und einen luftdurchlässigen Mullverband, den sie ihr gut fixierte, damit Jackie ihn im Schlaf nicht entfernte. Das aufgeschürfte Knie versorgte sie ebenso. Jackie ließ sich bereitwillig aufdecken und an ihrem Bein berühren, sie schien bereits in ihren Nachtschlaf zu gleiten, wehrte sich nicht mehr.
„So, fertig." Alex betrachtete die verpflasterte Frau. Ihre Augen waren geschlossen, ihre Atmung war bereits tief und ruhig. Alex war erleichtert und mit sich zufrieden, zog ihr die Decke bis unter den Hals und löschte das Deckenlicht. Das kleine Licht auf dem Nachttisch ließ sie brennen.
Sie warf einen letzten Blick auf sie, bevor sie das Zimmer verlies. Dass Jackie tatsächlich einmal in ihrem Bett landen würde, hätte sie nicht gedacht. Sie grinste müde.
Eins wusste sie ganz sicher: So hatte Jackie sich das nicht vorgestellt.
Sie ging in die Küche und nahm eine große Flasche Wasser, strich sich ein paar Brote und setzte sich ins Wohnzimmer. Es war die richtige Entscheidung gewesen, Jackie nicht ins Krankenhaus zu bringen. Es würde genügen, wenn sie jetzt in Ruhe ihren Rausch ausschliefe.
Warum um alles in der Welt musste sich eine solche Frau dermaßen betrinken, bis sie die Kontrolle über sich verlor? Hatte der Konflikt

zwischen ihnen dazu geführt, oder trank Jackie einfach grundsätzlich zu viel? Erklärte das ihr häufiges morgendliches Zu-Spät-Kommen? Hatte sie einfach ein Alkoholproblem, wo Abstürze regelmäßig vorprogrammiert waren? Alex schüttelte den Kopf, in Gedanken versunken.
Dazu war Jackie fast noch zu jung, um sich ihr Leben bereits auf diese Art zu ruinieren.
Als Alex mit Essen fertig war, räumte sie ihren Teller in die Spülmaschine und ging wieder ins Badezimmer. Sie steckte Jackies Wäsche in die Maschine, wischte das Erbrochene und das Blut auf. Währenddessen überschlug sie in Gedanken schon mal ihr Arbeitspensum für den kommenden Tag. Es standen keine wichtigen Termine an. So gesehen machte es nichts aus, wenn sie unausgeschlafen zum Dienst erschien.
Ihre Unruhe führte sie wieder ins Schlafzimmer. Jackies Arm verdeckte zur Hälfte ihr Gesicht. Sie schlief fest. Es war alles okay.
Alex setzte sich zu ihr an den Bettrand und betrachtete sie. Jackies Atem ging tief und gleichmäßig. Der Anblick beruhigte Alex, stimmte sie ganz friedlich.
Merkwürdig.
Es fühlte sich gut an, sie hier zu haben.
Diese Frau hatte ihr gefallen, von Anfang an. So gesehen war sie nicht ganz unschuldig an dem, was zwischen ihnen vorgefallen war.
Sie strich sich nachdenklich eine Haarsträhne aus dem Gesicht und streichelte Moritz, der schnurrend um ihre Beine strich. Er streckte tröstend seinen Kopf in ihre Richtung und Alex kam ihm entgegen. Mensch und Tier verweilten einen kurzen Augenblick Stirn an Stirn. Er hatte recht. Jetzt war nicht die Zeit, weiter darüber nachzudenken. Es war zu spät geworden. Alex konnte nicht mehr.
Sie erhob sich seufzend und verließ das Schlafzimmer, putzte sich die Zähne, schaute dabei ihrem eigenen müden Spiegelbild in die Augen.
Wo sollte sie jetzt schlafen? Oben im Gästezimmer? Aber sie wollte in Hörweite sein, für den Fall der Fälle. So entschied sie sich für das Sofa im Wohnzimmer und ließ die Türe des Schlafzimmers offen stehen.
Jackies Klamotten könnte sie auch morgen früh noch in den Trockener werfen. Sie würde sicher vor ihr wach sein.

Alex war eingeschlafen, bevor sie den Gedanken zu Ende denken konnte.

Sie fuhr hoch, als sie Jackies Stimme hörte.
„Nein, nein!“
Sie hörte Jackie im Schlafzimmer stöhnen, als müsste sie gegen etwas ankämpfen. Alex erhob sich rasch und ging zu ihr.
„Nein, lass es!“ Jackie redete im Schlaf. Ihr Körper versteifte sich, Schweißperlen hatten sich auf ihrer Stirn gebildet.
Nun begannen ihre Hände gegen den unsichtbaren Feind zu kämpfen. Sie bäumte sich auf. Ihr Nein wurde lauter. Alex konnte ihre Angst spüren, ihr wurde beinahe übel davon. Sie beugte sich zu ihr hinab, achtete darauf, sie nicht zu berühren.
„Beruhig dich, es ist alles okay. Es tut dir niemand was.“
Jackie hatte die Augen geschlossen, aber sie reagierte aber auf Alex' Stimme. Sie wurde ruhiger, atmete wieder tiefer.
„Es tut dir niemand was“, wiederholte Alex bestimmt. Sie war erschüttert. Was schleppte diese Frau mit sich herum?
Sie betrachtete Jackie noch lange. Wie würde es sich anfühlen, wenn ihre Finger dieses kurze, blonde Haar durchkämmten? Oder nur ganz sanft über die kurzen Haare ihres Nackens strichen? Plötzlich überkam sie das Verlangen, ihre Hände und Lippen über den Körper dieser schlafenden Frau wandern zu lassen.
Erschrocken stand sie auf, rief sich zur Ordnung.
Sie selbst hatte doch alle Annäherungsversuche abgeblockt. Und jetzt das? Wieder gingen ihr Jackies Worte durch den Kopf: *Sie werden es nicht bereuen, ich versprech's Ihnen.*
Es war nicht die Art gewesen, die Alex von Frauen gewohnt war. Vielleicht war sie einfach zu romantisch veranlagt oder gar zu altmodisch. Auf jeden Fall hatte sie ein Problem damit, wenn man sie plump anmachte.
Aber das schien Jackies Stil zu sein.
Aufgewühlt verließ Alex das Schlafzimmer.
Hätte sie Jackie eine Chance gegeben, wenn sie anders vorgegangen wäre? Ob sie entgegen ihren Prinzipien mit Jackie ausgegangen wäre, wenn Jackie es versucht hätte, wenn sie doch nur einmal richtig mit ihr geredet hätte? Wollte diese Frau tatsächlich mehr von Alex als nur eine Bettgeschichte? Sie spürte, wie allein der Gedanke daran sie völlig durcheinander brachte.

Oh Gott.
Sie mochte diese Frau. Wesentlich mehr, als ihr bisher bewusst war. Dieser Gedanke beunruhigte sie dermaßen, dass sie einen plötzlichen Bewegungsdrang in sich verspürte. Sie stapfte in die Waschküche hinunter und warf Jackies Kleider in den Trockner. Schließlich musste sie morgen früh irgendetwas anziehen.
Danach legte sie sich wieder auf ihr Sofa, warf sich die Decke über und versuchte weiter zu schlafen, was ihr nicht gelang.

Alex' Wecker summte um fünf Uhr leise vor sich hin. Sie stellte ihn ab, schob Moritz von ihren Füßen, stand auf und ging ins Bad. Jackie war für den Rest der Nacht ruhig geblieben. Alex fühlte sich aufgekratzt und irgendwie überdreht. Frisch geduscht und angezogen ging es schon wieder besser. Sie warf einen Kontrollblick ins Schlafzimmer.
Jackie war im Schlaf auf die andere Seite des Bettes gerutscht. Alex registrierte es amüsiert. Sie schlief noch tief und fest. Es schien ihr gut zu gehen, sie sah nicht mehr so blass aus. Alex entschloss sich, Jackie ein paar Zeilen zu schreiben bevor sie das Haus verlassen würde.

Jackie,
wie viel und was Sie auch immer getrunken haben, bevor Sie sich mit Ihrem Motorrad auf den Weg machten, Sie haben es offensichtlich gut überstanden.
Bitte bleiben Sie hier, ruhen Sie sich aus, bis Sie wieder völlig fit sind. Ich werde Jasmin Bescheid geben, dass Sie nicht zum Dienst erscheinen. Bedienen Sie sich in der Küche. Ihre Wäsche befindet sich im Trockner, in der Waschküche. Ihr Motorrad wird heute Morgen noch abgeholt und repariert (Motorrad Köster, Industriegebiet).
Gute Besserung.

Alex würde mit dem Händler der BMW-Niederlassung gleich heute früh telefonieren, nahm sie sich vor. Dann überlegte sie einen Augenblick, ob und wie sie unterschreiben sollte. Jackie gegenüber war sie Frau Breitenbach, aber das erschien ihr jetzt zu offiziell. Etwas in ihr sperrte sich aber dagegen, mit ihrem Vornamen zu unterschreiben. Sie konnte nicht einschätzen, wie Jackie darauf reagieren würde. Also unterschrieb sie gar nicht und hängte den Zettel an den

Badezimmerspiegel. Jackie würde ihn dort ganz sicher finden. Ihn aufs Kopfkissen zu legen, empfand Alex als zu intim.
Hoffentlich nahm Jackie es ihr nicht übel, dass sie es veranlassen würde, ihr Motorrad von der Werkstatt richten zu lassen. Damit hatte Alex sich ungewöhnlich weit aus dem Fenster gelehnt. Sie hoffte, Jackie damit nicht zu nahe zu treten.
Leise verließ sie das Haus und startete so gefühlvoll wie möglich, um Jackie nicht aufzuwecken.

Alex benötigte zwanzig Minuten bis zur Station, stellte ihr Auto auf ihrem Parkplatz ab und ging als erstes auf die Pflegestation, direkt ins Dienstzimmer. Es war zehn Minuten vor sechs. Die Frühschicht würde gleich starten. Nicht unbedingt die Zeit, in der Alex normalerweise ihre Tätigkeit aufnahm. Die Ausnahme wäre eine unangemeldete Pflegevisite, aber das hatte Alex heute nicht vor. Sie betrat das Schwesternzimmer.
„Guten Morgen, Jasmin. Wer steht heute mit Ihnen auf dem Plan?"
„Oh, guten Morgen, Frau Breitenbach." Jasmin erschrak über die unverhoffte Anwesenheit ihrer Chefin. Alex glaube bereits wieder eine Röte in ihrem Gesicht aufsteigen zu sehen.
Ja, ja, das schlechte Gewissen.
Alex zog eine Augenbraue in die Höhe. „Jetzt entspannen Sie sich mal, ich fress Sie schließlich nicht gleich."
Jasmin sah sie unsicher an. „Es tut mir leid wegen gestern, ich wollte …"
„Vergessen Sie es und antworten Sie mir auf meine Frage: Mit wem arbeiten Sie heute?"
Jasmin beugte sich sofort über den Dienstplan, froh etwas tun zu dürfen, und meinte: „Renate, Manu, Claudi und Jackie. Stimmt es, dass Sie Jackie versetzen wollen?"
Alex hatte keine Lust, ihr zu antworten, deshalb schwieg sie nur und sah Jasmin auffordernd an.
„Jackie konnte nichts dafür … Es ist nicht so … Es ist nur so …"
Ja, wie denn jetzt?
Alex unterbrach sie ungeduldig. „Jackie kommt heute nicht. Kriegen Sie das auch so hin?"
Aber Jasmin stammelte weiter: „Jackie ist eine sehr gute Kraft, wir arbeiten gerne zusammen … Es tut mir leid … Ich hätte nie …"
„Hören Sie, Jasmin, lassen Sie das jetzt. Die Sache ist noch nicht spruchreif, vielleicht hat es mich gestern einfach auch zu sehr ange-

strengt. Wir werden sehen. Würden Sie jetzt bitte auf meine Frage antworten?"
„Dann lassen Sie Jackie hier? Bitte!"
„Jackie kommt heute Morgen nicht. Meine Frage an Sie: Kriegen Sie das auch so hin?", fragte Alex nochmals, Wort für Wort betonend. Sie musste sich zusammenreißen.
Wenn Jasmin die Nachricht überrascht hatte, verbarg sie es sehr gut. Sie überschlug in Gedanken das heutige Arbeitspensum und nickte schließlich. „Ja, wir haben zwei Praktikanten in der Schicht. Geht auch so, dann teile ich wieder oben die Medikamente aus. Wann kommt sie denn?"
Alex runzelte die Stirn. Wie oft war es eigentlich schon der Fall gewesen, dass Jackie zu spät kam? Immer, wenn sie sich eine Frau abschleppte? Alex räusperte sich. „Na ja, heute kommt sie auf jeden Fall nicht mehr."
Jetzt war es ihr doch recht unangenehm, dass diese Frau in ihrem Bett gelandet war. Sie würde mit ihr darüber sprechen müssen.
Jasmin hakte nach. „Woher wissen Sie das?"
„Jackie hatte heute Nacht einen Motorradunfall. Sie ist nicht arbeitsfähig."
„Oh. Ist sie verletzt?"
„Eine Platzwunde, ein offenes Knie, ein paar Abschürfungen. Sie hatte Glück. Sie wird aber ihren Rausch ausschlafen müssen." Und bevor Jasmin weiter fragen konnte, erklärte sie: „Ich habe sie heute Nacht aufgelesen, sie war wohl mit ihrem Motorrad ausgerutscht."
„Sie haben Jackie heute Nacht aufgelesen?" wiederholte Jasmin mit großen Augen. „Und … äh … Soll ich Jackie für die ganze Woche aus dem Programm nehmen?"
„Keine Ahnung. Ich denke, sie wird sich bei Ihnen melden. Ich glaube nicht, dass sie heute Abend noch da sein wird, wenn ich komme."
„Sie ist bei Ihnen zu Hause?" Jasmins Augen leuchteten vor Interesse.
Alex merkte, wie ihr Blutdruck anstieg. „Ja, das ist sie. Was hätte ich machen sollen? Sie ins Krankenhaus fahren? Dann hätte sie jetzt keinen Führerschein mehr. Aber mir wäre nun sehr daran gelegen, Sie würden diese Tatsache für sich behalten. Ich habe keine Lust, wieder Nährboden für irgendwelche Gerüchte zu liefern. Sie haben mich verstanden, nehme ich an?"

„Na, natürlich. Von mir wird niemand etwas erfahren. Ehrenwort", fügte Jasmin schnell hinzu. Sie wusste, sie hatte etwas gut zu machen und erklärte loyal: „Ich gebe Ihnen Bescheid, für den Fall, dass sie hier anruft. Ich wünsche Ihnen noch einen schönen Dienst."
Alex verdrehte die Augen. „Danke, Ihnen auch."

29

Jackie erwachte kurz, als ihr restalkoholisiertes Gehirn Meldung gab, dass sie dringend auf die Toilette musste. Sie öffnete die Augen, gerade soweit, um zu erkennen, dass es nicht ihr eigenes Bett war, in dem sie lag. Sie nahm es gleichgültig zur Kenntnis. Es störte sie auch nicht, dass sie sich nicht daran erinnern konnte, wie sie hierher gekommen war.
Ein stechender Kopfschmerz stellte sich ein, als sie Anstalten machte, aufzustehen. „Oh, Shit!"
Sie hielt ihren Kopf, während sie aus dem Zimmer torkelte, um das Bad zu suchen. Es war gleich gegenüber. Erleichtert setzte sie sich auf die grasgrüne Klobrille. Sie spülte, wusch sich die Hände. Warum war sie überall verpflastert? Sie konnte sich nicht erinnern, sich verletzt zu haben. Sie registrierte ihr Spiegelbild kaum, das ihr blass und mitgenommen entgegensah.
Am Spiegel selbst hing ein Zettel. Sie riss ihn ab, las ihn, versuchte es zumindest, hatte noch nicht das Durchhaltevermögen, ihn ganz zu lesen, verstand aber so viel, dass sie für heute entschuldigt war.
Heute? Was war heute für ein Tag? Hätte sie zur Arbeit müssen? Ein stechender Schmerz suchte erneut ihren Kopf heim. Jackie stöhnte, ließ den Zettel auf den Boden fallen und ging mit unsicheren Schritten zum Bett zurück.
Heilfroh, es erreicht zu haben, kuschelte sich wieder unter die Decke und war im selben Augenblick wieder eingeschlafen.

Sie erwachte erst Stunden später wieder.
Es schnurrte bei ihr im Bett. Da drang es in ihr Bewusstsein, dass sie nicht zu Hause war. Sie öffnete die Augen. Bei ihr im Bett lag eine grau-weiße Katze. Sie schien sich äußerst wohl zu fühlen.
Jackie blickte sich um.

Sie lag in einem fremden Bett und es kam ihr nicht im Geringsten bekannt vor. Sie konnte mit Gewissheit sagen, hier noch nie gewesen zu sein. Es war auch nicht ganz das übliche Ambiente, in dem sie sonst aufwachte. Hier erschien ihr alles sehr ordentlich und gemütlich. Es gefiel ihr auf Anhieb.

„Wo bin ich hier?", fragte sie die Katze. Diese fing an, sich ausgiebig zu putzen und störte sich nicht weiter an ihrer Frage.

Jackie setzte sich auf und sah sich genauer um.

Auf dem Nachttisch standen eine große Flasche stilles Wasser, ein Glas und zwei Kopfschmerztabletten. Jackie lachte kurz auf, dankte dem unbekannten Spender dafür, nahm beide Tabletten auf einmal, ließ das Glas stehen und setzte die Flasche an den Mund, trank sie zur Hälfte aus.

Das tat gut.

In ihr erwachten die ersten zaghaften Lebensgeister.

Sie wollte herausbekommen, wo sie war und stand mit einer entschlossenen Bewegung auf.

Ihr Kopf rächte sich sofort. Sie taumelte geradeaus, ins Bad. Da lag ein Zettel am Boden. Hatte sie den nicht vorhin bereits in der Hand gehabt?

Sie hob ihn auf und las ihn nochmals. Der Verfasser dieses Briefes musste sie sehr gut kennen, musste wissen, wo sie arbeitete und dass Jasmin ihre Personaldienstleitung war, bei der sie sich im Krankheitsfall entschuldigen musste. Komisch, wer könnte das sein? Sie blickte an sich herunter. Das Shirt, das sie trug, gehörte ihr nicht. Und warum war sie überall verpflastert? Sie schaute in den Spiegel, stutzte. Ihre Lippe war geschwollen und oberhalb der Augenbraue hatte ihr jemand mit drei Hautstrips eine Platzwunde verschlossen.

Sie versuchte krampfhaft, sich an etwas zu erinnern. Aber da war nichts. Jackie entschloss, sich zuerst zu duschen, danach würde die Welt besser aussehen. Aber was sollte sie anziehen?

Sie las den Zettel noch einmal. Ihre Wäsche war wo? In der Waschküche? Wo war die?

Sie verließ das Bad und machte sich auf die Suche. Der Flur war mit großflächigen Terrakotta-Fliesen ausgelegt. Es war warm unter den Füßen, darunter musste sich eine Fußbodenheizung befinden.

Der Flur mündete in ein Wohnzimmer, das in Jackie sofort den Wunsch wachrief, für immer hier zu bleiben. Ein großer weißer, im

Landhausstil verputzter Kachelofen prägte den Raum. Davor stand eine einladende, antike Bank. Daneben befanden sich ein Stapel Holz und kleine Holzscheite zum Anfeuern. Auf dem Sofa lagen Kissen und eine kuschelige Schurwolldecke in knalligem Orange. Ein grober Holztisch mit vier Stühlen stand auf einem groben Flickenteppich. Ansonsten waren die schönen, alten Landhausdielen nicht verdeckt.
Nahezu nahtlos mündeten die Dielen in die hölzerne Terrasse draußen, die durch die großen Glastüren zu sehen war. Dahinter sah Jackie wie gebannt in einen blühenden, farbigen Bauerngarten. Wenn sie ihren Blick schweifen ließ, konnte sie die kahlen Berge des Sauerlandes sehen, die der letzte Sturm Lothar verursacht hatte. Es war überall so hell, so licht und so einladend, dass es Jackie beinahe den Atem verschlug. Sie setzte sich einen Augenblick aufs Sofa und ließ diesen friedlichen Anblick auf sich wirken.
Wahnsinn, dass man so wohnen konnte, dachte sie nach einiger Zeit mit einem Anflug von Bitterkeit.
Aber wo waren denn jetzt ihre Kleider, und wie war sie hierher gekommen?
Sie folgte dem Flur, ging an der Küche vorbei, die Treppen hinunter. Ihre Wäsche war im Trockner. Ihre Gore-Tex Jacke hing auf einem Bügel. Sie war noch feucht. Der Inhalt ihrer Taschen lag auf der Waschmaschine: Hausschlüssel, Geldbeutel, Feuerzeug und allerlei Krimkrams.
Süß, jemand hatte ihre gesamten Klamotten gewaschen. Sie glaubte zu ahnen, warum es nötig gewesen war. Sie hatte wieder zuviel getrunken. Wie peinlich.
Sie fühlte sich niedergeschlagen, als sie mit ihren Kleidern die Treppe emporstieg. Plötzlich war ihr eingefallen, warum sie sich betrunken hatte. Sofort stellte sich auch dieses Gefühl wieder ein, dieses bohrende Gefühl, alles falsch gemacht zu haben, die Gewissheit, versagt zu haben und das Unglück, in eine Frau verliebt zu sein, die nie etwas von ihr wissen wollen würde.
Oh Gott.
Schlagartig war alles wieder da.
Warum konnte man sich nicht dauerhaft betrinken, ohne jemals einen Kater zu haben?
Gequält ging Jackie den Flur entlang, betrat das Bad. Sie las den Zettel noch einmal und wunderte sich über so viel liebevolle Unterstützung. Wer hatte sie ihr zuteil werden lassen?

Plötzlich erstarrte sie.
Nein, lass es nicht wahr sein!
Sie eilte den Flur zurück in Richtung Haustür. Riss sie auf, sah auf das Türschild und las: *Alexandra Breitenbach.*
Panik überkam sie.
Nein.
Warum ich? Warum passiert immer mir so etwas?
Jackie war sich sicher gewesen, nicht mehr tiefer fallen zu können als in letzter Zeit, aber sie hatte sich geirrt. Sie konnte dem Ganzen immer noch mal eins draufsetzten.
Oh Gott. Lass es doch einfach nicht wahr sein.
Was sollte sie jetzt machen? Wie sollte sie dieser Frau je wieder in die Augen blicken können?
Sie war bei ihrer eigenen Chefin gelandet. Wo waren sie aufeinander getroffen? Sie konnte sich an nichts erinnern.
Verdammt.
Sie nahm sich vor, sich schleunigst anzuziehen. Vielleicht noch schnell das Bett abzuziehen, in die Waschmaschine zu schmeißen und dann schnell weg. Und sich am besten heute noch einen anderen Job zu suchen. Ihr Herz begann aufgeregt zu klopfen. Sie zwang sich, jetzt nicht hysterisch zu werden.
Sie ging ins Schafzimmer, wollte das Bett abziehen, indem sie diese Nacht verbracht hatte. Dankbar nahm sie es zur Kenntnis, trotz der Peinlichkeit.
Wo hatte ihre Chefin geschlafen? Doch nicht etwas neben ihr?
Nein, sie wusste, sie war hier heute Nacht alleine gewesen. Ein letztes Mal legte sie sich auf die angenehm straffe Matratze. Jetzt, da sie wusste in wessen Bett sie lag, glaubt sie den schwachen Duft erkennen zu können. Das war die Bodylotion ihrer Chefin. Ganz sicher. Sie brachte es nicht über sich, das Bett abzuziehen. Sie blieb liegen, wollte den Augenblick genießen, ihr irgendwie nahe zu sein.
Wie spät war es eigentlich?
Der Wecker zeigte halb drei. Sie stand auf. Die Schmerztabletten taten ihre Wirkung. Sie öffnete das Fenster, dann ging sie ins Bad.
Sie las nochmals die Notiz, die ihre Chefin ihr geschrieben hatte.
Es klang auch nicht zwischen den Zeilen durch, dass sie Jackie Vorwürfe gemacht hatte oder genervt gewesen war. Nein, der Tonfall klang eher fürsorglich. Hatte sie sich etwa Sorgen um Jackie gemacht?

Jackies Herz setzte freudig erregt einen Schlag aus. Sie presste das Stück Papier an sich und schwor sich, es nie wieder zu verlieren. Sie faltete es vorsichtig und steckte es in die Tasche ihrer Jeans.
Dann entschied sie, doch zu duschen. Die Zeit hatte sie, und hier war alles so schön. Die Dusche bestand aus spiralförmig gemauerten, bunten Mosaik-Fliesen. Von oben strömte das Wasser, dazu seitlich aus zwei Brauseköpfen, die sich verstellen ließen. Als sie das Wasser anstellte, duftete es nach Orangenaroma. Derart angenehm hatte Jackie noch nie geduscht.
Was verdient so ein Hausleitung eigentlich? Reicht es aus, um sich ein teures Auto und ein Haus zu leisten? Jackie bezweifelte das eher. Vermutlich stammte ihre Chefin einfach aus vermögenden Verhältnissen.
Sie duschte nicht zu lange, wollte vermeiden, dass sich ihre Hautstrips lösten. Schließlich mussten die noch einige Tage halten. Das hatte ihre Chefin übrigens exakt hinbekommen, stellte sie etwas später fest, als sie einen kritischen Blick in den Spiegel warf.
Sie nahm die Lotion, roch daran, cremte sich ein. Es fühlte sich gut an. Dann zog sie sich an. Ihre Jeans sah sehr ramponiert aus. Jackie schlüpfte in ihr Shirt und dachte zum ersten Mal daran, dass sie auf Station anrufen sollte, um Jasmin ein Lebenszeichen zu geben.
Wie spät war es überhaupt? War Jasmin noch im Dienst?
Plötzlich meldete sich Jackies Magen. Sie solle sich in der Küche bedienen, hatte auf dem Zettel gestanden. Das würde sie tun. Wenn sowieso schon alles vorbei war und sie sich einen anderen Job suchen würde, käme es darauf auch nicht mehr an.
Sie ging in die Küche, öffnete den Kühlschrank. Diese Frau hatte Ordnung, überall. Vor allen Dingen hatte sie einen guten Geschmack und war mit leckersten Lebensmitteln ausgestattet. Jackie überflog das Angebot an Käse, Oliven, Brotaufstrichen, Salami, Gemüse. Von allem war reichlich da. Lebte sie wirklich alleine?
Jackie nahm sich zuerst ein Joghurt, entdeckte Müsli in der Schublade. Sie fand eine kleine Schale, gab Joghurt und Müsli hinein, goss einen großen Schluck Sojamilch darüber und setzte sich an den Tisch.
Ihre Chefin schien gern zu kochen. Es standen viele frische Kräuter auf der Fensterbank und im Schrank hatte Jackie ein Gewürzsortiment gefunden, das sie in so einem Ausmaß noch nie gesehen hatte. Sie stellte sich die Breitenbach in ihrer Küche vor, beim Kochen. Es

gelang ihr nicht recht. Sie hatte diese Frau immer nur offiziell erlebt. Es war schwierig, sich vorzustellen, dass sie in ihrem Leben überhaupt auch etwas anderes tat, als ein Heim zu leiten.
Jackie löffelte die Schale leer. Nahm sich einen Tetrapack Orangensaft aus dem Kühlschrank und goss sich ein großes Glas ein. Warum hatte sie schon wieder so einen deftigen Appetit? Hatte sie letzte Nacht etwas geraucht? Ihre Erinnerung blieb jedoch nach wie vor verschwommen.
Jackie räumte das Geschirr weg und setzte sich aufs Sofa, um Jasmin anzurufen.
„Wo bist du?“, rief Jasmin ins Telefon.
Jackie hielt ihr Handy ein Stück vom Ohr ab. „Warum?“, fragte sie zurück, um Zeit zu gewinnen. Was hatte die Breitenbach Jasmin erzählt, weshalb Jackie heute nicht zum Dienst erschienen war?
„Unsere Chefin sagt, sie hätte dich letzte Nacht von der Straße aufgelesen. Du warst wohl ziemlich angeschlagen. Wie geht es dir?“
Jackie ging nicht auf Jasmins Frage ein. „Was hat sie gesagt? Erzähl schon. Wie war sie drauf? Ist sie sehr genervt?“
Jasmin überlegte einen kurzen Augenblick. „Nein, kann man nicht sagen. Genervt war sie nicht. Eher besorgt. Wirklich, sie hat sich eher Sorgen um dich gemacht.“
Jackie spürte, wie ihr bei diesen Worten warm wurde. Es fühlte sich so gut an. Sie lächelte verklärt, ohne es zu merken.
„Wie geht es dir?“, wiederholte Jasmin ihre Frage.
„Ganz gut, wirklich. Ich bin fit, aber ich glaube arbeiten kann ich noch nicht. Kannst du noch einen weiteren Tag auf mich verzichten?“ Sie musste sich einen freien Tag verschaffen, um sich einen anderen Job zu suchen.
„Weil du es bist, und wenn du mir versprichst, in Zukunft nicht mehr so viel zu saufen.“
„Ich versprech's dir“, sagte Jackie leichthin. Jasmin würde keine Gelegenheit haben, ihr Versprechen in Zukunft zu kontrollieren. Dennoch – sie hatten die meiste Zeit zusammen gearbeitet, und Jackie wusste jetzt schon, dass der Abschied ihr sehr schwer fallen würde.
„Übrigens, Jackie, sie hat sich nicht mehr zu deiner Versetzung geäußert. Es sei noch nicht spruchreif, hat sie gesagt. Wie findest du das?“
„Wie, sie hat nichts mehr gesagt?“
„Na, ich hab nochmals wegen dir nachgefragt, und dass sie dich doch nicht versetzten solle, weil wir so gut zusammen arbeiteten …

Und da hat sie gesagt, ich solle jetzt mit dem Thema aufhören, das Ganze sei noch nicht entschieden. Wahnsinn, oder? Vielleicht haben wir Glück und du kannst bleiben. Warum konntest du auch nicht einmal deinen Mund halten?"
„Ich hab's halt nicht geschafft. Ist mir so rausgerutscht."
„Wo bist du eigentlich?", fragte Jasmin plötzlich.
Jackie antwortete nicht.
„Du bist noch bei ihr?", stellte Jasmin fest.
„Ja."
Jasmin atmete hörbar aus. Jackie konnte sich denken, was sie sagen wollte und kam ihr zuvor. „Es ist unheimlich schön hier. Die Breitenbach hat das gemütlichste Haus, das ich jemals gesehen habe."
„Mach dich vom Acker, bevor sie kommt. Guter Tipp von mir."
„Ja, ich weiß. Danke. Ich bin übermorgen früh wieder im Dienst. Okay?"
„Bis dann."
Sie legten auf.
Gut, dann würde sie jetzt also ihre Sachen zusammen suchen und zur nächsten Bushaltestelle gehen. Wo war sie hier eigentlich?
Die Sonne schien warm zu ihr hinein, erwärmte das ganze Sofa auf dem sie saß. Jackie legte sich für einen kurzen Augenblick mit dem Kopf auf die zusammengefaltete Decke, ließ sich die Sonne auf den Körper scheinen. Nur noch kurz genießen, bevor sie dieses Haus endgültig wieder verlassen musste.
Sie merkte nicht, wie sie wegdämmerte.

30

Irgendwann sah Alex auf die Uhr, es war bereits zwei Uhr nachmittags. Jackie war bestimmt schon wach. Aber es kam kein Lebenszeichen von ihr, kein Anruf.
Kurz bevor Alex Feierabend machte, streckte Jasmin den Kopf in ihr Büro und meinte: „Jackie hat gerade angerufen. Sie ist morgen noch krank geschrieben. Übermorgen kommt sie wieder."
„Danke", sagte Alex, „Jasmin, Sie haben seit zwei Stunden Feierabend."
„Ja, ja." Jasmin grinste nur.

Alex wusste auch so, dass es die pure Neugierde war, die Jasmin auf Station hatte ausharren lassen. Sie hatte auf Jackies Anruf gewartet. Da erst wurde ihr bewusst, dass sie selbst genauso gewartet hatte. Enttäuschung machte sich in ihr breit. Gerne hätte sie Jackies Stimme gehört gehabt.
Ob Jackie sich überhaupt an etwas erinnern konnte? Wie peinlich musste es ihr gewesen sein, als sie bemerkt hatte, wo sie aufgewacht war, besser gesagt, bei wem?

Leider wäre sie nicht mehr da, wenn sie nach Hause kommen würde. Etwas anderes konnte Alex auf der Heimfahrt nicht denken. Sie fuhr ihren Porsche in die Garage und betrat das Haus durch die seitliche Verbindungstür. Konnte man die Abwesenheit eines Menschen eigentlich auch fühlen?
Noch nie hatte sie sich in ihrem neuen Heim einsam gefühlt.
Warum heute?
Hatte es ihr gefallen, ihr Haus heute Morgen zu verlassen mit dem Gefühl, jemanden zurückzulassen? Sehnte sie sich nach einer Frau, die auf sie warten würde? War sie wieder reif für eine feste Beziehung?
Gedankenverloren betrat sie den Flur und warf ihre Sachen lustlos auf den Boden. Sie zog die Schuhe aus, ihr Blick schweifte dabei Richtung Wohnzimmer.
Sie erstarrte in ihrer Bewegung.
Da lag eine blonde Frau auf ihrem Sofa.
Und Moritz lag auf ihr.

Jackie fuhr hoch, sah sie erschrocken an. Der Kater sprang auf und kam miauend auf Alex zu, dann verschwand er in der Küche.
„Es tut mir leid", sie suchte nach Worten, „ich muss eingeschlafen sein. Sorry, mein Kopf ..."
Ihre Worte versiegten, als sie den Gesichtsausdruck ihrer Chefin sah.
Alex war fassungslos. Sie starrte sie an.
Jackie wurde so unsicher, dass sie zu stottern begann: „E… es war so nett, w…was auf dem Zettel stand ... Ich solle hierbleiben, bis ich fit sei … Ich hab mich hier so wohl gefühlt. Entschuldigen Sie."
Diese Frau war den ganzen Tag bei Alex zu Hause gewesen. In ihrem Wohnzimmer. In ihrer Küche.

Warum faszinierte sie das?
Ihre Blicke schweiften ab in Richtung der offenen Wohnküche. Da stand noch die Tüte mit Müsli, daneben ein Pack Sojamilch. Das ganze Haus sah bewohnter aus als sonst. Woran lag das? Doch nicht an einer einzigen herumstehenden Packung Milch? Sie war in ihre Überlegungen vertieft, als sie Jackie sagen hörte:
„Ich wollte auch schon längst weg sein." Sie schien sich nur mit Mühe zu beherrschen, machte einen regelrecht verzweifelten Eindruck.
Warum?
Jackie sprang auf und huschte durch das Wohnzimmer. Alex bemerkte den Riss in ihrer Cargo-Jeans, in Höhe ihres Knies, das ganze Hosenbein sah mitgenommen aus. Aber irgendwie sexy. Sie trug ihr ärmelloses Shirt dazu. Der Anblick ihrer durchtrainierten Oberarme, ihr ganzer sportlicher Körper, diese schmalen Hüften. Alex konnte den Blick nicht mehr von ihr abwenden. Ausgerechnet jetzt eilte Jackie an ihr vorbei, Richtung Haustür.
Geräusche aus dem Flur drangen zu Alex. Jackie war hörbar dabei, sich ihre Schuhe anzuziehen. Alex folgte ihr, sah ihr dabei zu. Hätte ihr stundenlang fasziniert zusehen können. Ihre ganze Erscheinung, die Art, wie sich bewegte. Sie war eine sehr attraktive Frau. Und sie war den ganzen Tag über in ihrem Haus gewesen.
Sie spürte ein Glückgefühl in sich aufsteigen.
Tut etwas, Alex, sagte eine Stimme in ihr, *tu etwas, bevor sie geht.*
Bleib doch, dachte sie, aber sie sagte nichts, stellte sich ihr jedoch vorsichtshalber in den Weg, blockierte den Zugang zur Haustür.
„Entschuldigen Sie", sagte Jackie, „ich hatte nicht die Absicht, Ihnen auf die Nerven zu gehen." Sie wollte jetzt offenbar nur eines, schnell hier raus und versuchte, sich an Alex vorbei zu drängen.
Das würde sie auf keinen Fall schaffen. Alex war fest entschlossen, diese Frau nicht mehr gehen zu lassen. Es war ihr spätestens heute klar geworden, dass auch sie selbst etwas von Jackie wollte, dass es beileibe nicht nur Jackie war, die ihr nachstellte, in welch verzweifelter Art auch immer. Sie selbst war nicht minder an ihr interessiert. Ihre Prinzipien würden darunter leiden, aber schließlich konnte man ja nicht alles immer nur richtig machen.
„Jetzt mach mal langsam!"
Es hörte sich heftiger an, als sie beabsichtigt hatte. Sie fasste Jackie an den Schultern.

Diese erstarrte augenblicklich, bewegte sich keinen Millimeter weiter, schien sogar das Atmen einzustellen. Mit einer solch fulminanten Wirkung hatte Alex nicht gerechnet. In dieser Sekunde wurde ihr bewusst, dass diese Frau alles machen würde, was sie wollte. Ihre blauen Augen waren wie gebannt auf sie gerichtet. Keine noch so kleine Regung von Alex schien ihr zu entgehen.

Jackie fühlte sich gut an unter ihren Händen. Da bemerkte Alex erst, dass da kein Stoff mehr war, der sie trennte. Ihre Hände lagen auf Jackies nackten Oberarmen. Sie spürte ihre Wärme, fühlte ihren straffen Körper und wusste im gleichen Augenblick: Sie wollte mehr.

Ihre Hände ließen zögernd Jackies Schultern los.

Jackie stand immer noch da wie zur Salzsäule erstarrt, ihr Blick wanderte unruhig hin und her, als überlege sie verzweifelt, was sie jetzt machen solle.

Alex Hände strichen zärtlich über ihren Nacken, konnte endlich ihre kurzen Haare fühlen.

Welch ein schönes Gefühl.

Sie kam ihr so dicht, dass sie ihre Brüste durch den Stoff ihres Shirts fühlen konnte, und endlich erlaubte sie ihren Händen, Jackies Körper zu berühren.

Jackie gab sofort nach unter ihren Händen, wurde weich. Alex durchfuhr ein Glücksgefühl. Diese taffe, sportliche Frau wurde schwach durch ihre Nähe, durch ihre Zärtlichkeit?

Jackies Brustkorb hob und sank sich bereits deutlich, sie schien mit sich zu kämpfen. Ihre Erregung ließ sich allerdings nicht mehr unterdrücken.

Durfte sie wirklich weiter machen?

Jackie wehrte sich nicht, als Alex' Hände den Saum ihres T-Shirts festhielten, um es ihr dann über den Kopf zu streifen. Sie stand nur da, mit fassungslosem Blick.

Jackie trug keinen BH, aber das wusste Alex bereits seit gestern Nacht. Alex' Finger strichen über die Stelle an ihren Hals, an der ihr Herzschlag pulsierte, folgten den Konturen ihres Schlüsselbeins, berührten ihre Brüste, die ihr den ganzen Tag nicht mehr aus dem Kopf gegangen waren, seit sie Jackie unter der Dusche gesehen hatte. Jetzt waren ihre Brustwarzen aufgerichtet, schienen sich ihr entgegen zu sehnen. Jackie schloss nur kurz die Augen, als müsse sie gegen einen Schwindel ankämpfen. Ihr Mund öffnete sich, als wolle

sie etwas sagen. Aber sie sagte nichts, hätte auch kaum eine Chance gehabt, denn Alex zog sie an sich, vereinnahmte ihren Mund, fühlte, tastete, schmeckte diese Frau, bis ihr selbst schwindelig wurde. Alex konnte sich nicht daran erinnern, jemals eine Frau so gierig geküsst zu haben.
Es fühlte sich alles absolut richtig an, was sie mit ihr tat.
„Bleib noch, bitte", sagte sie, als sie zwischendurch Luft holte.
Jackies Augen öffneten sich für einen Augenblick, sie erwachte aus ihrer Betäubung. Alex fühlte ihre Hände, wie sie ihren Rücken entlang strichen und schließlich unter ihr T-Shirt glitten. Sie zitterten. Alex bemerkte es nur am Rande, war zu sehr mit sich selbst beschäftigt. Sie war plötzlich feucht geworden, ihre intimste Stelle wurde heiß und begann zu pochen und jeder klare Gedanke sich bereits in Nebel aufzulösen. Sie wusste nicht, ob das Stöhnen, das sie hörte, ihrer Kehle entsprungen war oder von Jackie kam.
Und dann ging alles ganz schnell. Jackie stolperte mit ihr in die Mitte des Wohnzimmers, presste sie aufs Sofa, öffnete ihre Jeans, hektisch, fahrig. Sie legte sich auf sie, küsste sie wie eine Ertrinkende, ihre Hand tauchte unter ihren Slip und ehe sie es versah, waren ihre Finger in sie eingedrungen. Alex konnte ein lautes Aufstöhnen nicht unterdrücken.
Sie wusste nicht, warum Jackie es so eilig hatte, aber sie hatte nichts dagegen einzuwenden. Sie wollte sie ebenfalls, seit gestern Nacht schon. Warum also nicht?
Jackies Atem ging stoßweise, sie war nervös, ihre Halsarterie pulsierte deutlich. Alex ließ sie gewähren, auch als sie schnell und kräftig in sie stieß. Eine plötzliche Schwäche überfiel ihren Körper und sie verlor den Rest jeglicher Kontrolle. Sie spürte Jackies Gewicht auf sich, spürte, wie sie sich stöhnend an ihrem Oberschenkel rieb, während ihre Finger diesen wunderbaren Rhythmus beibehielten.
Ihre Arme umschlossen Jackies Hals, hielten sie fest. Oh Gott, war das schön mit dieser Frau! Sie war überrascht von ihrer Emotionalität, von ihrer Leidenschaft.
Sie konnte ihr eigenes Keuchen hören, als alles in ihr kontrahierte und ihre Sinne schwanden. Wie betäubt fühlte sie, dass Jackie etwas später auf ihr kam. Ihr Stöhnen klang verzweifelt, ihr Herz hämmerte an Alex' Brust. Dann begann ihr Körper zu zittern. Alex strich beruhigend über ihren Nacken, ihre Schultern, küsste sie zärtlich.

Sie konnte für einen Sekundenbruchteil die Qual in Jackies Seele spüren. Was stimmt mit dieser Frau nicht? Sie würde sehr vorsichtig mit ihr umgehen, versprach sie ihr in Gedanken.
Jackie öffnete ihre Augen.
Dunkelstes Blau.
Sie schien verstört, überwältigt.
„Hab ich dich jetzt überrumpelt?", fragte Alex.
„Nein." Jackie schüttelte den Kopf, sagte dann nochmals mit Nachdruck:
„Nein, aber ich hoffe, ich war dir nicht zu schnell oder zu grob", entschuldigte sie sich mit unsicherer Stimme.
Alex lächelte. Ihre beiden Hände umschlossen zärtlich Jackies Gesicht, zwangen sie, sie anzusehen. „Es war schön so. Genau so."
Jackies Lippen fanden zu ihrem Mund zurück. Ihre Zunge verursachte prompt wieder ein Schwindelgefühl in Alex' Kopf, der Raum begann sich zu drehen. Warum fühlte sich mit ihr alles so viel intensiver an?
„Lass uns rüber gehen. Bleibst du heute Nacht hier?"
„Wenn ich darf."
„Du musst."
Jackies Lächeln ließ ihren Herzschlag stocken. Sie sah zum ersten Mal entspannt aus. Nur zu gern nahm Alex diese Frau mit in ihr Schlafzimmer. Jackie half ihr aus ihrem Shirt, zog ihre Jeans aus, ihren Slip.
Endlich.
Sie hatte sie wieder da, wo sie Jackie haben wollte, in ihrem Bett.
Jackie musste ähnlich fühlen. Sie redeten nichts, sie erklärten sich nicht. Es gab jetzt nichts zu sagen. Ihre beiden Körper fanden selbstverständlich zueinander. Sie küssten sich, eng umschlungen, leidenschaftlich, nahmen sich viel Zeit, das zweite Mal, ihre Lippen fanden sich für eine Ewigkeit, kämpferisch, dann wieder zärtlich, liebevoll.
„Alexandra ..."
„Alex. Sag einfach Alex."
Es war das erste Mal, dass sie einer Frau erklärte, wie sie angesprochen werden wollte, nachdem sie mit ihr geschlafen hatte.
„Alex", wiederholte Jackie.
Ihre Stimme hörte sich tiefer an, so nah an ihrem Ohr. Sie lag auf ihr, fühlte sich heiß an, geschmeidig, kraftvoll. Noch viel besser, als

Alex jemals vermutet hätte. Sie bewegte sich auf ihr, wurde schneller. Alex rang nach Luft. Sie konnte sie so deutlich spüren, hörte ihr Stöhnen.
Diese Frau liebte sie. Sie machten nicht nur Sex. Wieder überraschte sie Jackies Zärtlichkeit und ihre Hingabe. Sie konnte es kaum glauben. Dieser Frau war der Wahnsinn im Bett. Warum fiel ihr ausgerechnet jetzt der Satz wieder ein, der sie so geschockt hatte?
Sie werden es nicht bereuen. Ich versprech's Ihnen.
Ganz sicher war Jackie eine Frau, die keine Wünsche offen ließ, davon war Alex felsenfest überzeugt.
Jackie entzog sich ihr, ging tiefer, öffnete ihre Schenkel und Alex überließ sich ihrem heißen Mund, ihrer feuchten Zunge, die über ihre pochende Stelle tanzte. Sie wusste, sie war kurz davor, aber sie wehrte sich, wollte jetzt nicht kommen, ohne Jackie im Arm zu halten.
„Jackie!" Es war das erste Mal, das Alex sie so nannte.
Sie war sofort wieder bei ihr. Alex tauchte ein in den warmen Blick ihrer blauen Augen. Ihre Arme umschlossen sie wieder. Jackies Hand fand zu ihrer feuchten Spalte zurück, streichelte sie, war kaum in sie eingedrungen, dann kam Alex endlich. Ihr Körper bäumte sich auf, Jackie hielt sie fest, küsste wie im Rausch ihr Gesicht, ihren Hals, ihre Brüste. Alex spürte ihre Hände überall auf ihrem Körper.
„Oh Gott. Du bist so schön", hörte sie Jackie sagen, atemlos.
Alex konnte nichts anderes machen, als ihre Erschöpfung zu genießen und sich den Händen und Lippen dieser Frau zu überlassen, die jetzt erst richtig zu begreifen schien, dass sie gerade alles machen durfte, wovon sie geträumt hatte.
Ihr blonder Haarschopf tauchte wieder ab.
Alex versank in einen Sog der Gefühle. Ihre Welt wurde wieder schwarz, aber es war kein bedrohliches Schwarz. Es war nur Sein und Fühlen. Wie lang es dauerte, wusste sie nicht. Sie hatte kein Gefühl mehr für Zeit und Raum.
Jackie hörte nicht auf. Sie war sanft, sie war zärtlich und sie war ausdauernd. Als Alex nochmals kam, verlor sie für einen Augenblick das Bewusstsein.

Jackie lag neben ihr, als sie ihre Augen wieder öffnete. Sie lächelte glücklich. „Du bist eine Wahnsinnsfrau, weißt du das?"

„Nein."
Jackie lachte kurz auf, wurde sofort wieder ernst. „Ich liebe dich, Alex."
Ich dich auch, dachte Alex, und zwar vom ersten Tag an. Sie lächelte. Ihre Finger begannen die Konturen ihres Gesichts nachzufahren. Sie sah Jackie in die Augen, als ihre Hand tiefer wanderte. „Darf ich?"
Alex glitt auf sie.
Sie bemerkte sofort, dass Jackie diese Rolle nicht geheuer war. Jackie schien wohl bisher ausschließlich für den aktiven Teil zuständig gewesen zu sein.
Warum?
Alex ging sehr behutsam vor, nahm sich sehr viel Zeit. Dieser Körper berauschte sie. Alles schien so stimmig an Jackie, so fest und straff und doch so weich. Und irgendwann bebte sie unter ihren Händen. Jackie stöhnte auf.
Alex' Zunge leckte ihren straffen Bauch entlang, immer tiefer, wollte schon in sie eindringen, als sie bemerkte, wie Jackie sich verkrampfte.
Sie warf ihr einen fragenden Blick zu.
Jackie war erregt, ohne Zweifel. Aber sie schien sehr unsicher, und Alex sah die Angst in ihren Augen. Ihr Zögern versetzte ihr einen Stich. *Was hat man mit dir gemacht?*
„Wir müssen nicht", sagte sie, „ich werde nur das tun, was du zulassen kannst."
„Woher …?"
Aber Alex küsste sie bereits wieder. Ihre Hände strichen über ihren wunderschönen Körper, über ihren straffen Bauch, ihren festen Po.
Sie würde nicht in sie eindringen. Sie hatten alle Zeit der Welt. Jackie war auch so absolut scharf. Aber Alex war froh, dass sich ihr leidenschaftlich benebeltes Gehirn an ihren Vorsatz erinnerte hatte.
Als sie Jackies zunehmende Erregung spürte, signalisierte sie ihr lachend einen Stellungswechsel. „Komm schon."
Jackie war sofort wieder auf ihr, rieb ihre heiße, feuchte Stelle an ihrer, bis sie kam und sich erschöpft auf sie fallen ließ. Alex spürte ihren Herzschlag in der Nähe ihres eigenen Herzens.
Hatte sie jemals eine Frau so genossen?
Sie aßen nichts mehr an diesem Abend. Sie blieben im Bett, konnten ihre Hände nicht voneinander lassen, waren wie im Rausch, bis sie vor Erschöpfung einschliefen.

Alex erwachte, weil ihr Arm taub war und schmerzte. Lächelnd erkannte sie den Grund: Jackie hatte sich an sie geschmiegt, lag auf ihm und boykottierte die Blutzirkulation. Alex versuchte vorsichtig, sich ihr zu entziehen, ohne sie zu wecken. Jackie atmete regelmäßig und ruhig weiter.
Alex fühlte sich in die vorletzte Nacht versetzt, als sie Jackie gerne berührt hätte, die so entspannt in ihrem Bett gelegen hatte. Bereits da hatte sie schon geahnt, dass es mit Jackie ein Erlebnis sein würde. Diese Frau im Bett war schlichtweg der Hammer.
Offen, direkt, lustvoll. Es war so schön mit ihr.
Alex lächelte.
Wie gut, dass sie ihre Prinzipien über Bord geworfen hatte. Was waren das überhaupt für blöde Prinzipien? Sollte ihr deswegen ihre Traumfrau durch die Lappen gehen? Mag sein, dass einiges schief gelaufen war mit ihnen beiden, aber das war Vergangenheit.
Ihre Hand strich spielerisch über Jackies Körper. Sie küsste ihren Hals, küsste das Tattoo hinter ihrem Ohr. Ihre Lippen wanderten über ihre Brust zum Bauch.
Jackie war im Halbschlaf. Ihre Arme schlangen sich um ihren Hals, mehr aus Reflex. Alex konnte ihre rasierte Stelle spüren. Ihr Puls wurde kräftiger, ihre Atmung tiefer. Sie seufzte.
Eben, als Jackie sich unter ihr regte, begann der Wecker zu summen. Sie stöhnte.
„Oh, nein."
„Guten Morgen, Alex", hörte sie, als die schönsten blauen Augen der Welt sich verschlafen öffneten.
Sie sagte nicht Schatz, auch nicht Süße. Sie nannte sie bei ihrem Vornamen. Nicht zum ersten Mal. Sie hatte heute Nacht ihren Namen gestöhnt, gerufen, gekeucht. Es hatte sich wie Musik angehört in Alex' Ohren.
„Ich will nicht mehr ohne dich aufwachen", sagte Jackie dicht an ihr.
Alex betrachtete sie nachdenklich. Ihre Finger fuhren sanft über die Platzwunde an der Stirn.
Jackie hielt ihre Hand fest.
„Bitte, Alex. Ich möchte mehr von dir. Falls es dich so sehr stört, dass du meine Vorgesetzte bist, dann wechsle ich meinen Job."
Sie schien es wirklich ernst zu meinen, stellte Alex erfreut fest. Aber auch sie selbst hatte sich Gedanken gemacht. „Dann verliere ich

eine sehr gute Wohnbereichsleitung. Abgelehnt", antwortete sie amüsiert.
Jackie setzte sich abrupt auf. „Könntest du nicht mit mir … Ich meine … könnten wir nicht richtig zusammen sein, wir beide?"
Diese Frage verblüffte Alex. Selbstverständlich wollte sie mit Jackie zusammen sein, sonst wäre sie nicht mit ihr ins Bett gegangen. Was sollte das sonst sein, eine Affäre, eine kurze Bettgeschichte?
Aber sie hörte Jackie weiter zu. Die schien offenbar mit sich zu ringen, bevor sie sagte: „Ich hab noch nie eine Beziehung zu einer Frau gehabt habe, die über ein paar Nächte hinaus ging."
Alex sah sie mitfühlend an. Sie versuchte, Jackie zu verstehen. Aber sie sagte immer noch nichts, ließ sie weiter reden.
„Du weißt warum, nicht wahr? Ich bin zum ersten Mal mit dir im Bett und du weißt es."
„Zum zweiten Mal", warf Alex lächelnd ein, um sofort wieder ernst zu werden, „beim ersten Mal hast du dich im Schlaf gegen jemanden gewehrt. Ich wusste es nach der ersten Nacht."
Jackie schwieg betroffen.
Alex nahm sie vorsichtig in den Arm, küsste sie, ihre Lippen, ihr Gesicht, die Platzwunde an ihrer Stirn, kämmte mit ihren Fingern sanft durch ihr kurzes Haar.
„Wir reden jetzt nicht darüber, okay? Wir müssen überhaupt nicht darüber reden, wenn du es nicht möchtest. Aber ich wollte mich noch bei dir bedanken."
„Für was?"
„Für die geilste Nacht überhaupt."
Jackie sah sie erstaunt an. Zweifelte sie an ihren Worten?
„Ich hatte noch nie so ungezwungenen, so lustvollen Sex wie mit dir. Ich muss nichts tun, was du nicht zulassen kannst." Und sie küsste sie lange, bevor sie hinzufügte: „Ich kann mich auch durchaus bis ans Ende meiner Tage von dir vögeln lassen. Es ist absolut geil mit dir." Ihre Augen lachten Jackie an. Sie knuffte sie in die Seite. „Ich muss los."
Sie erhob sich rasch, bevor sie es sich anders überlegen würde und verschwand Richtung Badezimmer. „Wer von uns beiden macht zukünftig morgens den Kaffee?", fragte sie beim Hinausgehen.
Jackie war perplex. Sie ließ sich ins Bett zurückfallen, starrte hinauf zur Decke, lächelte plötzlich und rief überglücklich: „Du!"
„Okay", kam es aus dem Bad.

Damit war alles Wichtige gesagt.
Sie würden zusammen bleiben.
Zumindest würden sie es versuchen.

„An was kannst du dich eigentlich noch erinnern?", fragte Alex, als sie sich bei einer Tasse Kaffee gegenüber saßen. Jackie wollte unbedingt mit ihr aufstehen, würde heute jedoch noch nicht zur Arbeit gehen. Wahrscheinlich dröhnte ihr Kopf immer noch.

„Ich weiß noch, dass ich am Straßengraben saß. Es war kalt, und ich hab immer gedacht, ich steh dann gleich auf, wenn es zu heftig wird, ich brauche nur eine kurze Pause. Dann war jemand da und hat mich mitgenommen. Und irgendwann war ich in einem warmen, kuscheligen Bett. Das war schön. Es fühlte sich plötzlich so stimmig an, so geborgen." Jackie warf Alex einen unsicheren Blick zu. „Ich wusste nicht, bei wem ich war, als ich am Morgen wach wurde. Ich sah nur, dass mich jemand sehr liebevoll verarztet hatte. Dann bin ich wieder ins Bett gegangen. Ich habe den Zettel zwar gelesen, aber nicht richtig verstanden, hab nur kapiert, dass alles okay ist und ich entschuldigt bin. Dann hab ich geschlafen bis nach Mittag." Sie nahm einen Schluck aus ihrer Tasse. „Als ich dann richtig wach war, habe ich den Zettel noch mal gelesen und es dämmerte mir, bei wem ich gelandet war. Um sicher zu gehen, hab ich auf das Namensschild an der Haustüre geschaut." Ihr Gesicht spiegelte deutlich ihr empfundenes Entsetzen. „Das war mir natürlich mehr als peinlich. Eigentlich wollte ich so schnell wie möglich alles wieder sauber machen und verschwinden. Aber ich habe es nicht geschafft. Ich habe es nicht über mich gebracht, dieses wunderschöne Haus zu verlassen. Alles ist so urgemütlich hier, so liebevoll eingerichtet. Das also ist dein Stil, alles erzählt von dir, es riecht so gut nach dir. Ich fühlte mich hier so geborgen, ich wollte es einfach noch auskosten. Zumindest noch ein bisschen länger. Dann muss ich auf dem Sofa eingeschlafen sein. Ich habe immer und immer wieder deine Nachricht gelesen – und bin dageblieben. Ich hatte gehofft, dass ich das durfte. Erst als ich dein Gesicht gesehen habe, wusste ich, dass es falsch war."

„War es nicht. Ich war nur so überrascht", stellte Alex klar.

„Oh Gott. Und ich dachte nur: Alles was ich bei dieser Frau anstelle, ist so grundverkehrt. Ich habe noch nie so oft das Gefühl gehabt, immer total daneben zu liegen, wie bei dir."

„Du hast alles richtig gemacht." Alex küsste sie im Vorbeigehen, als sie ihre Tasse weg räumte. „Nur diese blöde Anmache, die hättest du dir schenken können. Machst du das immer so, wenn dir eine gefällt?"
Jackie überlegte nicht lange. „Nein, natürlich nicht. Ich lad eine Frau zum Essen ein, oder auf einen Drink."
„Und warum mich nicht?", wollte Alex wissen.
„Du wolltest mit Mitarbeiterinnen ja nichts anfangen. Außerdem bist du die Einrichtungsleitung, wie sollte ich dir da ein Date vorschlagen können?"
Alex begriff nicht.
„Was hab' ich dir mehr anzubieten, als eine Affäre?"
So hatte es Alex noch nie gesehen. Sie küsste Jackie zum Abschied, für sie wurde es höchste Zeit. „Kannst du dein Motorrad heute abholen?"
„Ja, heute Vormittag."
„Sehe ich dich heute noch? Bist du da, wenn ich wieder komme?"
Der Blick, den Jackie ihr zuwarf, war süß.
„Bitte", drängte Alex, auch wenn sie wusste, dass es nicht nötig war. Der Ausdruck in Jackies Augen zeigte ihr deutlich, dass sie froh über Alex' Frage war.
Alex' Arme umschlossen sie von hinten. Jackie versuchte, sie ebenfalls zu umarmen, ihr Oberkörper streckte sich nach hinten durch. Ihre Hände erreichten ihre Haare, zerwühlten sie zärtlich.
„Hey!"
Alex küsste das Tattoo an Jackies Hals. „Bis später." Dann verließ sie das Haus durch die Seitentür in die Garage.

Auf der Fahrt zur Arbeit passierten ihre Gedanken noch einmal ihre Unterhaltung.
Was hatte Jackie gesagt? Sie konnte ihr nicht mehr als eine Affäre anbieten?
Dieser Satz verfolgte sie. Nur, weil Jackie auf ihrer Personalliste stand, meinte sie, Alex nichts bieten zu können? Jackie war ihr bisher viel selbstbewusster erschienen.
War das eine Täuschung?

Sie betrat mit einem neuen Gefühl in ihr Büro. Es sah genauso aus wie gestern, ihr Büro empfing sie mit dem gewohnten freundlichen Ambiente. Zusätzlich erschien ihr alles irgendwie geerdet, harmoni-

scher als sonst. Die einzige Sache, die sie bisher gestört hatte war mit dem heutigen Tag Vergangenheit, war endgültig behoben, war im Prinzip nicht mehr gewesen als ein Missverständnis. Es fühlte sich um so viel leichter an.
Heute würde sie ein paar Angelegenheiten in Ordnung bringen. Das Gespräch mit ihrer Kollegin aus dem Nachbarheim würde dazu gehören. Und mit Sabine müsste sie sich auch mal unterhalten. Alex entschied, sie das nächste Mal anzusprechen, wenn Sabine wieder einmal im Haus war. Oder sollte sie bei ihr anrufen? Auf ein paar Tage kam es sicher nicht an, um ihr ein paar klärende Worte zukommen zu lassen.
Herr Fischer, der Geschäftsführer, schaute bei ihr vorbei, als sie gerade telefonierte.
„Oh, ich wollte nicht stören. Kann ich Sie später zum Mittagessen abholen?"
Alex nickte ihm nur kurz zu, sie wollte ihr Gespräch nicht unterbrechen. Er verschwand auch gleich wieder. Bildete sie es sich ein, oder roch er heute besonders stark nach Rasierwasser?
Ist der eigentlich verheiratet?
Der Gedanke verflüchtigte sich sofort wieder. Sie war gerade dabei, ihrer Kollegin aus dem Nachbarort zu erklären, dass sie die begehrte Fachkraft nun doch nicht haben konnte.
Die Kollegin zeigte glücklicherweise Verständnis. Mit einem beruhigten Gefühl legte Alex auf.

Es war noch nicht Mittag, als der Geschäftsführer erneut bei ihr klopfte.
„Kommen Sie rein. Ich bin gleich soweit."
Alex schloss ihr Programm und schaltete den Monitor ab.
Er roch wirklich zu stark nach Rasierwasser. Alex beeilte sich, mit ihm schnell aus ihrem Büro heraus zu kommen, sonst würde sie den Rest des Tages in diesem Geruch ausharren müssen. Rasch schloss sie ab und sie gingen zur Cafeteria hinüber.
Herr Fischer hielt ihr galant die Tür auf, und kurz darauf saßen sie sich an einem Tisch gegenüber. Die Köchin brachte ihnen das Essen persönlich, irgendwie hatte sich das bereits so eingespielt. Alex hatte nie darauf bestanden, aber sie ließ es sich gefallen.
Die Kantine war nur noch zur Hälfte gefüllt. Sie hatten ihren Tisch für sich allein und konnten sich ungestört unterhalten.

„Sie sind mit dem heutigen Tag bereits drei Monate bei uns“, erklärte Herr Fischer bedeutungsschwanger.
„Ach was. Schon?“
„Wie gefällt es Ihnen?“
„Sehr gut. Es war eine meiner besten Entscheidungen, hierher zu wechseln.“
Herr Fischer lächelte breit. „Das freut mich. Das freut mich sehr, dass Sie sich bei uns wohl fühlen. Wissen Sie eigentlich, dass man nur Gutes über Sie hört? Die Bewohner, die Angehörigen und natürlich auch die Mitarbeiter sind sehr von Ihnen angetan.“
„Freut mich. Möchten Sie auch einen Kaffee?“ Alex war schon halb aufgestanden.
„Nein, nein, lassen Sie mich mal“, wehrte Herr Fischer ab und eilte zum Büffet, um zwei Tassen Kaffee zu holen.
„Mit Milch und Zucker?“, fragte er, als er zurückkam.
„Ohne alles.“
Sie fielen auf. Einige der anderen Besucher drehten sich zu ihnen um.
„Ich brauche immer zwei Stückchen Zucker für jede Tasse“, sagte er, als er die Tassen abstellte.
Alex irritierte diese überflüssige Bemerkung. „Wie stehen wir in unserem Haushaltsplan, nächstes Jahr? Sie sind schon dabei, ihn aufzustellen?“, lenkte sie das Thema wieder zum Beruflichen.
„Oh ja, natürlich. Aber Sie wollen sich jetzt sicher nicht über Zahlen unterhalten?“
„Doch, das würde mich interessieren. Wie groß ist mein Budget für Investitionen?“
„Aber Frau Breitenbach! Das kann ich Ihnen so aus dem Stegreif nicht sagen. Da muss ich erst nachsehen.“
„Vielleicht können Sie das in nächster Zeit mal tun. Es wäre eine sehr wichtige Kennzahl für mich.“ Alex sah auf die Uhr. „Oh, ich muss los. Einen schönen Nachmittag noch.“ Sie schenkte ihm ein letztes Lächeln und ging in Richtung Pflegestation davon. Sie wollte bei der Übergabe dabei sein, um zu sehen, ob sie heute ohne ihre Wohnbereichsleitung ausgekommen waren.

31

„Wo bist du, Jackie? Ich such' dich schon überall. Du warst auch nicht in deiner Wohnung." Klaus hörte sich wirklich besorgt an, aber auch vorwurfvoll. „Ritschie hat mir erzählt, dass du hackedicht warst. Weißt du eigentlich, dass ich bereits bei zwei Krankenhäusern angerufen habe, ob man dich vielleicht eingeliefert hat?"
Jackie lächelte in sich hinein, trotz seiner Not.
„Du hättest mir wirklich mal Bescheid sagen können. Ich hab mir Sorgen um dich gemacht."
„Tut mir leid. Ich hab nicht dran gedacht."
„Wo bist du?", fragte er wieder.
„In einem wunderschönen, sehr gemütlichen Fachwerkhaus. Hier gibt es eine ganz süße Katze und einen Wahnsinns-Ausblick auf die Sauerländer Berge."
„Hast du was geraucht?"
Jackie lachte. „Es geht mir so gut wie noch nie, Klaus. Glaub mir."
„Was ist passiert?"
Jackie erzählte ihm in knappen Worten von ihrem nächtlichen Motorradunfall, hörte wie Klaus tief Luft holen musste, berichtete von einer netten Frau, die sie mitgenommen hätte. Sie ließ wohlweislich alle Namen und näheren Ausführungen weg, die ihren Kumpel auch nur im Entferntesten auf die Spur gebracht hätten, bei wem sie jetzt sein könnte.
Er ahnte nichts. Im Gegenteil. Zum Schluss fragte er sie tatsächlich, ob sie ihre unglückliche Phase mit ihrer Chefin jetzt überwunden habe. Darauf konnte sie nur mit einem deutlichen Ja antworten. Die unglückliche Phase hatte sie tatsächlich hinter sich gelassen. Jetzt fing die glückliche Phase an – mit ihrer Chefin. Aber das brauchte Klaus noch nicht zu wissen. Das würde noch ihr Geheimnis bleiben.
„Grüß Ritschie von mir, wenn du sie siehst. Ich werde mich eine Weile nicht blicken lassen. Sie soll sich nichts dabei denken."
„Wann seh ich dich wieder?"
„Ich melde mich, okay?"
Klaus brummte vor sich hin.
„Du bist echt okay, Klaus. Ich danke dir."

Jackie lächelte glücklich vor sich hin, als sie auflegte. Dann schnappte sie sich ihre Schuhe und ihre Jacke und verließ das Haus. In ihrer

Hosentasche befand sich an einem kleinen metallenen Anhänger der Hausschlüssel, den Alex ihr gegeben hatte. Sie würde ihn hüten wie ihren Augapfel. Pfeifend ging sie zu Fuß die paar Kilometer zum Industriegebiet zu Motorrad-Köster, um ihre BMW abzuholen.

32

Alex kam bereits gegen halb fünf. Sie hielt es nicht länger bei der Arbeit aus, es gab nichts Dringendes mehr, was sie halten konnte. Sie fuhr nach Hause mit dem beglückenden Gefühl, erwartet zu werden.
Als sie nach einer Viertelstunde in den Hof einbog, sah sie Jackies Maschine bereits da stehen. Sie lächelte. Eine hübsche Maschine, und sie war wieder völlig hergestellt.
„Hey. Dein Motorrad sieht ja wieder aus wie neu."
„Wie du siehst. Hast du Hunger?"
Es roch nach Gemüsecurry mit Reis.
„Lecker." Alex' Arme umschlossen die Frau am Herd von hinten und drückten sie zärtlich.
„Eigentlich sollte man dich hungern lassen", sagte Jackie, als sie sich zu ihr umdrehte.
„Mich? Warum?"
„Wegen deinem Deal mit Motorrad-Köster."
Alex lachte, als sie sich an ihre Abmachung mit dem Chef der Werkstatt erinnerte: Egal, wie teuer die Reparatur des Motorrads kommen sollte, die Rechnung ginge in jedem Fall an sie. Der Chef hatte es ihr versprechen müssen.
„Wie kommst du dazu, die Rechnung zu übernehmen?"
Alex dachte nach und fühlte in sich etwas wie ein schlechtes Gewissen aufsteigen. „Ich glaube, es ist ein Stück weit meine Schuld, dass es soweit gekommen ist."
Jackie lachte. „Da hast du natürlich völlig Recht", sagte sie ironisch.
Wieder stellt sich dieses schwindelige Gefühl bei Alex ein, als Jackies Hände ihren Nacken umfassten und ihre Lippen für einen kurzen Augenblick ihren Hals streiften, um sie dann aufs Ohr zu küssen.
„Danke", sagte sie leise.

Eine Gänsehaut kroch über Alex' ganzen Körper.
„Das Essen ist fertig, wenn du möchtest setz dich gleich hin."
Alex' Blicke schweiften hinüber zu einem liebevoll gedeckten Tisch, auf dem zwei Teller und eine Kerze stand und eine Schüssel Reis bereits vor sich hin dampfte.
„Wahrscheinlich kann ich mit deiner Küche nicht mithalten", meinte Jackie, „aber die einfachsten vegetarischen Gerichte krieg ich noch hin."
Es reichte ihr vollkommen.
Schön, so ein Leben zu zweit.

Sie könnte sich wirklich daran gewöhnen, dachte Alex, als sie sehr viel später neben Jackie im Bett lag und ihrem ruhigen Atem lauschte. Sie konnte noch nicht schlafen. Dazu war sie zu glücklich. Immer wieder musste sie die Frau an ihrer Seite ansehen, wie um sicher zu gehen, dass es kein Traum war. Nein, sie lag wirklich neben ihr, atmete, lebte und war leibhaftig bei ihr.
Alex war noch nie so in eine Frau verliebt gewesen. Bei ihr fühlte sich alles anders an, das Gute, das Schlechte ebenso. Aber was war schlecht? Dass sie es immer wieder versucht hatte, auf ihre Art eben?
Es war ein innerer Kampf für Alex gewesen, es zuzulassen, ein Verhältnis mit ihr. Sie hatte sich auch noch nie so über einen Menschen geärgert wie über Jackie. Alles, was mit ihr zu tun hatte, traf sie äußerst intensiv. Eigentlich hätte das ihr schon vorher merkwürdig vorkommen müssen. War sie schon viel früher in Jackie verliebt gewesen, als sie es sich jemals eingestanden hatte?
Alex seufzte und rutschte zu ihrer Seite des Bettes zurück. Bei Jackie wurde es ihr zu warm.

Irgendwann musste sie eingeschlafen sein.
Denn was sie als nächstes registrierte, war das Piepsen ihres Weckers morgens um sechs.

33

Auf Station ging alles seinen gewohnten Gang. Die anderen Angestellten freuten sich, dass Jackie wieder da war.
Sie hatte sich die Hautstrips entfernt. Ihre Wunden waren sehr schnell verheilt. Nur noch eine zarte rote Linie oberhalb ihrer Augenbraue verriet etwas über eine Platzwunde. Ihre Hände zeigten nur noch wenige Kratzspuren und das verpflasterte Knie fiel niemandem auf.
Aslan jedoch merkte sehr wohl eine Veränderung an ihrer Wohnbereichsleitung. Aber sie sagte nichts, wartete nur still ab, bis es sich die Gelegenheit bot, mit Jackie zu reden.
Und das war fast eine Woche später, als sie plötzlich erkannte, warum Jackie so verändert war. Sie entdeckte es in der ersten Sekunde, als ihre Hausleitung die Wohngruppe betrat. Jackie war bei Weitem nicht so verkrampft, wie die letzten Wochen und Monate zuvor, wenn die Chefin erschien. Früher war sie dann immer wie ausgewechselt gewesen. Aus der witzigen Kollegin war plötzlich eine unsichere, verkrampfte Person geworden, die scheinbar nicht mehr gewusst hatte, was sie tun sollte. So wie bei ihrem letzten Aufeinandertreffen, als Jackie sich irgendetwas etwas erlaubt haben musste, was die Chefin total ausrasten ließ.
Aslan hatte es ja mitbekommen. So wütend hatte sie die Breitenbach noch nie erlebt. Am liebsten hätte sie Jackie am gleichen Abend noch die Meinung gegeigt, was sie sich eigentlich dabei gedacht hatte. Aber da hatte sie gesehen, dass Jackie sich selbst schon genug Vorwürfe machte und hatte geschwiegen.
Sie wusste nicht, was das für ein Spiel war zwischen den beiden. Sie konnte sich nicht vorstellen, dass die Breitenbach auf Frauen stand, noch dazu auf eine wie Jackie. Da konnte sie sich die Chefin schon besser mit Herrn Fischer vorstellen. Die beiden waren ein schönes Paar, wenn man so sah, wenn sie gemeinsam in die Kantine gingen.
Aber dann war ihr das veränderte Verhalten ihrer Wohnbereichsleitung aufgefallen. Sie reagierte nicht mehr konfus, im Gegenteil, sie lächelte die Breitenbach jetzt immer an, wenn auch heimlich, aber sehr entspannt. Ab diesem Zeitpunkt wusste Aslan, was geschehen war.
„Du hast es endlich geschafft, was? Du hast sie soweit, dass sie mit dir ins Bett geht?“, fragte sie Jackie am Abend, als sie alleine im Stationszimmer waren.

Jackie errötete, sagte keinen Ton. Sie blickte auf und sah ihre Mitarbeiterin betroffen an.
„Ich warne dich", redete Aslan unbeeindruckt weiter, „wenn das wieder nur eine von deinen vielen Bettgeschichten ist, dann bekommst du es mit mir zu tun." Ihre Stimme war noch dunkler als sonst, eine drohende Gebärde ihrer Hand unterstrich die ernstgemeinte Warnung.
„Es ist keine Bettgeschichte. Ich liebe sie wirklich", sagte Jackie leise.
Vor Verblüffung blieb Aslan der Mund offen stehen. „Du liebst unsere Chefin? Weißt du denn überhaupt wie das geht?", polterte sie los, „das heißt nicht, in vierzehn Tagen kommt die Nächste! Kapierst du das überhaupt?"
„Ja", sagte Jackie nur.
Aslan betrachtete sie zweifelnd, schüttelte den Kopf. „Ich werde dich daran erinnern", drohte sie Jackie in ihrer lauten, mütterlichen Art, als sie das Stationszimmer wieder verließ.
Das hätte sie nicht gedacht, dass Jackie es tatsächlich schaffen würde, die Chefin ins Bett zu kriegen. Nie im Leben hätte sie das geglaubt. So eine elegante, gebildete Frau. Und die lässt sich mit Jackie ein?
Das sollte mal einer kapieren!

34

Jackie brauchte lange, um über das Gespräch mit ihrer Kollegin hinweg zu kommen. Immer und immer wieder gingen ihr Aslans Worte durch den Kopf. Was wäre, wenn Aslan wirklich Recht hatte? Wenn sie gar nicht wusste, wie das überhaupt ging mit einer richtigen Beziehung? Konnte sie das überhaupt?
Plötzlich bekam Jackie Angst, der ganzen Sache nicht gewachsen zu sein. Die längste Zeit, die sie mit einer Frau zusammen gewesen war, hatte tatsächlich vier Tage umfasst. Genauer gesagt waren es drei Nächte gewesen, dann hatte sie es geschmissen. Sie konnte einfach nicht. Sie hatte es nicht geschafft, dieser Frau zu erklären, was sie hätte erklären müssen.
Bei Alex aber war es anders, von Anfang an.
Bei ihr war alles so einfach und normal.
Und doch spürte Jackie, wie ihr der Schweiß ausbrach und die Angst ihren Brustkorb eng werden ließ.

Oh Gott. Sie liebte diese Frau. Mehr als alles andere in ihrem Leben. Was sollte sie tun?
Sie konnte sich nur vornehmen, ihr Bestes zu geben.
Aber sie zweifelte selbst daran, dass dies ausreichen würde.

35

„Könnten Sie meine Anmeldung zur Fortbildung auch noch unterschreiben?"
Alex war auf Station. Es war Jackie, die sie ansprach, sie stand inmitten ihrer Kolleginnen.
Für einen Moment stutzte Alex, dachte sogar kurz an einen schlechten Scherz, aber Jackie verhielt sich völlig unbedarft. Zumindest tat sie so. Keine der Pflegekräfte, die sich in ihrer Nähe befanden, nahm Anstoß daran.
Was sollte das? In ihrem Privatleben schliefen sie miteinander, Jackie wohnte seit zwei Wochen mehr oder weniger bei ihr und hier umgeben von ihren Kolleginnen sagte sie „Frau Breitenbach" zu ihr?
Sie hatten nicht explizit darüber geredet, wie sie beruflich mit dieser Situation umgehen würden, aber für Alex war es doch selbstverständlich gewesen, dass sie sich zumindest duzen würden.
Es war ihr bereits das letzte Mal aufgefallen, als Jackie in Begleitung von Jasmin zu ihr ins Büro gekommen war. Auch da hatte sie „Frau Breitenbach" zu ihr gesagt.
Am Abend hatte sie Jackie darauf angesprochen. Aber die hatte sich nicht konkret dazu geäußert, hatte nur etwas von „muss ja noch nicht jeder wissen" und „ich sag's bei Gelegenheit" gemurmelt. Alex hatte angenommen, Jackie würde zumindest ihre engsten Kolleginnen von ihrem neuen Verhältnis in Kenntnis setzen und sie hatte gedacht, dass dies längst geschehen sei.
Bis jetzt aber war das offensichtlich noch nicht passiert, und die Frau, die sie liebte wie noch keine andere zuvor, ging beruflich mit ihr um, als sei sie einfach nur ihrer Chefin. Mit dem einzigen Unterschied, dass sie es jetzt unterließ, sie anzubaggern, dachte Alex bitter.
Sie nahm Jackie das Blatt aus der Hand, ohne sie anzusehen. „Ja, natürlich."

Sie mussten dringend darüber reden. Heute noch.
Würde sie Jackie heute Abend überhaupt sehen? Plötzlich erschien Alex alles so unwirklich. Sie gab ihr das unterschriebene Blatt zurück, sah sie flüchtig an.
Nun gut. Wenn sie es nicht wollte, dann wäre es ihre Entscheidung. Alex würde nichts tun, was gegen Jackies Willen wäre.
„Danke", sagte Jackie und wandte sich wieder ab.
Am liebsten hätte Alex sie jetzt geschüttelt.
Aber hatte sie überhaupt ein Recht verletzt zu sein? Sie hatte mit Sabine schließlich auch noch nicht geredet.
Der Gedanke war noch nicht zu Ende gedacht, als sie plötzlich deren Stimme hörte.
„Hallo", drängte Sabine auch noch ins Stationszimmer. Als wäre es hier nicht voll genug. „Geht jemand mit zur Visite? Ist Jasmin da?" Dann entdeckte sie Alex. Sie stellte demonstrativ ihre Tasche ab und kam zu ihr. „Das ist ja toll, dass du auch da bist. Hab dich schon lange nicht mehr gesehen."
Eine der Schwestern machte unaufgefordert Platz neben Alex und die Ärztin nahm es an, ohne zu zögern. „Wie geht es dir?", wandte sie sich vertrauensvoll an Alex.
Ihre Hand legte sich auf Alex' Schulter, strich herzlich einige Male darüber, um dann darauf zu verweilen. Eine sehr vertraute Geste, beinahe zu vertraut, dachte Alex. Als sie sich zu ihr drehte, um zu antworten, sah sie noch, wie Jackie abrupt das Zimmer verließ.
„Danke, gut", sagte sie und zwang sich zu einem Lächeln.
„Warum bist du auf Station?"
„Wir haben Mitarbeiter-Meeting in einer halben Stunde."
„Ah, ja? Dann muss ich mich ja beeilen."
Sie rief nach Jasmin. Die stand aber bereits hinter ihr.
„Von mir aus können wir loslegen", hörte Alex Jasmins Stimme. „Wenn Sie hier fertig sind."
Bei ihrer letzten Bemerkung war ihr Tonfall leicht süffisant geworden. Alex war sich sicher, dass nur sie selbst das heraushören konnte. Sie warf Jasmin einen vorwurfsvollen Blick zu, den diese mit einem Lächeln kommentierte.
So wie es den Anschein hatte, war es für Jasmin schon längst klar, dass die Geiger und Alex ein Paar waren. Na ja, sie würde sich noch wundern!
Wenn Jackie denn endlich einmal etwas sagen würde.

Nachdem sich Jasmin und die Geiger aufgemacht hatten und niemand anderes mehr etwas von ihr wollte, blickte Alex sich suchend nach Jackie um. Wo war sie hingegangen?
Sie entdeckte sie am Ende des Flurs beim Einräumen der Wäsche.
„Ist das ein Job, den du machen musst?", fragte sie erstaunt. Dafür hatte sie extra zwei Haushaltshilfen eingestellt.
„Was sollte ich sonst tun? Euch beim Turteln zusehen vielleicht?" Jackie kam hinter dem Wäschewagen vor. Ihre Augen blitzen sie an. So hatte Alex sie bisher noch nicht erlebt. „Diese Frau steht dermaßen auf dich! Das muss man sich ja nicht antun, das mit anzusehen."
Alex wartete ab, sie war gespannt, was Jackie noch zu sagen hatte.
„Wolltest du nicht mal mit ihr reden? Wie war das noch?", provozierte Jackie.
„Ja, wollte ich. Bin nur noch nicht dazu gekommen."
„Ach ja?"
Alex war perplex. Sie brauchte etwas Zeit, um zu überlegen, wie sie mit Jackies Verhalten umgehen sollte.
„Ich kann's dir sagen, warum du lieber den Mund hältst", sagte Jackie wütend.
„So? Warum denn?"
„Weil du abwartest, bis das mit uns beiden gelaufen ist. Die Geiger ist ja schließlich keine schlechte Partie."
Von was redet sie da? Alex konnte ihre Gedankengänge nicht nachvollziehen. „Warum sollte das mit uns gelaufen sein?"
„Ist es das jetzt schon? Dann sag mir bitte Bescheid, ich will dir da nicht im Wege stehen."
Jetzt wurde sie unlogisch! Alex musste tief Luft holen, um sich zu fassen. „Jackie, was hast du?"
Jackie sagte nichts, nahm mit Schwung einen Haufen Handtücher in den Arm und ging davon in Richtung Pflegebad.
So nicht.
Alex eilte ihr hinterher, schloss die Badezimmertür von innen und spürte, wie der Zorn in ihr hoch kochte. Sie ging auf Jackie zu und fasste sie an den Schultern, kaum dass sie den Stapel eingeräumt hatte. „Du sagst mir jetzt sofort, was mit dir los ist. Du brauchst nicht eifersüchtig auf die Geiger zu sein. Ich werde mit ihr reden. Da ist nichts und da war nichts."
„Was grabscht die dich mit größter Selbstverständlichkeit an? Weißt du eigentlich, dass jeder denkt, ihr beide habt etwas miteinander?"

„Weil du dich nicht traust, es richtig zu stellen?“, fuhr Alex sie an. „Die Geiger hätte wenigstens kein Problem damit, es öffentlich zu zeigen, im Gegensatz zu dir. Du scheinst ja hier offensichtlich abzuklemmen. Sag mir bitte, wenn es dir peinlich ist!“ Alex war lauter geworden als sie beabsichtigt hatte.
„Peinlich?“, zischte Jackie zurück, „was sollte ich schon sagen? Hallo Kollegen, ich bin es übrigens, die gerade unsere Hausleitung fickt. Nur, dass ihr es wisst. Für den Fall, ihr hättet etwas anderes vermutet?“
Es traf Alex wie ein Faustschlag in den Magen. Sie ließ Jackie los, wich einen Schritt zurück, sah sie bestürzt an. So heftig hatte sie Jackie noch nie erlebt. Wie konnte sie so etwas sagen? Schließlich war es ihre Entscheidung gewesen, es ihren Kollegen gegenüber zu verschweigen. Oder täuschte Alex sich?
Auch wenn Alex Jackies Verhalten maßlos übertrieben empfand, suchte sie nach Gründen, um es zu rechtfertigen. In ihrem Kopf begannen sich die Gedanken zu drehen.
Sie musste raus, sofort.
Alex drehte auf dem Absatz um, ging den Flur entlang, öffnete die Tür und betrat den Balkon. Eine junge Schülerin stand draußen beim Rauchen. Als sie Alex erkannte, lächelte sie, hielt ihr die Schachtel hin und fragte:
„Wollen Sie eine?“
Alex fand, dass eine Zigarette jetzt das einzig Richtige war. Sie nahm dankbar an. Die Schülerin gab ihr Feuer, berührte dabei leicht ihre Hand. Alex bemerkte, wie ihre eigenen Hände zitterten. „Danke.“
Die Schülerin sah auf die Uhr. „Wir müssen uns beeilen. In zwei Minuten beginnt das Meeting.“
„Sie werden nicht ohne uns anfangen“, bemerkte Alex trocken und inhalierte so tief es eben ging. Es beruhigte tatsächlich. Die Schülerin blickte sie unsicher an. Alex lächelte. Die junge Frau lächelte zurück.
„Sie haben eine sehr trockene Art“, sagte sie.
„Und Sie eine sehr mutige Art, Ihrer Hausleitung so etwas zu sagen“, erwiderte Alex.
Sie rauchten zügig zu Ende, drückten die Zigaretten im Sand des Aschenbechers aus.
„Kommen Sie, fangen wir an.“ Alex hielt der Schülerin die Tür auf.

Sie wusste jetzt, was sie heute unter dem Punkt „Sonstiges" sagen würde.

Alex überblickte den Raum. Es war beinahe der ganze Mitarbeiterstamm anwesend. Das war gut so. Dann würde sie sich schon nicht zu wiederholen brauchen, dachte sie mit einem Anflug von Verbissenheit.
Sie nahm vorne am Tisch Platz. Jasmin wartete bereits auf sie. Jackie saß so weit wie möglich von ihr entfernt.
„Seit wann rauchen Sie?" Jasmin schnüffelte demonstrativ.
„Seit heute. Können wir anfangen?"
Jasmin verstummte augenblicklich. Alex begann:
„Ich darf Sie alle zu unserem heutigen Meeting begrüßen. Bitte unterschreiben Sie auf der Liste, die ich gleich herumgebe. Im Anhang finden Sie heute zwei Dienstanweisungen. Ich bitte Sie diese ebenfalls durchzulesen und zu unterschreiben. Falls Sie dazu noch Fragen haben, können wir das gerne sofort klären. Jasmin hat Ihnen, wie ich sehe, bereits die Liste der Tagesordnungspunkte ausgeteilt. Hat jemand unter Sonstiges noch etwas anzumerken?"
Kein Handzeichen.
„Gut, dann fangen wir an."
Sie übergab Jasmin das Wort, die sich heute über Verbesserungsmaßnahmen in der Dokumentation äußerte. Sie hatten es vorher durchgesprochen. Jasmin hielt sich kurz und knapp und gab klare Anweisungen und Verhaltensregeln. Es gab drei Nachfragen, dann war dieser Punkt abgehakt.
Als nächstes klärten sie weitere Regelungen ab, was die Helferinnen nun eigentlich durften und was nicht. Die Mentoren, also die Anleiterinnen für die Auszubildenden, würden zukünftig auch die Helferinnen anleiten und kontrollieren und einen schriftlichen Nachweis über die Fähigkeit der korrekten Ausführung erbringen. Diesen benötigte Alex gegenüber dem MDK und der Heimaufsicht.
Medikamente durften nur von den Dreijährigen verteilt werden. Das war mittlerweile allen klar, komischerweise gab es immer wieder Verstöße gegen diese Anordnung.
„Lassen Sie sich nicht erwischen, wenn Sie als Fachkraft diese Tätigkeit an eine Helferin delegieren. Ich verspreche Ihnen, ich werde Sie dafür abmahnen."
Es gab keine weiteren Einwände.

Sie besprachen noch das ein oder andere aktuelle Anliegen. Erfahrungsgemäß gab es immer noch etwas, das erst im Laufe des Meetings erkannt und angesprochen wurde.
Alex behielt die Uhr im Auge.
Fünf Minuten vor Ende bündelte sie alles Gesagte und kam zum Schluss, denn sie wollte das letzte Wort für sich haben.
„Ich möchte zum Schluss noch ein paar Worte über mein Privatleben verlieren", begann Alex und ließ ihren Blick über die Anwesenden schweifen. Alle sahen sie an. Sie nahm es schmal lächelnd zur Kenntnis. Es war ganz einfach, die volle Aufmerksamkeit ihrer Mitarbeiter zu bekommen. Man musste lediglich andeuten, dass man jetzt aus dem Nähkästchen plaudern würde.
„Wie Sie alle wissen, bin ich jetzt bereits seit vier Monaten Hausleitung hier. Es gibt in letzter Zeit immer mal wieder Gerüchte, die mit meiner Partnerwahl zu tun haben. Ich möchte dazu gerne etwas klarstellen …"
Man hätte eine Stecknadel hören können, wenn eine gefallen wäre. Alex' Mitarbeiter hingen an ihren Lippen, die männlichen komischerweise ebenso. Sollte niemand sagen, dass diese weniger neugierig wären.
„Als Erstes möchte ich dem aktuellen Gerede entgegenwirken und in aller Deutlichkeit sagen, dass ich nicht mit Frau Doktor Geiger liiert bin."
Ein unterdrücktes Raunen ging durch den Raum. Hier und da ein leises Kichern. Irgendjemand rief:
„Sondern? Mit Herrn Fischer?"
Ein amüsiertes Auflachen ging durch den Raum.
Alex zog eine Augenbraue in die Höhe. Das war ja was ganz Neues. Wer kam denn auf so etwas?
„Davon weiß ich auch nichts." Sie schüttelte den Kopf. „Damit liegen Sie gleich doppelt falsch." Ein süffisantes Lächeln umspielte ihre Lippen. „Nein", sagte Alex mit Nachdruck, „ich bin seit geraumer Zeit mit einer Kollegin von Ihnen liiert. Ich hatte nämlich bereits am Tag meines Vorstellungsgesprächs das Glück, der Frau meines Lebens über den Weg zu laufen …"
Jetzt herrschte wirklich Totenstille. Erstaunte Gesichter starrten sie an. Manche davon tatsächlich mit offenem Mund.
„… oder besser gesagt, über den Weg zu fahren, denn ich lief nicht zu Fuß. Ich fuhr mit dem Auto, während sie mit dem Motorrad unterwegs war."

Alle Blicke wandten sich nun zu Jackie. Erstaunlich. Es schien jeder zu wissen, dass sie die einzige Frauen liebende Kollegin mit Motorrad war. Noch weitere Ausführungen waren also nicht mehr nötig.
Alex warf Jackie einen Blick zu, dieser Frau, die sie jetzt ungläubig anstarrte. Sie würde ihren Gesichtsausdruck nicht vergessen, schwor sie sich. Alex sah darin, dass sie völlig richtig lag. Jackie sah sehr betroffen aus, aber auch verschämt. Aber nicht ärgerlich oder gar entrüstet. Diese Frau liebte sie, das stand ganz außer Frage. Alex war sich auch mit einem Mal sicher, dass Jackie nie den Mut aufgebracht hätte, ihr Verhältnis öffentlich zu machen. Warum auch immer.
Da hätte ich ja lange drauf warten können.
Jetzt war es also offiziell, und Jackie hatte sich den Fragen und Einwänden ihrer Kolleginnen zu stellen. Das hatte sie nicht anders verdient, sie würde es über sich ergehen lassen müssen.
„Ich denke, wir haben damit alle anderen Gerüchte außer Kraft gesetzt.“ Alex holte kurz Luft. „Damit sind wir am Schluss angelangt, wenn Sie keine weiteren Fragen haben.“
Keine Fragen.
Sie warf einen Blick auf die Uhr. „Notieren Sie auf Ihrem Stundenzettel eine Arbeitszeit bis 16:00 Uhr. Ich bedanke mich für Ihre Aufmerksamkeit und kommen Sie gut nach Hause.“
Augenblicklich schwoll der Lärmpegel im Raum an.
„Sie haben was mit Jackie?“, fragte Jasmin, die von dieser Neuigkeit so überfahren war, dass sie ihre höfliche Art offensichtlich vergessen hatte. „Seit wann?“
„Was möchten Sie wissen, Jasmin? Seit wann wir uns für einander interessieren, oder seit wann wir miteinander schlafen?“
Jasmin wurde rot bis in die Haarspitzen, fragte aber nichts mehr.
Alex packte zusammen, warf einen letzten Blick zu Jackie hinüber, die umgeben von einem Pulk Mitarbeiter kaum mehr zu erkennen war. Jasmin war inzwischen auch bei ihr angekommen.
Alex konnte sich ein etwas bösartiges Lächeln nicht verkneifen, als sie den Raum verließ.

36

Jackie betrat ihr Büro, ohne zu klopfen.

Alex blickte vom Monitor zur Uhr, sah, dass seit Ende des Meetings eine Dreiviertelstunde vergangen war. Sie drehte ihren Schreibtischstuhl in Jackies Richtung und meinte: „Glaub bloß nicht, dass ich dir das als Dienstzeit anrechne."

Ihr warnender Blick war nicht ganz ernst gemeint, aber sie signalisierte Jackie, dass sie sich jederzeit auf eine Fortsetzung ihrer Diskussion einlassen würde.

Doch Jackie hatte gar nicht die Absicht, weiter mit ihr zu streiten. Sie trat ein, schloss die Tür hinter sich und kam ein paar Schritte auf Alex zu, langsam, zögerlich. Sie wusste nicht, wie sie beginnen sollte.

Alex half ihr. „Wie wäre' s mit einer Entschuldigung? Und sei es auch nur für die blöde Bemerkung, dass du mehr oder weniger rein zufällig diejenige bist, die mit der Heimleitung ins Bett geht?" Alex war sich wohl bewusst, dass sie sich damit nicht exakt an Jackies Wortlaut hielt, aber sie hatte keine Lust, das nochmals zu wiederholen.

„Entschuldige. Es tut mir leid."

„Was meinst du?" Sie wollte es von ihr hören.

„Mein blödes Geschwätz von vorhin."

Alex lächelte erleichtert.

Sie sahen sich einige Zeit lang an, bis Jackie sagte:

„Kann ich heute Abend mit dir reden?"

„Gerne. Aber erst gegen später. Ich habe davor noch ein Date."

Jackies Blick fragte, mit wem.

„Du wolltest, dass ich mit Sabine rede. Ich treffe mich mit ihr heute nach Dienstschluss. Rechne also nicht vor acht mit mir zuhause."

Es war für Alex selbstverständlich, dass ihr Zuhause auch Jackies zuhause war. Im Prinzip wohnte Jackie sowieso schon mehr bei ihr als in ihrer Bude - eine Bezeichnung, die Jackie selbst für ihre Wohnung verwendete. Alex hatte sie noch nie gesehen. Wenn sie zusammen waren, dann immer nur bei ihr.

„Ich wollte dich nicht in Stress bringen, ich ..."

„Tust du nicht. Warte einfach auf mich oder geh vorher noch in deine Stammkneipe, wenn dir das Warten zu langweilig ist."

Jackie sah sie an, wusste nicht recht, was sie darauf noch sagen sollte.

Alex stand von ihrem Schreibtischstuhl auf. „Wahrscheinlich habe ich es dir einfach noch nicht deutlich genug gesagt", begann sie, als

sie an ihre Differenzen von vorhin dachte, „aber ich liebe dich wirklich, Jaqueline."
Es war, als hätte sie Jackies „off"-Knopf gedrückt, sie zeigte keinerlei Reaktion. Sie saß nur da, hatte die Augen geschlossen. Ihr Atem ging ruhig, auch sonst konnte Alex keine emotionale Regung bei ihr ausmachen. Als sie Jackie schon ansprechen wollte, bemerkte sie, wie sich aus ihren geschlossenen Augen Tränen den Weg nach unten bahnten.
Sie trat zu Jackie, schloss sie sanft in die Arme. Sie schwor sich zum wiederholten Mal, vorsichtig mit ihr umzugehen. Was auch immer sie tat, wie schräg sie auch manchmal drauf war, es hatte wohl alles seinen Grund. Das durfte sie nie vergessen.
Jackie lehnte ihren Kopf an sie und begann zu weinen. Alex küsste sie auf ihre Haare, auf ihre Stirn, strich ihr zärtlich über ihren Nacken. Sie tat ihr leid und doch merkte sie, wie sie sofort auf die Berührung mit ihr reagierte.
Warum fühlten sich Frauen mit kurzen Haaren dermaßen erotisch an? Alex schloss einige Sekunden die Augen. Gerne wäre sie mit ihr jetzt auch woanders gewesen, als hier in ihrem Büro. Ihre Hand begann zu zittern. Jackie bemerkte es nicht.
„Ich freu mich schon auf heute Abend", sagte Alex.
„Wann bist du da? Um acht?"
„So ungefähr."
Jackie fuhr sich mit dem Ärmel über die Augen, schniefte zweimal kurz. Ihre Finger strichen noch einmal zärtlich über Alex' Hand. Dann stand sie auf und wandte sie sich zur Tür.
„Bis später", hörte Alex sie sagen, als sie schon fast verschwunden war.

37

„Schön, dass du Zeit für mich hast."
Sabine öffnete ihr die Tür und strahlte. Sie trug eine Hose aus weichem Sweatstoff, dazu ein Träger-Shirt mit tiefem Rundausschnitt. Sie sah sehr weiblich aus. Der Stoff spannte sich über ihren großen Brüsten. Alex nahm es lediglich zur Kenntnis, folgte ihr ins Wohnzimmer.

„Ich hab es mir schon etwas gemütlich gemacht, entschuldige." Sabines Hand wies auf die häusliche Unordnung. Eine kuschelige Decke lag auf dem Sofa, ein Weinglas stand bereits auf dem Beistelltischchen, Zeitungen lagen verstreut auf Tisch und Sessel. „Wo möchtest du Platz nehmen?" Bevor Alex antworten konnte, sagte sie: „Ach, komm zu mir aufs Sofa."
Alex nahm den angebotenen Platz ein und sah Sabine an. „Wir müssen mal ein paar Takte miteinander reden."
Sabine hielt ihrem Blick nicht Stand. „Was darf ich dir anbieten, einen Wein?"
„Nein, danke. Gerne aber ein Wasser." Sie hatte keine Lust, heute alkoholisiert nach Hause zu kommen. Plötzlich überkam sie Sehnsucht nach Jackie. Sie konnte es kaum erwarten, mit ihr heute Abend ein klärendes Gespräch zu führen. Sie wollte endlich mehr von dieser Frau wissen, wollte sie besser verstehen können.
Alex rief sich zur Ordnung. Nun war sie erst einmal bei Sabine. Eins nach dem anderen.
Sabine war gerade aufgestanden, um ihr eine Flasche Wasser zu holen, kehrte mit einem Lächeln zurück, das bei Alex beinahe ein schlechtes Gewissen verursachte.
„Danke." Sie goss sich selbst ein. Bedient zu werden, würde sie nicht auch noch aushalten wollen. „Sabine", Alex sah ihr in die klaren Augen, die auf sie gerichtet waren, „das mit uns …"
Doch Sabine unterbrach sie sofort. Ihre Hand legte sich beschwichtigend auf die ihre. „Ich gebe dir Zeit. Ich dräng dich nicht, Alex. Ich fühl es doch auch, dass du noch nicht so weit bist. Wir haben alle Zeit der Welt."
„Sabine", fing Alex nochmals an. „In meinem Leben gibt es eine andere Frau."
„Ich weiß, ich weiß", winkte Sabine ab, „die kleine Blonde, nicht wahr?"
Alex war verblüfft. Wie hatte sie das mitbekommen?
Sabine lächelte sanft. „Ich habe es schon von Anfang an bemerkt, dass sie auf dich abfährt. Du hättest mal sehen sollen, wie sich ihr Verhalten verändert hatte, kaum dass du in der Nähe warst." Sabine stieß ein kleines, beinahe schon abfälliges Lachen aus. „Plötzlich wurde sie ganz verkrampft und hatte nur noch Augen für dich. Aber das kann ich ja verstehen." Sie nahm einen Schluck Wein, bevor sie weiter sprach. „Und wenn Blicke töten könnten, wäre ich

sowieso schon hinüber. Jedes Mal, wenn ich mit dir gesprochen habe oder auch nur in deine Nähe kam. Und du hast wirklich was mit ihr?"

Die kleine Blonde ist sechsundzwanzig Jahre alt und die interessanteste und erotischste Frau der Welt.

Alex bemühte sich um ihre Contenance, wollte etwas sagen. Aber Sabine kam ihr zuvor.

„Es macht mir nichts aus."

Das verblüffte sie nun wirklich.

„Es macht mir überhaupt nichts aus, wenn du mit einer anderen was hast."

Sabines Hand begann nun ihren Arm entlang zu streichen, sehr zärtlich, und war an ihrem Nacken angekommen.

Damit hatte Alex nicht gerechnet. Sie musste sich sortieren.

„Weißt du, ich bin nicht eifersüchtig, und du bist eine so tolle Frau … Wenn du es möchtest, teile ich dich auch ... Ich habe nie damit gerechnet, eine solche Frau für mich alleine zu haben. Du siehst umwerfend aus, bist eine starke Persönlichkeit, du hast Mut, Durchsetzungsvermögen ..."

Sabine schien sich warm zu reden. Alex entschied, sie zu stoppen. Sie nahm ihre Hand weg, hielt sie fest.

„Sabine, das bin ich nur beruflich", sie lächelte und entschloss sich noch eine Spur deutlicher zu werden, „aber im Bett habe ich durchaus auch mal eine schwache Seite an mir, da bin ich gerne auch mal diejenige, die sich fallen lässt. Und ich hab schon gar keine dominante Art an mir. Ich würde dich langweilen."

Alex konnte erkennen, dass sie mit ihrer Vermutung richtig lag. Sabines Blick wich einen Sekundenbruchteil zur Seite aus. Sie fasste sich schnell wieder. Als ihr Blick sich wieder auf Alex richtete, lag Wertschätzung und Freundlichkeit darin.

„Wie hast du es bemerkt?"

„Gar nicht. Ich habe es nur vermutet. Du stehst auf starke Frauen, das spür ich. Aber so bin ich nun mal nicht immer. Im Gegenteil. Ich genieße es, die Führung auch mal abzugeben."

Sabine nickte langsam. „Du hast ein außergewöhnliches Gespür für deine Mitmenschen."

Alex sechster Sinn hatte ihr mehrmals geholfen, die richtigen Personalentscheidungen zu treffen. Meistens konnte sie sich darauf verlassen. Hoffentlich würde er ihr auch im Umgang mit ihrer Gelieb-

ten weiter helfen. Als hätte Sabine ihre Gedanken gelesen, sagte sie: „Für deine blonde Mitarbeiterin hängt der Himmel jetzt sicher voller Geigen, wenn sie es geschafft hat, dich ins Bett zu bekommen."
„Es ist mehr als eine Bettgeschichte", antwortete Alex, „und sie heißt Jaqueline."
„Entschuldige."
Alex erhob sich. „Ich muss los."
Sabine begleitete sie zur Tür. Sie schwieg den Weg dorthin, dachte nach. Dann sagte sie: „Ich wünsch euch beiden alles Gute." Sie war sehr gefasst.
Alex lächelte sie an. „Danke."
Plötzlich hielten Sabines Hände sie fest und ihre Lippen pressten sich auf ihren Mund. Sie küsste sie lange, sehr lange. Als Alex schon überlegte, ob sie sich vorsichtig frei machen sollte, ließ Sabine sie wieder los.
„Das musste einfach sein, entschuldige."
Alex holte tief Luft, lächelte, nickte ihr zum Abschied nochmals zu und ging zu ihrem Auto. Sie konnte es kaum erwarten, sich in den Ledersitz fallen zu lassen, Gas zu geben und endlich zu der Frau zu fahren, die sie liebte. Sie lächelte auch noch glücklich vor sich hin, als sie den kernigen Sound des Motors hörte, der sie zügig ihrem Zuhause immer näher brachte.

Gerade als Alex die funkgesteuerte Garagentür öffnete, kam Jackie mit ihrem Motorrad um die Ecke gebogen. Alex ließ ihrem Motorrad den Vortritt.
Das grelle Neonlicht ging an. Alex musste ein paar Mal blinzeln, als sie aus ihrem Auto stieg. „Wenn das kein Timing ist", rief sie glücklich zu der Frau hinüber, die sich gerade den Helm abnahm.
Jackie grinste, kam auf sie zu. „Ich war noch kurz was trinken."
Ihr Kuss schmeckte nach Cola. Auch sie wollte offensichtlich stocknüchtern mit ihr reden. Es freute Alex.
„Endlich Feierabend."
Sie standen beide in der Garderobe und legten Ihre Jacken ab. Jackie befreite sich von ihren Stiefeln, hängte ihre Jacke an ihren Haken. Es war bereits ein gewohnter Anblick. Diese Frau sah so sexy aus.
Der Vergleich mit Sabine drängte sich Alex auf. Wie hatte sie gesagt? *Deine kleine Blonde?* Alex wusste sich glücklich zu schätzen, dass ihr diese Frau jemals über den Weg gelaufen war.

Jackie trat zu ihr, schloss ihre Arme um sie. „Weißt du, du bist wirklich der Hammer“, sagte sie mit entwaffnender Offenheit. „Und du gehörst mir.“
Sie sagte es wieder und wieder, als müsse sie es für sich selbst wiederholen, um es glauben zu können, während ihre Hände sich einen Weg unter Alex' Bluse bahnten. Sie griff nach ihren Brüsten, so unumwunden, dass es Alex verblüffte. Aber es erregte sie, stellte sie fest. Es machte sie immer an, wenn diese Frau etwas von ihr wollte.
„Komm“, sagte Jackie, als sie Alex ins Schlafzimmer drängte. Sie öffnete ihre Hose, zog sie herunter. Jackie entledigte sich in Windeseile ihrer Kleider. Ihre Jeans landete in einer Ecke des Zimmers.
„Wir wollten reden, oder?“, fragte Alex noch, aber ihre klaren Gedanken verflüchtigten sich zusehends, als Jackies Lippen ihren Bauch hinab glitten.
Sie erinnerte sich an heute Nachmittag, als sie in ihrem Büro gewesen war. Da bereits hatte Alex Lust auf Jackie gehabt.
„Ja“, hörte sie Jackie sagen.
Es dauerte einige Sekunden, bis sie begriff, dass es die Antwort auf ihre Frage war.
„Später.“
Sie spürte wieder diese Schwäche, die sich über ihren ganzen Körper ausbreitete, kaum dass Jackie auf ihr lag. Schweiß brach ihr aus, als Jackies Becken rhythmisch gegen sie zu stoßen begann. Ihre Arme umfassten Jackies Hals, wollte sie fest halten. Jackie ließ sich nicht halten, ihre Lippen wanderten über Alex' Körper.
Alex fühlte die Muskulatur ihres Rückens, die jetzt angespannt war. Sie liebte Jackies Kraft. Ihre Hände hätten gerne noch mehr von ihr wahrgenommen, waren aber vor lauter Schwäche nicht mehr in der Lage, sich zu bewegen. Jackies Finger hatten den Weg in sie bereits gefunden.
Alex konnte nicht anders, konnte sich nur ergeben. Ihr Rückgrat streckte sich, sie schloss die Augen und ließ sich anstecken von der Leidenschaft, die Jackie übermannte, als sie sich gleichmäßig auf ihr bewegte, bis sich alles aufzulösen schien, bis die ganzen Sorgen dieses Tages sich in Luft auflösten und sie unter ihren Händen alles vergaß, was geschehen war: Ihr Streit, das Meeting, das Gespräch mit Sabine. Es gab nur noch den Körper auf ihr, der heiß und fordernd mit ihr das machte, wovon sie immer geträumt hatte.

„Eine Frau wie dich hab ich gar nicht verdient." Eine gute Stunde war vergangen. Jackie Stimme war leise, beinahe brüchig.
„Glück ist immer ein Geschenk, niemand kann es sich verdienen", meinte Alex, als sie in Jackies klare, blaue Augen sah. Sie wusste, dass sie damit Recht hatte. Wieder war sie von Jackies Schönheit beeindruckt. Sie hätte sich keine anziehendere, erotischere Frau vorstellen können. Diese Frau war ein einziges Geschenk. Ihre Hand fand wieder zu der Stelle ihres Nackens zurück, fuhr spielerisch über die kurzen Härchen. Sie grinste. „Du bist so sexy."
Jackie lachte kurz auf. „Reden wir jetzt?", fragte sie.
Alex zog eine Augenbraue in die Höhe. „Aber nicht hier."
„Lass uns ins Wohnzimmer gehen", entschied Jackie.
Alex war beeindruckt. Jackie schien es ernst zu nehmen. Sie spürte ihre Entschlossenheit und ihren Mut. Es freute sie.
Sofort war sie aus dem Bett, sammelte ihre und Jackies verstreute Wäsche von Boden auf, warf sie in den Wäschesack im Bad. Sie wollte kurz duschen, bevor sie sich in ihren Jogginganzug kuschelte.
Jackie kam hinzu. Sie half ihr, sich abzuseifen. Alex konnte sehen, wie sich Jackies Brustwarzen zusammenzogen, wie ihre Augen sich wieder zu einem Dunkelblau verwandelten. Sie entschied sich, die Dusche rasch zu verlassen, sonst würde aus dem Gespräch heute nichts mehr werden.
Sie setzten sich ins Wohnzimmer. Alex zündete den Kaminofen an, öffnete eine Flasche Wein und stellte gerade zwei Gläser dazu, als Jackie aus dem Bad kam. Sie trug die Jeans, die seit ihrem Unfall nur noch im Haus trug.
Im Gehen zog sie sich noch ein weites bequemes Shirt an und setzte sich aufs Sofa. Alex nahm ihr gegenüber Platz. Wollte sie eine Parallele zu dem Gespräch mit Sabine vermeiden oder wollte sie ihr einfach nur in die Augen sehen können?
Alex füllte beide Gläser. Stellte noch eine Flasche Wasser dazu. Dann waren sie gewappnet für ihre Unterhaltung.
Alex würde nicht ans Telefon gehen, für den Fall, dass es klingeln sollte. Sie nahm einen Schluck Wein, er schmeckte gut. Gerade richtig zum gemütlichen Trinken, lieblich, durchaus süffig. Man konnte ihn auch so genießen, nicht nur zum Essen.
Jackie hatte mittlerweile einen Anfang gefunden. „Ich habe zu niemandem etwas gesagt, weil ich Angst hatte", begann sie. „Nicht,

weil ich dachte, es geht sowieso bald vorbei … oder du hättest sowieso bald kein Interesse mehr an mir … Je mehr ich dich im Alltag wieder erlebt habe … ich hab immer gedacht, wow, diese Frau und ich? Das ist zu schön um wahr zu sein … Wie dich die anderen ansehen, wie du geschätzt wirst … Weißt du, du bist die beste Hausleitung, die wir je hatten, die Leute lieben dich … und mein Mut hat mich immer mehr verlassen … und dann kam da noch die Geiger, die dich so selbstverständlich anfasst, wo eh schon jeder denkt, sie und du, ihr habt was miteinander … Du weißt schon, ihr seid beide Porsche-Fans, ihr werdet zusammen gesehen beim Italiener, wenn sie dir die Hand hält …"

Alex zog eine Augenbraue in die Höhe. Die Welt war wirklich klein. Irgendjemand sieht einen immer irgendwo. Komischerweise erreichten solche Nachrichten in Windeseile die gesamte Belegschaft. Ganz im Gegensatz zu ihren offiziellen Dienstsanweisungen, von denen jeder sagte, er hätte nichts davon gewusst, nichts mitbekommen, wie auch immer. Die inoffiziellen Kanäle interner Kommunikation funktionierten bei Weitem besser. Das war wirklich ein Phänomen.

Alex konzentrierte sich wieder auf die Frau, die ihr gegenübersaß und weiter nach Worten suchte.

„Da kann ich doch nicht kommen und zu meinen Kolleginnen sagen: Hallo, hört mal her, ich habe was mit dieser Frau? Das glaubt mir kein Schwein."

Alex sagte nichts.

„Und ich selbst auch nicht", beendete Jackie ihren Satz.

Das war der springende Punkt.

Warum hast du so wenig Selbstvertrauen, Jackie?

„Wir schlafen seit Wochen miteinander. Ich sage dir jedes Mal, dass du die Frau meiner Träume bist und du glaubst es nicht?", fragte Alex.

Jackie wich ihrem Blick aus. Sie atmete hörbar aus. „Es tut mir leid."

„Es muss dir nicht leid tun. Du hast sicher einen Grund, daran zu zweifeln."

Dann schwieg Alex wieder, ließ Jackie Zeit, in sich zu gehen, um das zu sagen, was sie sagen wollte oder musste.

Alex beobachtete sie, bemerkte das Zittern ihrer Hände, als sie ihr Glas aufnehmen wollte. Sie stellte es wieder ab. Es war leicht zu erkennen, dass sie sich nun sehr überwinden musste, weiter zu reden.

„Ich hab es bisher noch nie geschafft über eine längere Zeit mit der gleichen Frau …“ Jackie machte eine kurze Pause, ihr Gesicht wurde blass, sie atmete hörbar ein, bevor sie fort fuhr: „Ich glaube auch nicht, dass es gehen würde mit mir … Ich meine außer bei dir … Es macht dir nichts aus. Weißt du, ich kann nicht … Es würde mich immer wieder daran erinnern.“ Ihre Hand fuhr fahrig durch ihre kurzen Haare.
Alex ahnte, was sie ihr sagen wollte, half ihr dabei. Ihre Augen waren auf Jackie gerichtet, als sie einfach fragte: „Wer war es, dein Vater? Oder irgendein Onkel?“ Ihre Stimme klang sanft, aber sachlich.
Es schien Jackie zu helfen. „Mein Großvater.“ Jackies Blick war auf den Flokatiteppich vor dem Kaminofen gerichtet.
„Wie alt warst du?“, fragte Alex. Jackie musste noch ein Kind gewesen sein, damals. Auf jeden Fall in einem Alter, in dem Mädchen noch keine Brüste hatten. Denn Alex durfte sie vorbehaltlos liebkosen, berühren, ohne dass sie den Eindruck hatte sie würde sich nicht wohl dabei fühlen.
Jackie musste bei ihrem erlebten Missbrauch sehr jung gewesen sein, und Alex spürte, wie ihr bei diesem Gedanken übel wurde.
„Ich war wahrscheinlich so um die sechs Jahre. Ich bin mir nicht sicher“, sagte Jackie in sachlichem Tonfall, „als es angefangen hat.“
So jung? Alex’ Magen zog sich zusammen.
Was heißt, als es angefangen hat?
Jackies Stimme klang merkwürdig unbeteiligt, als sie fortfuhr: „Es ging so, bis ich elf war. Immer in den Ferien, wenn ich für einige Wochen bei ihm war.“
Alex merkte, wie ihr Kreislauf fast versagte, sie war nicht mehr in der Lage, sich zu bewegen, geschweige denn, irgendetwas zu sagen. Sie schluckte. Ihr Herz schlug betroffen gegen ihre Rippen. Ihr Körper wankte leicht nach vorne. Sie hätte jetzt nicht aufstehen können. Ihre Hände fühlten sich plötzlich merkwürdig taub an.
„Meine Mutter hatte keine Ahnung davon.“
„Und dein Vater?“, brachte Alex mühsam hervor.
„Meine Eltern haben sich früh scheiden lassen. Ich bin bei meiner Mutter geblieben. In den langen Schulferien war sie immer froh, wenn mein Opa sich um mich gekümmert hatte.“
… um mich gekümmert hatte.
Alex wurde plötzlich übel. Sie spürte, wie kalter Schweiß ihre Haut überzog, beeilte sich rechtzeitig ins Bad zu kommen, warf sich vor der Toilette auf die Knie und übergab sich.

Oh Gott. Nein.
Ihr Kreislauf musste völlig in den Keller gerutscht sein. Sie spürte kaum Jackies Hand, die sich sanft auf ihre Schulter legte. Die Spülung rauschte. Sie schloss die Augen, als Jackie ebenfalls in die Hocke ging und ihre Arme sie von hinten umschlossen, ihr Kopf sich sacht an ihre Schulter lehnte. Alex lehnte ihren Kopf nach hinten.
„Entschuldige", hauchte ihr Jackie leise ins Ohr, „ich hätte nicht damit anfangen dürfen. Es tut mir leid."
Alex traute ihren Ohren nicht. Diese Frau nahm auch noch die Schuld auf sich, dass Alex jetzt schlecht geworden war! Sie konnte es nicht fassen. Trotz ihrer Schwäche fühlte sie ihren gesunden Zorn wieder erwachen.
„Sag das nie wieder. Entschuldige dich nie wieder für das, was man dir angetan hat. Hörst du mich?" Alex sah Jackie eindringlich an, aber sie war sich nicht sicher, ob Jackie sie verstand. Sie schloss diese ratlos dreinschauende Frau fest in ihre Arme. Alex konnte ihre Tränen nicht länger zurückhalten, konnte nicht länger gegen ihr Aufschluchzen ankämpfen oder gegen das Zucken ihres Körpers.
Jackies Hände strichen ihr zärtlich übers Haar.
Oh mein Gott, durchfuhr es Alex, *diese Frau tröstet mich*!

Sehr viel später lagen sie eng aneinandergeschmiegt im Bett. Sie hatten nicht noch einmal miteinander geschlafen. Alex hielt Jackie nur im Arm, und doch hatte sie das Gefühl, ihr noch nie so nah gewesen zu sein.
Ich werde dich nicht allein lassen. Ich bin für dich da, wenn du mich brauchst, das versprech ich dir.
Ihre Hand strich zärtlich über Jackies Haar, auch, als sie schon eingeschlafen war.

Alex erwachte mit einem seltsamen Gefühl. Alles tat ihr weh, ihr war nicht gut, und doch fühlte sich alles so harmonisch an. Trotz dieser Nacht? Es verwunderte sie. Sie beugte sich zu der Frau an ihrer Seite, küsste sie in den Nacken, ihre Zunge spielte mit ihrem kurzen Haar.
„Guten Morgen."
Jackie drehte sich verschlafen zu ihr. Sie hatte tatsächlich offenbar einen tiefen, erholsamen Schlaf hinter sich. Sie musste es gewohnt

sein, sie zog es schließlich schon ein ganzes Leben mit sich herum, dachte Alex und spürte wieder Bitterkeit in sich hochsteigen.
Es war eine kurze Nacht für sie beide gewesen. Alex entschied, heute nur das aller notwendigste Programm durchzuziehen und bald Feierabend zu machen.
„Hast du Spätschicht?", fragte sie Jackie.
„Was ist heute für ein Tag?"
„Donnerstag."
„Dann hab ich Spätschicht." Jackie lugte provokativ hinter dem Kopfkissen hervor.
Alex lächelte.
Spätschicht wäre jetzt nicht schlecht, dann könnte sie noch ein paar Stunden liegen bleiben.
Sie tröstete sich mit dem frühen Feierabend und nahm Schwung um aus dem Bett zu kommen. „Schlaf noch weiter. Wir sehen uns später. Vielleicht komm ich gegen Nachmittag mal rüber auf Station."
Sie hörte nur ein Grummeln unter der Decke. Sie küsste Jackies Schuler zum Abschied, die einzige nackte Stelle, die sichtbar war, und verschwand im Bad.
Eilig duschte sie sich, setzte Kaffee auf, zog sich an, fönte sich, schminkte sich flüchtig. Routine, und doch fühlte sie sich irgendwie anders an. Sie nahm ihre Tasche, überlegte kurz, ob sie alles hatte. Gerne hätte sie Jackie etwas hinterlassen, irgendetwas, sie wusste aber nicht was, schaute sich um. Sie hatte das Gefühl, ihr eine Rose hinlegen zu müssen oder eine liebevolle Karte, fand jedoch nichts dergleichen. Schließlich riss sie einen Haftzettel vom Block, schrieb darauf: *Du bist die schönste Frau der Welt.*
Sie überlegte einen kurzen Augenblick, bevor sie hinzusetzte: *Könntest du mir versprechen, deine Haare niemals wachsen zu lassen?*
Sie malte ein Herz darunter, klebte den Zettel an den Spiegel und verließ das Haus.

Alex betrat pünktlich ihr Büro, hatte gerade ihren Rechner hochgefahren, als Herr Fischer eintrat.
„Guten Morgen", grüßte er höflich.
Rasierwassergeruch schlug ihr entgegen.
„Guten Morgen", grüßte sie zurück. „Was treibt Sie schon so früh zu mir?"
„Ich dachte, vielleicht könnten wir gemeinsam frühstücken gehen?"

Alex stutzte, sah ihn verblüfft an. Er trug heute einen ausgesprochen modernen Anzug mit einem cognacfarbenen Hemd, dazu eine passenden Krawatte.

Hat der heute Geburtstag?

„Sie sehen schick aus", bemerkte sie und lächelte ihn an. „Steht heute ein besonderer Termin an?" Sie überlegte rasch, konnte sich jedoch an nichts erinnern. Würde der Vorstand der Stiftung heute vorstellig werden, oder war sonst was passiert?

„Nein, nein", beeilte er sich zu sagen, „es freut mich, wenn es Ihnen gefällt."

Da fiel Alex wieder die Bemerkung einer ihrer Mitarbeiterinnen während des Meetings ein.

Sie und der Geschäftsführer?

So langsam begann es ihr zu dämmern.

Es wäre wohl fairer, es ihm selbst zu sagen, bevor er es heute im Laufe des Tages vom Personal erfuhr, entschied sie für sich.

„Ach, Herr Fischer?"

„Ja?"

Sein Lächeln war galant, oder er dachte zumindest, dass es das wäre.

Alex kam zur Sache.

„Wenn Sie schon da sind, kann ich Ihnen ja gleich etwas anvertrauen, was ich Ihnen schon seit einiger Zeit sagen wollte …"

„Aber gerne, Frau Breitenbach, jederzeit."

„Ich hatte es nicht für nötig befunden, es in meinen Lebenslauf zu bemerken, da mein Familienstand noch keine festen Verbindlichkeiten aufzuweisen hatte …", fuhr sie fort.

Er sah sie mit großen Augen an.

„… aber ich habe es Ihnen gegenüber bisher noch nicht erwähnt, dass ich eine Präferenz zum weiblichen Geschlecht habe, nicht wahr?" Sie lächelte ihn freundlich an.

Etwas schien deutlich in ihm zu arbeiten, er versuchte krampfhaft sie zu verstehen und stotterte: „Das Sie … dass Sie …"

„Das ich lesbisch bin? Ja", half ihm Alex auf die Sprünge. Ihr charmantes Lächeln verstärkte sich.

„Ja, ja", gab Herr Fischer von sich, „das … das ist völlig in Ordnung, da haben Sie bei uns nichts zu … Wir sind als Arbeitgeber in keiner Weise diskriminierend … Kein Problem. Nun, äh, dann … äh, bis später. Wir sehen uns." Eilig verließ er ihr Büro, ohne nochmals auf das gemeinsame Frühstücksangebot zurückzukommen.

Alex seufzte kurz auf. Dann startete sie ihr Dienstplanprogramm, warf einen Blick auf ihren Kalender und checkte ihre Emails. Es würde ein ruhiger Tag werden. Es stand nichts Besonderes an.

Es war bereits Mittag vorbei, als Alex wieder auf die Uhr sah. Sie war so vertieft in ihre Arbeit gewesen, dass sie alles um sich herum vergessen hatte.

Als sie sich gerade damit abgefunden hatte, dass der Geschäftsführer sie ab heute wohl nicht mehr zum Mittagessen abholen würde, klopfte es.

„Ja, bitte."

„Mittagessen."

Selbst durch den Türspalt war sein Rasierwasser zu riechen. Alex lächelte. Es freute sie wirklich, dass er da war. Sie schaltete den Monitor ab und sie gingen gemeinsam hinüber zur Kantine, wie an so manchen Tagen davor, wenn es sich einrichten ließ.

Ihr fiel auf, dass er seine Krawatte abgelegt hatte. Auch trug er jetzt sein Jackett offen. Sie sprach ihn darauf an.

„Zu warm", sagte er nur. Sie lächelten beide.

„Sie haben also eine Beziehung mit Frau Becker, der Wohnbereichsleitung der Demenzstation?", fragte er während des Essens unvermittelt.

Alex warf ihm einen überraschten Blick zu. Das hatte sich ja schnell herumgesprochen. Sie war froh, es ihm zuvor selbst angedeutet zu haben. „Ja, habe ich."

Herr Fischer räusperte sich. „Wissen Sie eigentlich, dass Sie in der kurzen Zeit, die Sie jetzt hier sind, bereits die volle Hochachtung Ihrer Mitarbeiter genießen?"

„Ja, das weiß ich." Sie aß unbekümmert weiter. Erst als sie sein verblüfftes Gesicht sah, konnte sie sich ein Lächeln nicht unterdrücken. „Ich bin mir der Tatsache bewusst. Es freut mich aber, dass Sie es erwähnen."

„Sie sind eine ausgesprochen fähige Führungskraft, wie mir scheint."

„Danke."

„Ich hoffe, Frau Becker weiß dies ebenso zu schätzen."

Alex' Augenbraue schnellte in die Höhe. „Ich denke nicht, dass Frau Becker eine Führungskraft nötig hat."

„Nein, nein", korrigierte er sich, „ich meinte auch nur, dass ich hoffe, sie weiß es zu schätzen, welch eine außergewöhnliche Frau sie

sich da an Land gezogen hat." Er errötete tatsächlich und wandte seinen Blick unsicher ab. Alex war gerührt.
„Danke", sagte sie nur und sah ihn beinahe liebevoll an. Die Köchin kam gerade mit der Nachspeise an ihren Tisch. Sie hatte Alex' Blick registriert und sah etwas irritiert von einem zum anderen.
„Nachtisch", sagte sie nur und stellte zwei Glasschälchen mit Kompott unsanft auf den Tisch.
Sie sahen sich an und grinsten beide, er etwas verstohlen.
„Ich wünsche Ihnen auf jeden Fall alles Gute für Ihr privates Glück", sagte er steif, als sie beide das Kompott in sich hinein löffelten.

Gegen drei Uhr nachmittags spürte Alex eine dermaßen lähmende Müdigkeit über sich kommen, dass sie entschied, es für heute sein zu lassen. Sie räumte ihre Unterlagen zusammen, wollte schon auf Station anrufen, um Bescheid zu geben, dass sie nicht mehr im Hause wäre, als sie es sich anders überlegte. Nein, sie würde es persönlich sagen, hatte sie nicht sowieso vorgehabt, kurz bei Jackie vorbeizusehen? Wie lange sie wohl noch geschlafen hatte?
Die Nacht war anstrengend gewesen, für sie beide.
Kaum hatte sie den Wohnbereich betreten, als sie auch schon Stimmen hörte, die sie begrüßten. „Hallo Frau Breitenbach", rief ihr eine Mitarbeiterin zu.
Alex war zu weit weg, um das Namensschild lesen zu können, so beließ sie es mit einem einfachen Gegengruß. Sie nahm sich vor, die Namen ihrer Mitarbeiter irgendwann einmal auswendig zu lernen.
Sie suchte Jasmin, fand sie in der Küche, wo sie den Nachmittagskuchen vorbereitete. Eine Tätigkeit, die sie sich nicht nehmen ließ, wie Alex grinsend bemerkte. „Jasmin, ich bin ab jetzt außer Haus. Falls etwas sein sollte, morgen wieder ab acht Uhr, okay?"
„Oh, hallo. Geht klar", und ohne dass Alex gefragt hätte, fügte Jasmin frohgelaunt hinzu: „Jackie finden Sie oben, beim Richten der Medikamente."
War es nicht immer wieder erstaunlich, wie schnell etwas alltäglich wurde, kaum dass man den Mut aufgebracht hatte, dazu zu stehen?
„Dankeschön", sagte Alex. Dann fiel es ihr wieder ein. „Was machen Ihre Medikamente? Ich werde Ihren Schrank morgen überprüfen."
Sie machte sich auf den Weg nach oben.

„Hey", sagte sie, als sie Jackie vor dem Medikamentenschrank entdeckte. Jackie sah auf und strahlte sie an. Alex stockte der Atem. Ob das jemals nachließ, ob sie den Blick dieser Augen jemals wegstecken könnte, ohne, dass ihr Herz dabei ins Stolpern kam?
Jackie stellte den Medikamentenbecher auf dem Tablett ab, machte einen Schritt auf sie zu und küsste sie. „Hey. Du siehst müde aus."
„Bin ich auch. Ich mach mich jetzt vom Acker."
„Deinen Job möchte ich haben." Jackie grinste unverschämt, wurde jedoch sofort wieder ernst. „Du hast nicht viel geschlafen, stimmt's?"
„Nicht sonderlich viel", gab Alex zu, und setzte mit aller Deutlichkeit nach: „Aber es ist nicht deine Schuld!"
Jackie lächelte.
Aslan betrat das Stationszimmer. Sie spähte ums Eck.
„Ah, Chefin", sagte sie mit ihrer dunklen Stimme erfreut, „trinken Sie einen Mokka?"
„Nein, danke", beeilte sich Alex zu sagen, „jetzt nicht. Aber vielen Dank für Ihr Angebot. Ich muss ins Bett", sagte sie an Jackie gewandt. Sie verabschiedete sich rasch und verließ die beiden.
„Sag mal, spinnst du eigentlich?", hörte sie Aslans tiefe, empörte Stimme, als sie die Tür bereits passiert hatte.
Alex blieb zögernd stehen, lauschte noch einen kurzen Augenblick.
„Das kannst du nicht machen. Du hast Spätschicht, und kannst ausschlafen, aber deine Frau, die muss früh raus. So geht das nicht. Was glaubst du, was die für einen Job hier machen muss? Kannst du immer nur an dich denken, oder was?"
Aslans Stimme schimpfte noch weiter, aber Alex hatte genug gehört. Sie grinste vor sich hin, als sie die Wohngruppe verließ, auch noch, als sie längst im Auto saß und auf dem Heimweg war. Irgendwann ging ihr Grinsen in ein herzliches Lachen über, das immer wieder hochkam, kaum dass sie auch nur an Aslans Standpauke dachte.
Die Frau war nicht ohne, wirklich wahr.

Sie betrat müde den Flur ihres Hauses. Der orangefarbene Zettel, den sie heute Morgen an den Spiegel geklebt hatte, war verschwunden. Dafür hing jetzt ein gelber da. Auf dem stand:
Ich verspreche es dir. Sie werden ewig kurz bleiben, wenn du es willst.

Jackie hatte eine schöne Handschrift. Alex seufzte dankbar, streifte ihre Schuhe von den Füßen, ließ sich im Wohnzimmer auf ihr Sofa fallen, zog die kuschelige Schurwolldecke über sich und war Minuten später eingeschlafen.

Nach zwei Stunden erwachte sie, weil es ihr zu warm wurde. Sie fühlte sich ausgeruht, mit neuer Kraft in den Gliedern. Alex entschied sich erst einmal dafür, Kaffee aufzusetzen, bevor sie sich an die notwenige Hausarbeit machte.
Sie sah sich um. Man erkannte auf den ersten Blick, dass diese Woche noch nichts geputzt worden war. Auch sollte sie sich mal daran machen, die Wäsche zu waschen, die sich mittlerweile in der Waschküche häufte. Es war ganz praktisch, dass Jackie heute erst später heimkam. Bis dahin würde sie fertig sein.
Alex war erstaunt, wie selbstverständlich Jackie inzwischen bei ihr wohnte. Ob sie ihre kleine Wohnung nicht bald aufkündigen wollte? Sie hatte sie bisher noch nicht einmal gesehen, dachte sie, als sie bedächtig ihren Kaffee schlürfte. Eigentlich merkwürdig. Sie kannte weder Jackies Wohnung noch ihre Freunde. Als hätte Jackie ihr altes Leben einfach hinter sich gelassen.
Aber wahrscheinlich kannten sie sich einfach noch nicht lange genug. Schließlich hatte sie Jackie ja auch noch nicht in ihren Bekanntenkreis eingeführt.
Hatte sie sich in den letzten Wochen überhaupt Zeit für ihren Bekanntenkreis genommen?
Ihr fiel auf, dass sie mindestes drei Leuten versprochen hatte, zurückzurufen. Sie würde es auf Morgen verschieben, nahm sie sich vor. Jetzt war erst mal der Haushalt dran.

Sie hörte Jackies Motorrad, als sie längst mit allem fertig war. Sie saß vor dem Fernseher, der Kaminofen brannte. Die Tür öffnete sich und Jackies Stimme rief munter:
„Hey. Jemand zu Hause?"
„Hier. Ich bin im Wohnzimmer."
Jackie kam herein, ließ sich aufs Sofa fallen.
„Und? Hat sie dich fertig gemacht?" Alex sah sie spöttisch an, musste wieder lachen.
„Wer?", fragte Jackie überflüssigerweise.
„Aslan."

„Das hast du noch mit bekommen? Das ist nicht fair."
Alex konnte nicht ausmachen, ob Jackie wirklich bestürzt war oder nur so tat.
„Sie hat mir eine Strafpredigt gehalten. Ich soll nicht nur an mich denken und dich auch mal schlafen lassen."
„So, so." Alex grinste schadenfroh. „Na, dann hoff ich doch, dass diese Strafpredigt auch etwas nützt."
Jackie packte den nächstbesten Gegenstand - die sauber zusammengefaltete Decke -, und warf sie nach Alex.
„Hey. Du boykottierst meine heutige Putz- und Aufräumaktion. Was glaubst du eigentlich, was ich hier getan habe, nachdem du auf Station dein Geschäft von Aslan erledigen lässt?"
„Was sagst du?" Jackie stürzte sich auf sie. Alex wehrte sie ab, beide landeten auf dem Flokatiteppich. Es war nur ein kurzer Ringkampf. Sie wurden beide sehr schnell zärtlicher miteinander.
Es war, als hätten ihre Körper die lange Trennung voneinander kaum ausgehalten.
„Und du lässt deine Haare wirklich immer so kurz?", fragte Alex mit gepresstem Atem etwas später.
„Ich mache-alles-was-du-willst", antwortete Jackie abgehackt.
Im Fernsehen kamen die Tagesthemen. Danach irgendein Film. Keiner von ihnen schaute hin. Der Fernseher lief. Die Stimmen aus dem Lautsprecher übertönten das Stöhnen, das von Zeit zu Zeit vom Teppich kam.

38

Am Wochenende fragte Jackie unvermittelt beim Frühstück: „Wolltest du meine Bude eigentlich noch mal sehen, bevor ich sie kündige?"
„Ach du kündigst? Wo ziehst du denn hin?" Alex faltete ihre Zeitung zusammen, blickte interessiert auf. Sie grinste.
„Zu dir, wenn du nichts dagegen einzuwenden hast. Möchtest du noch sehen, wo und wie ich früher gelebt habe, in meinem Leben vor deiner Zeit?"
„Gerne. Es freut mich, dass du mich fragst."
„Heute Nachmittag?"

„Ja. Nachdem du einkaufen warst."
„Ich? In meine Packtaschen passt gar nichts rein."
„Dann nimm den Porsche." Alex nahm ihre Lektüre wieder auf.
„Weil da ja mehr reingeht." Jackie blieb skeptisch.
„Du hast immer noch den Beifahrersitz und sogar einen kleinen Kofferraum. Für die wöchentlichen Einkäufe reicht das gut."
„Du vertraust mir dein Auto an?" Sie schien erst jetzt zu bemerken, dass Alex es ernst meinte.
„Warum nicht?"
Jackie stand auf, holte sich einen Block und einen Kugelschreiber. Sie schaute erwartungsvoll hoch. Alex verstand nicht.
„Sag schon. Was brauchen wir? Dann fahr ich nämlich gleich, bevor du es dir anders überlegst."

Sie startete zehn Minuten später. Sie gab nicht zuviel Gas und nicht zuwenig. Die Frau hatte genau das richtige Gefühl für dieses Auto. Alex konnte sich nicht beherrschen, sie musste einen Blick aus dem Fenster werfen, als Jackie los fuhr.
Ihr Herzschlag stockte. Dieses Auto passte zu ihr. Diese Frau sah so scharf damit aus, dass es ihr Herzklopfen verursachte.
Alex fragte sich ernsthaft, ob sie ein abnormes Sexualempfinden hatte. Wahrscheinlich waren schnelle Sportwagen eine Art Fetisch für sie und kurze blonde Haare ebenso.
Sie setzte sich einen Augenblick und wartete, bis sich ihr Puls wieder beruhigt hatte.
Was empfand sie, wenn sie Jackie hinterher sah? War es nicht ein Gefühl von Stolz? Ja, das war es. Sie empfand Stolz, wenn sie daran dachte, dass diese Frau zu ihr gehörte.
Warum fiel ihr genau jetzt Aslan wieder ein? Ihre tiefe Stimme, die zu Jackie gesagt hatte, sie solle mehr Rücksicht auf ihre Frau nehmen. Hatte sie wirklich diese Bezeichnung verwendet? Ihre Frau? Doch, das hatte sie. Alex sagte es wieder und wieder in Gedanken vor sich hin. Es klang unheimlich gut, und irgendetwas begann etwas in ihr zu schwingen, ganz tief in ihr.
Meine Frau.
Sie erschrak, als sie fühlte, dass es die einzig richtige Bezeichnung für jene Frau war, die sie jeden Tag mehr liebte. Sie war jetzt neunundzwanzig Jahre alt. Warum sollte sie mit dreißig nicht verheiratet sein?

Alex wusste in diesem Augenblick, dass sie Jackie fragen würde, ob sie ihre Frau werden wolle.
Ihr Herz klopfte.

Es dauerte keine Stunde, dann hörte sie das kernige Motorengeräusch näher kommen. Jackie ließ den Boxter an der Straße stehen, fuhr ihn nicht in die Garage. Wahrscheinlich dachte, sie es lohne sich nicht, wenn sie ohnehin gleich weiterfuhren.
Das Schloss der Haustür schnappte auf. Jackie betrat strahlend den Flur. „Ein geiles Auto."
„Weiß ich, sonst hätte ich es ja nicht gekauft." Alex kam ihr entgegen, nahm ihr die Taschen ab.
„Das von Sabine hat allerdings noch einen wesentlich stärkeren Anzug."
„Ach ja? Kann die Geiger überhaupt damit umgehen?"
Alex lachte. Jackie hatte den Nagel mal wieder auf den Kopf getroffen.
Sie streckte ihren Kopf in die Küche. „Gehen wir gleich weiter?"
„Können wir machen."
„Ich fahre." Dann war sie auch schon wieder verschwunden. So wie es aussah, würde Alex sich zukünftig auch das Auto mit ihr teilen. Umso besser, dachte Alex, dann würde sie nicht mehr so viel mit dem Motorrad fahren.
Warum sah sie das nicht mehr so gerne? Schließlich hatte ihr Jackie mit dem Motorradoutfit immer sehr gefallen. Wann hatte sich ihre Meinung geändert? Seit ihrem nächtlichen Unfall?

Alex saß auf dem Beifahrersitz und überließ Jackie das Steuer. Sie war nervös. Wie würde die Wohnung der Frau aussehen, die seit Wochen bei ihr wohnte?
Jackie schien es nicht zu berühren. Sie saß lächelnd neben ihr, parkte den Boxter am Straßenrand und sagte: „Wir sind da. Komm."
Alex stieg aus und fand sich vor einem hohen Mehrfamilienhaus in der Stadtmitte wieder. Es war laut und stank nach Abgasen. Jackie trat zu einem der vielen Hauseingänge, kramte ihren Schlüssel heraus und öffnete die Tür. Alex blickte sich unsicher um.
Jackies Wohnung lag im fünften Stock. Alex spürte bereits ein leichtes Ziehen in den Oberschenkeln, als sie oben angekommen waren.

„Willkommen“, sagte Jackie, als sie die Tür öffnete und als Erste hineinging. Sie selbst war seit einer Woche nicht mehr hier gewesen. Alles Wichtige, das sie zum Leben brauchte, war bereits bei Alex.
Die Wohnung bestand im Prinzip aus einem einzigen großen Raum, den Jackie als Schlaf-Wohnzimmer verwendete. Durch ein Regal war der Wohnraum von dem ausladenden Futonbett getrennt, dessen rotbezogene Seidenbettwäsche Alex entgegenleuchtete. Der Raum war vollgestopft mit Elektronik jeglicher Couleur. Ein großer Flachbildschirm, Video, CD-Player, Receiver, Computer. Alle Geräte waren auch von der Liege-Spielwiese erreichbar.
Jackie drückte ein paar Knöpfe. Astreiner Sound erklang durch die großen Boxen, die auf Tennisbällen standen. Jazz. Jackies Musikstil? Warum wusste Alex so wenig von dieser Frau?
Alex betrachtete das Ambiente, die großen Tücher, die oberhalb des Bettes angebracht waren und wellenartig die hohe Zimmerdecke zu minimieren schien. Es befand sich nur eine kleine Küchenzeile im Wohnteil des Zimmers. Ansonsten gab es einen Vorratsraum und ein Bad. Das Ganze reduzierte sich auf das, was es war: mehr eine Verführungshöhle als eine Wohnung.
Jackie sah sie an, als könnte sie ihre Gedanken lesen. „Es war vor deiner Zeit, Alex“, sagte sie nur. Dann begann sie, die wenigen Blumen zu gießen, die vereinzelt herumstanden.
Alex sah ihr dabei zu. Warum erschien ihr diese Frau plötzlich so fremd, so unwirklich? Sie würde sich mit ihrem Vorleben auseinander setzen müssen. Sonst würde es sie früher oder später einholen. Das wusste sie jetzt. „Kann ich dir was helfen? Wolltest du irgendetwas mitnehmen?“ Warum fragte sie das jetzt?
„Wenn du möchtest, nimm den Receiver mit. Dann kriegen wir auch bei dir alle Programme rein.“
Will ich das? Alle Programme?
Aber sie machte sich daran, den Receiver abzubauen und die Kabel zu verstauen. Ihr Blick blieb auf der roten Seidenbettwäsche hängen. Warum tat ihr der Gedanke plötzlich weh, wie viel Frauen Jackie darin schon geliebt hatte, wie viele Hände Jackie in diesem Bett schon berührt hatten, wie viele Frauen darin bereits zärtlich zu ihr gewesen waren?
Sie musste ihren Blick abwenden.

Jackie wieder betrat das Zimmer. Sie hatte sich im Vorratsraum einige Dinge eingepackt, ging nun zum CD-Ständer, packte die meisten CDs davon in ihre Tasche. Alex sah ihr wie betäubt dabei zu.
„Wie viele Frauen hattest du hier schon?", fragte sie unwillkürlich.
Jackie war nicht verwundert über die Frage. Sie zuckte mit den Achseln.
„Keine Ahnung. Eine pro Woche, im Durchschnitt, vielleicht", überschlug sie unbekümmert.
Alex zwang sich, jetzt nicht mit Rechnen anzufangen.
„Wie viele Frauen hattest du denn vor mir?", stellte Jackie die Gegenfrage. Komischerweise hatte ihre Stimme jetzt jegliche Sorglosigkeit verloren. Sie war leise und klang ungewöhnlich verletzlich.
„Die kannst du noch an einer Hand abzählen."
Vielleicht war Alex' Tonfall etwas zu trocken ausgefallen, auf jeden Fall schwiegen beide einen Augenblick.
Jackie spürte ihre Betroffenheit, begann sich zu rechtfertigen: „Es war nie etwas Tiefes, Alex. Einfach nur Sex. Mehr nicht."
Alex wusste nicht, ob diese Erklärung jetzt dazu geeignet war, sie zu besänftigen. Sie wusste nur, dass sie Zeit brauchte, um das hier zu verarbeiten.
Jackies Blick glitt Richtung Fußboden, als sie sagte: „Es tut mir Leid, Alex."
Sie sagte nichts darauf.
„Wollen wir gehen?"
„Ja."

Sie fuhren wieder zurück. Schweigend. Zum ersten Mal empfanden beide ihr Schweigen als drückend.
Aber Alex gelang es nicht, Konversation zu machen. Etwas in ihr wühlte, ließ ihr keine Ruhe. War es nicht sehr riskant, sich mit so einer Frau einzulassen?, ertönte eine bohrende Stimme in ihr. Und sie hatte alles auf diese Karte gesetzt. Ihren Job als Hausleitung, sie hatte sie beide als Paar geoutet. Was sollte sie machen, wenn es nicht funktionierte?
Plötzlich spürte sie Zweifel. Was war los mit ihr? Was hatte sie bis in ihre Festen erschüttert? Die pure Vorstellung, wie andere Frauen Jackie berührt hatten? Mit ihr glücklich gewesen waren? Auch, wenn es sich nur um Stunden gehandelt hatte.

Würde man so ein Leben einfach hinter sich lassen können? Bilder von Jackies früherer Frauen drängten sich Alex auf. Waren sie eher blond oder braunhaarig gewesen? Mit kurzen oder langen Haaren. Es war ja wohl alles dabei gewesen sein. Alex musste sich zusammenreißen.
Jackie drückte auf das Funksignal für die Garage, als sie angekommen waren. Die Rückfahrt war ihr viel kürzer erschienen. Sie fuhr hinein, Jackie stellte den Motor ab. Das grelle Neonlicht sprang an.
„Sag's mir einfach, Alex. Was ist los? Bereust du es? Hab ich dir schon zu viele Frauen gehabt, oder was?" Jackie zog den Schlüssel ab, wartete auf ihre Antwort.
Alex strich sich eine Haarsträhne aus dem Gesicht. Sie atmete tief ein. „Was mache ich, wenn du zu diesem Leben zurück willst? Wenn du merkst, dass etwas Verbindliches gar nichts für dich ist? Wie lange wird es dauern, bis du dich nach einer anderen Frau sehnst?" Ihre Fragen und Ängste drängten nur so aus ihr heraus, verschafften sich Raum, quollen einfach hervor.
Jackie sagte kein Wort.
„Wo bleibe ich, wenn du dich nach diesem Leben zurück sehnst?", wiederholte Alex eindringlich. Sie fühlte sich plötzlich müde und abgekämpft, stöhnte leise auf.
Jackie saß immer noch schweigend da.
Entschlossen öffnete Alex die Tür und stieg aus. Sie betrat den Flur durch die Seitentür, zog sich Jacke und Schuhe aus, dann ging sie in die Küche und setzte Kaffee auf. Sie hatte das Gefühl, etwas ganz Alltägliches machen zu müssen.
Jackie war ihr gefolgt, stand plötzlich hinter ihr. „Du kapierst es nicht die Bohne", hörte Alex ihre aufgebrachte Stimme.
„Dann erklär es mir."
„Meinst du es macht Spaß, andauernd eine andere im Bett zu haben?"
„Ach, hat es dir etwa keinen Spaß gemacht? Was war es dann? Pflichtgefühl?" Alex merkte selbst, wie sie zynisch wurde. Aber es tat einfach weh.
„Du weißt doch nicht, wie das ist. Du aus deinem geordneten Elternhaus."
Alex versuchte, sich in ihre Lage zu versetzen. Aber selbst wenn man in der Kindheit schlechte Erfahrungen gemacht hatte, konnte man als erwachsener, denkender Mensch nicht die Verantwortung

für sein Leben selbst in die Hand nehmen und manche Dinge korrigieren? „Warum hast du nie eine Therapie gemacht? Du bist nicht dazu verurteilt, deine Missbrauchserfahrung das ganze Leben mit dir herumzutragen."

Jackie starrte sie an, einen kurzen Augenblick, bevor sie völlig ausrastete. „Woher willst du das wissen?", rief sie verzweifelt auf, „weil du mal was darüber gelesen hast? Du kannst doch nicht mal erahnen, wie sich das anfühlt. Du hattest eine Mutter, die ihren Job aufgegeben hatte, als du auf die Welt kamst, einen Vater der stolz auf dich war. Du hast es doch dein Leben lang in den Arsch geblasen bekommen. Du hattest dich noch nie fragen müssen, ob etwas mit dir nicht stimmt, ob es irgendwie an dir selbst liegt. Oder hast du jemals Grund gehabt, an dir zu zweifeln? Hast du dich jemals gefragt, ob alles, was schief gelaufen ist in deinem Leben, doch vielleicht deine eigene verdammte Schuld ist? Weißt du, wie lange ich mir immer wieder mit den gleichen Fragen mein Gehirn zermartert habe, auch wenn ich es gar nicht wollte? Meinst du nicht, ich sehnte mich auch nach einer Frau, mit der ich zusammen sein kann, zusammen leben kann, ohne spätestens in der zweiten oder dritten Nacht damit konfrontiert werden? Wenn ich erklären müsste, warum ich es nicht ertragen kann, dass sie auf mir liegt, dass sie in mich eindringt? Weißt du, was in mir abgeht, wenn es trotzdem passiert? Dann läuft dieser Film wieder, und ich habe wieder diese Scheiß-Angst, spüre den Ekel in mir hochsteigen, habe wieder seinen Geruch in der Nase, höre ihn, wie er stöhnend auf mir liegt. Ich halte das nicht mehr aus! Vielleicht will ich das alles einmal hinter mir lassen. Ich kann es nicht mehr ertragen. Und weißt du wie ich das schaffe? Es fickt mich einfach niemand. Und es legt sich niemand auf mich. Es geht auch so. Ich kann Sex auch so erleben, ohne, dass diese Scheiße in mir hochkommt. Ich mach's den Frauen einfach, ich bin die Aktive. Und nur ich. Es gibt Frauen genug, die das genießen. Und wenn es jede Nacht eine andere ist, es ist mir scheißegal, hörst du?" Mit diesen Worten drehte sie sich um, nahm ihre Motorradschlüssel vom Haken und stürmte hinaus. „Leck mich doch!"

Alex hörte wie sich das Garagentor öffnete, hörte das bullige Starten eines Motors, und die Geräusche, die ein Motorrad machte, das schnell von einem Gang in den nächsten hoch geschaltet wurde, sich anschließend mit hoher Geschwindigkeit entfernte.

Fahr langsamer. Bitte.

Es war der erste klare Gedanke, als ihr Gehirn wieder einsetzte. Alex schenkte sich wie betäubt eine Tasse Kaffee ein, setzte sich auf die Arbeitsfläche ihrer Küche und nippte daran. Sie brauchte jetzt etwas Zeit zum Nachdenken.

Erstaunlich, wie sich Jackie alles gemerkt hatte, was sie ihr erzählt hatte! Sie wussten beide nicht viel voneinander, aber von den wenigen Brocken, die Alex über ihre Kindheit erzählt hatte, war bei Jackie doch alles hängen geblieben. Und alles, was sie sagte, war irgendwie beängstigend wahr.

War Alex ein verwöhntes Kind gewesen?

Wahrscheinlich. Auf jeden Fall hatte sie es bedeutend besser gehabt als Jackie in ihrer Kindheit.

Sie schämte sich. Es war nicht sonderlich schwer unter diesen Bedingungen zu dem zu werden, was sie heute war: eine selbstbewusste, starke Frau. Die dazu noch ganz normal beziehungsfähig war mit Ansprüchen und Erwartungen an eine Beziehung, an die Frau ihres Lebens schlechthin. Auch Sex war für sie immer etwas Schönes, Befreiendes und Kreatives gewesen, zumindest meistens. Abgesehen von den wenigen Malen, wo sie schlechten Sex hatte, aus welchen Gründen auch immer.

Alex rechnete nach. Es waren vier Frauen gewesen. Vier, bevor Jackie kam. Es hätten wesentlich mehr sein können, die Frauen liefen ihr nach, aber sie hatte nie Interesse an einem kurzweiligen Vergnügen gehabt. Ihre Verhältnisse zu Frauen waren immer auf etwas Längeres angelegt gewesen, immer der ehrliche Versuch gewesen, eine langfristige Beziehung aufzubauen.

War sie einfach nur langweilig? Aber zu etwas anderem wäre sie gar nicht in der Lage gewesen. Sie merkte, wie die neuen Eindrücke sie überforderten.

Sie musste sich für einen Augenblick ablenken. Alex stand auf, schaltete den Fernseher ein, suchte einen Nachrichtenkanal. Sie fand einen, setzte sich aufs Sofa und lauschte dem Nachrichtensprecher.

Sie legte die Beine hoch. Jackie würde sich wieder abregen, bestimmt. Alex blickte auf die Uhr. Sie gab ihr zwei Stunden. In der Zeit könnte sie aufräumen, etwas kochen, den Kaminofen anmachen.

Sie musste Jackie ja Recht geben, wenn sie ihr Verhalten auch nicht nachvollziehen konnte. Aber wer konnte das schon, der nicht ähnli-

che Erfahrungen gemacht hatte? Konnte sie, Alex, denn etwas dafür, dass ihre Eltern traumhafte Eltern waren, die sie Kind geliebt und umsorgt hatten und auch heute noch liebten?
Alex trank ihren Kaffee aus und stürzte sich in die Hausarbeit. Sie ertappte sch dabei, dass sie immer wieder auf ihre Armbanduhr sah.
Jackie blieb weg. Kein lautes Motorengeräusch näherte sich dem Haus.
Wo war sie? Hoffentlich war ihr nichts passiert. Es war nie gut, sich emotional aufgewühlt aufs Motorrad zu setzten. Wie sie sich jetzt wohl fühlte?
Alex spürte, dass sie ihr fehlte. Sie seufzte. Es tat ihr ja bereits leid, wie konnte sie es sich anmaßen, ihre häufigen Partnerinnenwechsel zu kritisieren? Sie konnte doch gar nicht nachvollziehen, was Jackie durchgemacht hatte, warum kam sie dann mit Vorwürfen?
Weil sie eifersüchtig war, auf die vielen, die bereits mit Jackie geschlafen hatten?
Ja, natürlich. Allein der Gedanke, die Hand einer anderen Frau würde Jackie anfassen, zärtlich zu ihr sein, verführerisch über ihre Haut streichen, war ihr unerträglich.
Oh Gott. Sie wollte diese Frau für sich allein.
Sie entschied, eine Runde joggen zu gehen. Sie musste sich bewegen. Wenn sie wieder nach Hause käme, wäre Jackie vielleicht schon wieder da.

Aber Jackie blieb verschwunden, auch als sie nach eineinhalb Stunden wieder zuhause ankam. Alex war langsam gelaufen, nur sechs Kilometer, sie war nicht in Form.
Mit einem merkwürdig unausgeglichenen Gefühl stand sie unter der Dusche, frottierte sich ab, zog sich Jeans und Bluse an. Sie ließ ihre Haare nass, wie sie waren, und setzte sich an ihrem Computer.
Sie surfte in die Szene hinein, schaute sich alle möglichen Seiten an. Einmal meinte sie ein Motorrad zu hören, aber es war nicht Jackie.
Mittlerweile war es zwölf Uhr. Sie begann sich Sorgen zu machen, machte sich im Internet auf die Suche nach Jackies Stammkneipe. So viel schwul-lesbische Kneipen gab es schließlich nicht in der Gegend.
Es dauerte nicht lange und sie hatte einen Namen. Alex nahm den Hörer von der Basisstation, tippte eine Nummer ein. Es läutet lange,

bevor jemand ans Telefon ging. Eine weibliche Stimme meldete sich knapp. Im Hintergrund war der Lärm vieler Menschen zu hören und laute Musik.
„Ja. Hallo?"
Alex meldete sich, entschuldigte sich, fragte nach einer blonden Frau, die eventuell am Tresen versumpft war.
„Was ist los?"
Alex seufzte. Offenbar hatte die Frau nichts verstanden von dem, was sie ihr so mühsam erklärt hatte. „Ist Jackie da?", rief sie die verkürzte Version in den Hörer.
„Sind Sie Alex?", fragte die Frauenstimme gerade heraus.
Alex war erleichtert. „Ja."
„Holen Sie sie ab?"
„Wann?"
Pause. Die Frau schien zu zögern. „Demnächst, würde ich sagen."
„Okay. Vielleicht könnten Sie so lange schon mal den Motorradschlüssel verschwinden lassen?"
„Den hab ich schon."
Alex glaubte auch bei dieser Frau Erleichterung herauszuhören. „Zwanzig Minuten?"
„Ja."
„Vielen Dank."

Die Kneipe war verraucht. Durfte man hier wieder rauchen?
Alex konnte keine blonde Frau am Tresen entdecken. Sie sprach die brünette Frau hinter der Bar an. Die warf ihr Geschirrtuch über die Schulter, streckte Alex die Hand hin und meinte:
„Hey. Ich bin Ritschie."
Alex nahm ihre Hand dankbar an. „Wo ist sie?"
„Sie ist mal für kleine Mädchen."
Alex nahm auf dem Barhocker Platz, wo Jackie gesessen haben musste, ein halbvolles Bierglas stand vereinsamt da. Alle anderen Plätze waren belegt.
„Könnte ich deine Handynummer haben?", fragte Ritschie unvermittelt. Alex musste irritiert ausgesehen haben, denn sie beeilte sich hinzuzufügen: „Nicht wegen mir", grinste sie. Ihre hellen Augen, die von kleinen Lachfalten umsäumt waren, zwinkerten Alex freundlich zu, „nur um für zukünftige Engpässe gewappnet zu sein." Sie deutete in Richtung Damentoilette.

Alex lächelte. Eine sympathische Frau! Falls sie gerade etwas überrascht ausgesehen hatte, lag das vor allem an der Tatsache, dass Ritschie sie duzte. Irgendwie war sie das nicht mehr gewohnt. Sie gab ihr eine Visitenkarte und unterstrich eine der Nummern. „Unter meinem Diensthandy bin ich Tag und Nacht erreichbar."

Mittlerweile hatte sich eine androgyne Frau mit kurzem schwarzem Haar Platz neben ihr verschafft. „Kann man dich auf was einladen?" Ihr Blick war interessiert, nicht aufdringlich. Alex kam nicht mehr dazu, ihr zu antworten, sie sah Jackie um die Ecke kommen. Wie würde sie auf ihre Anwesenheit reagieren? Was machte Alex so sicher, dass sie hier überhaupt gern gesehen war?

Sie beobachtete Jackie. Ihr Gang war langsam, beinahe schleppend, ihr Gesichtsausdruck in sich gekehrt. Sie erkannte Alex erst, als sie kurz vor der Bar angekommen war.

„Du?", fragte sie ungläubig.

Alex wusste nicht recht, was sie jetzt sagen sollte. „Ich war zufällig in der Nähe, so mehr oder weniger."

Sie ließ Jackie nicht aus den Augen. Jackie war deutlich alkoholisiert, ihr Blick etwas trübe, aber es lag keine Ablehnung in ihrem Blick, auch kein Ärger mehr.

Alex war unendlich erleichtert. Zögernd griff sie nach Jackies Hand. „Kommst du mit? Ich würde auch fahren."

Jackie fiel ihr plötzlich in die Arme. Sie hielt sie fest an sich gedrückt. Es überraschte sie, genauso wie ihr Kuss. Er schmeckte nach Bier. Aber nicht nur. Baccardi, Ramazotti, Korn oder was auch immer sie alles in sich hineingeschüttet hatte. Aber Alex hätte keine Frau auf der ganzen Welt lieber küssen mögen, als diese, die sie gerade in den Armen hielt.

Wieder durchfuhr sie dieses Glücksgefühl, dieses Ziehen im Bauch, das sie nur bei Jackie verspürte.

Sie befreite sich erleichtert. „Gehen wir?" Alex hatte die Rechnung bereits beglichen, den Motorradschlüssel von Ritschie entgegengenommen.

„Wohin?"

„Zu dir können wir ja schlecht. Deine Bude befindet sich ja in Auflösung. Da gibt es nicht mal mehr eine gute Musik." Alex grinste schräg. „Ich würde sagen, wir gehen zu mir, oder besser gesagt zu uns nach Hause."

Jackie sah sie an. Was alles in ihrem Blick lag, war schwer zu erkennen. Alex legte ihren Arm um ihre Taille und zog sie mit sich.
Sie warf Ritschie noch einen letzten Blick über ihre Schulter zu. Diese hob lächelnd ihre Visitenkarte hoch und winkte zum Abschied.

Die Fahrt dauerte eine knappe Viertelstunde. Jackie saß die ganze Zeit über merkwürdig still auf dem Beifahrersitz. Alex fühlte sich an die Nacht ihres Unfalls erinnert. Ihr ging es heute nicht wesentlich besser, sagte ihr ein prüfender Blick zur Seite. Was ging in Jackie vor?
„Es tut mir leid. Es tut mir wirklich leid. Ich wollte dir keine Vorwürfe machen", sagte Alex in ihre Richtung.
Jackie schwieg.
Gut, dass es Wochenende war. Morgen würden sie Zeit genug füreinander haben.
„Gehst du zuerst ins Bad?", fragte Alex, als sie in die Garage einfuhr.
„Ja." Jackie verschwand durch die Badezimmertür, kam fünf Minuten später wieder heraus, ging schnurstracks ins Schlafzimmer, ohne ein weiteres Wort.
Alex gähnte. Die Uhr zeigte viertel vor eins, sie entschied sich ebenfalls Schluss zu machen für heute. Einen Sekundenbruchteil überlegte sie, ob sie auf dem Sofa schlafen sollte oder oben, verwarf den Gedanken aber wieder.
Sie ging ins Badezimmer, schaute ihr müdes Spiegelbild an.
Wie oft würde sie diese Frau noch abholen müssen? Sie kannten sich noch nicht sonderlich lange, hatten aber schon öfter gestritten als in Alex sich in ihren gesamten vorherigen Beziehungen, oder kam es ihr nur so vor?
Sie ging leise ins Bett. Jackie lag auf der Seite, atmete ruhig. Alex war froh, dass sie wieder da war. Das war ihr letzter Gedanke, bevor sie einschlief.

Als sie erwachte, war Jackie weg. Das Bett war leer. Alex schaute auf die Uhr: Kurz nach sieben. Warum in aller Welt war diese Frau schon so früh auf? Eigentlich müsste sie einen anständigen Kater haben.
Sie fand sie in der Küche sitzend, über die Sonntagszeitung gebeugt bei einer Tasse Kaffee. Es roch gut. Der Frühstückstisch war ge-

deckt, Toast, Eier, Marmelade stand für sie bereit. Moritz saß auf ihrem Schoß.
„Guten Morgen."
Jackie blickte auf. „Hab ich dich geweckt?"
„Es ist ungewöhnlich, ohne dich aufzuwachen."
Jackie lächelte schwach.
„Was macht dein Kopf?"
„Gut. Kein Thema."
Alex entschied, sie mit ihrer Zeitung noch etwas alleine zu lassen und ging den Gang zurück ins Bad. Was auch immer der Tag brachte, es würde erst nach einer ausgiebigen Dusche auf sie zukommen. Während das Wasser auf sie herunterströmte, beschloss sie, heute etwas Sport zu machen. Sie hatte sich diese Woche noch nicht viel bewegt. Die kleine Runde gestern war so gesehen kein Training gewesen, sondern ein zwangsläufiger Zeitvertreib. Zudem hatte sie gestern überhaupt keine Kondition gehabt. Alex entschied, die gleiche Strecke heute noch mal zu laufen und die Zeit zu stoppen. Vielleicht könnte sie auch mal wieder in ihre Sauna gehen. Ein kleiner Pool dazu wäre wirklich nicht schlecht. Sabines Wellness-Oase fiel ihr wieder ein. Aber sie wusste, dass sie deren Angebot niemals annehmen würde.
Sie schlüpfte in ihre Jogginghose, Sport-BH und Shirt, dann setzte sie sich an den Frühstückstisch.
Jackie lugte hinter ihrer Zeitung hervor. „Du gehst joggen?"
„Nachher." Alex schenkte sich Kaffee ein, nahm sich eine Scheibe Toast.
„Ich geh mit."
Alex zog eine Augenbraue in die Höhe. „Bist du so fit?"
„Warum nicht?"

Nach dem Frühstück zog Jackie sich um. Ob sie jetzt beweisen musste, dass sie trotz allem noch sportlicher war als Alex?
Alex schnallte sich ihre Pulsuhr um, zog ihre Laufschuhe an. Sie starteten vom Haus hoch Richtung Waldrand, wollten den Trimm-dich-Pfad laufen, danach eine kleine Schleife und wieder nach Hause. Sieben Kilometer, das sollte reichen fürs Erste.
Sie liefen so langsam, dass sie sich nebenbei noch unterhalten konnten. Alex musste feststellen, dass es ihr mehr Spaß machte, die Strecke gemeinsam mit Jackie zu laufen als allein.

Jackie blieb locker an ihrer Seite. Ihre Grundkondition war gut, und sie sah auch verdammt gut aus, musste Alex anerkennend feststellen. Eine sehr attraktive Frau, in jeder Situation. Sie hätte sich nichts vorstellen können, worin Jackie eine schlechte Figur abgegeben hätte.

Am Ende des Trimm-dich-Pfades machten sie die Dehnübungen, bevor es wieder bergab ging. Jackie zog ihr Sweatshirt über den Kopf, entblößte dabei für einen kurzen Augenblick ihren glatten Bauch, bevor sie sich das Shirt um die Taille band. Dieser kleine Streifen nackter Haut reichte, um Alex daran zu erinnern, was sie an ihr anmachte. Bilder ihres Körpers drängten sich Alex auf, ganz plötzlich bekam sie Lust, in Alex' Armen zu liegen.

„Okay, weiter?" Jackies blaue Augen sahen sie auffordernd an.

Alex lächelte sie an. Zum ersten Mal an diesem Tag.

Jackie musste Ähnliches gedacht haben. Sie warf ihr einen unsicheren Blick zu. Dann liefen sie wieder los.

Eine Viertelstunde später waren sie wieder zu Hause angekommen. Wenigstens wies Jackies Sportbekleidung ebenfalls Schweißspuren auf, stellte Alex befriedigt fest. Sie ging in die Küche, trank ein großes Glas Wasser. Nie schmeckte es so gut wie direkt nach dem Sport. Sie genoss das leichte Prickeln, das es in ihr auslöste, dann ging sie ins Bad.

An der Tür verharrte sie, gefesselt von dem Anblick, der sich ihr bot. Lag es an der geschmeidigen Bewegung dieser Frau, die sich gerade auszog, lag es an dem Licht, das ins Bad einfiel und zärtlich ihren nackten Oberkörper umschmeichelte? Es ließ Alex auf jeden Fall in ihrer Bewegung innehalten, ließ sie vergessen, was sie eigentlich vorgehabt hatte.

Jackie sah sie fragend an.

Und dann noch diese Augen.

Welche Frau konnte so einen Anblick aushalten? Diese Frau, die gerade dabei war, sich auszuziehen … und sie waren alleine. Instinktiv ging Alex auf Jackie zu. Ihr Blick glitt über die weiche, glatte, erhitze Haut.

Jackie bemerkte ihren Blick. „Ich wollte gerade duschen."

Was du nicht sagst.

Alex hatte plötzlich den unbändigen Wunsch sie zu küssen und tat es einfach. Jackie war irritiert, aber ihr Körper reagierte auf sie. Sie

fühlte sich sehr weich an in Alex' Armen und Alex schwor sich, es auszunutzen.
Wie zum allerersten Mal erforschten ihre Hände ihren Körper, ihre Lippen taten es ihnen nach. Alex nahm ihren Duft wahr, den Geruch nach frischem Schweiß. Er machte sie an. Jackie roch sonst immer nach ihrem Duschgel, ihrer Lotion, ihrem Shampoo. Aber Alex mochte ihren Geruch. Ohne fremde Duftstoffe schien er sich direkt in das Erregungszentrum ihres Gehirns zu katapultieren. Sie wurde feucht, ihre Brustwarzen zogen sich schon beinahe schmerzlich zusammen und sie war sich auf einmal sicher: Sie wollte Jackie haben. Auch wenn es wunderschön war, sich ihr zu überlassen, jetzt wollte sie diese Frau. Sie erinnerte sich plötzlich daran, dass sie bei allen ihren vorherigen Frauenbeziehungen immer die Aktivere gewesen war. Wenn sie gewollt hatte, hatte es Sex gegeben, wenn nicht, war meist nichts daraus geworden. In den seltensten Fällen hatte Alex sich verführen lassen, geschweige denn sich fallen lassen in den Armen der anderen. Das war ihr nur bei Jackie gelungen.
Aber jetzt war es anders. Sie begehrte Jackie.
Und Jackie schien es zu spüren.
„Alex, ich wollte noch duschen", begann sie wieder, diesmal etwas hilflos.
„Das darfst du", hauchte Alex, als ihre Lippen weiter abwärts wanderten, „wenn ich mit dir fertig bin."
Sie zog ihr den Slip herunter, streifte ihn vollends ab. Jackie ließ es geschehen, sie hob ein Bein ums andere, damit Alex ihn ihr ausziehen konnte. Alex sah sie prüfend an, nur einen kurzen Augenblick und entschied, weiter zu machen. Sie würde sehr vorsichtig sein, versprochen.
Bitte lass es mich einmal tun.
Ihre Lippen glitten hinab, ihre Zunge teilte zärtlich die Spalte zwischen Jackie Beinen. Ihr Duft machte süchtig, Alex wollte sie schmecken, wollte ihr über jede noch so kleine Hautfalte lecken.
Jackie stöhnte. Ihr Oberkörper beugte sich vor. Ihre beiden Hände griffen in Alex' Haare, hielten sie fest. Sie hätte jederzeit die Chance gehabt, sie wegzuschieben, wenn es ihr unangenehm werden würde. Aber sie tat es nicht. Alex' Herz machte einen Freudensprung, als sie Jackies Hände spürte, die erregt ihren Kopf noch dichter an ihre Scham pressten, und wie sie anfing, Alex ihren Rhythmus vorzugeben. Alex hörte sie keuchen.

Dann, urplötzlich, drückte sie Alex von sich weg heran, zog sie hoch, zu sich heran.
„Mach es. Bitte. Fick mich."
Alex zögerte. Jackie nahm ihre Hand und legte sie auf ihre heiße feuchte Stelle.
„Mach schon." Ihre erregte Stimme klang ungeduldig.
Alex verdrängte alle ihre Bedenken. Ihre Hand strich Jackie sanft zwischen die Beine, teilte ihre Lippen. Jackies Innerstes schien zu pochen. Genauso heftig und schnell, wie ihr eigenes Herz gegen ihre Rippen hämmerte. Alex wusste, sie war die Erste, die das durfte. Und sie schämte sich im selben Augenblick, als sie sich eingestand, dass es sie anmachte.
Sie drang sehr vorsichtig in Jackie ein, nahm nur einen Finger, spürte, wie die Feuchtigkeit bereits aus ihr herausquoll. Alles an ihr war heiß, geschwollen und schien nur auf sie zu warten. Durfte sie das wirklich?
Jackie stellte ein Bein auf den Badezimmerhocker, öffnete sich ihr, bedingungslos. Alex schloss die Augen, horchte einen kurzen Augenblick auf ihren eigenen vertieften, beschleunigten Atem, bevor ein zweiter Finger ihrer Hand tief in Jackie hineinglitt und ihre Hand sie zu stoßen begann, erst sanft dann fester und schließlich so, dass Jackie sich keuchend an ihr festhalten musste. Alex versuchte einen Funken klaren Verstandes zu behalten, warf ihr nochmals einen kurzen, prüfenden Blick zu. Jackie registrierte es.
„Mach weiter. Es ist wunderschön."
Noch nie war Alex diese Frau so weich, so weiblich, so voller Hingabe erschienen. Sie konnte es kaum glauben. Es ging.
Ihre Hand wurde schneller. Jackies Becken schob sich ihr im gleichen Rhythmus entgegen. Alex presste sie gegen die kalten Fliesen der Badezimmerwand. Jackies Keuchen wurde lauter, unkontrollierter, bis es schlagartig abbrach, um in einen kehligen Laut überzugehen. Alex' Finger wurden spürbar fest umschlossen, als sich bei ihrem Höhepunkt ihr Innerstes zusammenzog und Alex die Wellen ihrer Kontraktionen deutlich fühlen konnte. Gerne hätte sie ihre abflauende Lust noch einen Moment gefühlt, aber Alex brauchte plötzlich beide Hände, um sie fest zu halten, zu stützen, denn Jackies Knie gaben nach und sie sackte in sich zusammen.
Alex positionierte rasch den Hocker unter sie, ließ sie darauf gleiten.
„Atme", stieß sie hervor.

„Mach ich doch." Jackie Stimme war leise und ungewöhnlich schwach.
Alex hielt sie fest. Jackie lehnte ihren Kopf an sie. Sie atmete einige Male bewusst tief und regelmäßig. Dann hob sie ihren Kopf, sah sie aus tiefblauen Augen an, ein Blick, der Alex wie immer bis ins Mark traf. Sie ging vor ihr in die Knie, sah sie geradeheraus an.
„Von mir aus können wir jetzt duschen", sagte sie, krampfhaft versucht, einen möglichst alltäglichen Tonfall zu finden. Ihr Herz pochte noch erregt gegen ihre Rippen. Sie ermahnte sich selbst zur Ruhe.
„Wir?" Auch Jackie versuchte, wieder zu einem normalen Atemrhythmus zurückzufinden.
„Ich dusch dich gerne ab. Kein Problem." Alex lächelte sie überglücklich an.
Jackie lachte kurz auf.
„Komm", sagte Alex, stand auf, zog sie mit ihren noch zitternden Händen in die Höhe. Jackies Knie hielten wieder. Alex stellte das heiße Wasser an.
Sie shampoonierten sich gegenseitig ein, lachten, spritzten sich an, küssten sich, spielerisch, wie Kinder, als müssten sie sich einen Ausgleich schaffen zu dem, was soeben mit ihnen passiert war.

Etwas später lagen sie auf dem Bett. Jackies Blick war starr zur Decke hinauf gerichtet.
„Wie war das für dich, in der Nacht, als du mich vom Straßenrand aufgesammelt hast? Du hast mich unter die Dusche gestellt und mir geholfen. Was hast du dir dabei gedacht?"
„Was ich mir gedacht habe? Dass du dringend abgeduscht gehörst, natürlich. Du war blutverschmiert und dreckig, außerdem hattest du dich selbst vollgekotzt", lachte Alex. Dann wurde sie wieder ernst. „Ich habe aber bemerkt, dass du einen wunderschönen Körper hast."
Jackie lächelte.
Alex versuchte sich möglichst genau zu erinnern. „Etwas ramponiert vielleicht, aber wunderschön. Ich hab deinen Anblick den ganzen Tag nicht mehr aus dem Kopf bekommen."
„Es hat dich angemacht?", fragte Jackie erstaunt.
„Erst später, als du in meinem Bett gelegen hast. Da habe ich mich dabei ertappt, dass ich dich gerne berühren wollte."
„Wahnsinn. Ich hab's immer gehofft. Ich habe mich immer an dem Tag unserer ersten Begegnung festgehalten. Du hast versucht mit

mir flirten, du hast es wirklich versucht. Ich muss dir also gefallen haben. Das war so ein schönes Gefühl." Sie überlegte einen kurzen Moment. „Wenn ich es schneller kapiert hätte, Alex, was hätten wir getan? Diese Frage habe ich mir seitdem immer wieder gestellt. Was meinst du?"

Alex hatte sich oft dasselbe gefragt. „Ich schätze mal, wir wären etwas zusammen trinken gegangen, und ich wäre innerhalb kürzester Zeit deinem Charme erlegen."

„Du meinst, wir hätten miteinander geschlafen?"

„Ich vermute mal, ja."

Jackie sah sie lange an. „Warum haben wir dann so lange gebraucht?"

„Weil ich nicht einfach mit einer Mitarbeiterin ins Bett gehen kann."

„Ach, kannst du nicht? Warum eigentlich nicht?"

„Weil es unprofessionell ist. Weil ich privat und beruflich nicht mehr gerne verknüpfe …"

Jackie rollte sich plötzlich auf sie.

„Hey!"

Sie blickte auf sie herab. „Du bist etwas Einzigartiges, Alex. Auf eine Frau wie dich trifft man nur einmal im Leben."

„Reicht ja auch, oder?"

„Ich danke dir."

„Für was?"

„Weil du es immer wieder mit mir versuchst."

Alex sagte nichts darauf. Ein Stück weit hatte Jackie ja Recht. Sie war bei ihr mehr gefordert als bei den Frauen vor ihr, aber dafür war diese Frau auch wesentlich interessanter. „Tu ich das?", fragte sie schließlich, „vielleicht bist auch du diejenige, die es immer wieder versucht. Ich glaube nicht, dass du weniger gefordert bist als ich." Als sie Jackies besorgtes Gesicht sah, musste sie lachen. „Entspann dich. So schlimm ist es mit dir nicht. Ich komme durchaus auf meine Kosten. Mach dir mal keine Sorgen."

„Ich hab einen Schuss. Ich geb's ja zu."

„Sieh's positiv."

„Was soll ich daran Positives sehen?"

Alex wurde ernst. „Jackie, wenn du kein Problem gehabt hättest, dich auf eine längere Beziehung einzulassen, dann wärst du jetzt schon lange verheiratet und hättest einen Haufen Kinder, und ich hätte keine Chancen mehr bei dir. So gesehen ist dein Problem für mich ein ganz gewaltiger Vorteil."

Jackie benötigte etwas Zeit, um über das Gesagte nachzudenken. Dann erschien plötzlich ein ganz weiches Lächeln in ihrem Gesicht. „Meinst du wirklich?"
„Ja", sagte Alex und nickte. „Irgendwie bin ich egoistisch genug, das Gefühl zu genießen, zur rechten Zeit am rechten Ort zu sein. Ich werde auf jeden Fall die Frau sein, die davon profitiert."
„Du bist süß. Ich danke dir. Du baust mich immer wieder so auf, wenn ich schon dabei bin, die Hoffnung aufzugeben."
Sie lagen einige Zeit schweigend nebeneinander.
„Es war kein Leben vor dir, bitte glaub mir das, es hat sich nicht gut angefühlt."
Alex nahm sich fest vor, sich immer an diese Aussage zu erinnern.

Gegen Nachmittag fuhren sie mit dem Boxter zu einem gemütlichen Biergarten, bestellten sich einen großen Salatteller und Wildkartoffeln. Als sie mit ihrem kühlen Radler anstießen fragte Jackie wie nebenbei: „Und du meinst, ich hätte wirklich schon Kinder?"
Alex sah sie an und war sich plötzlich sicher, dass sie mit ihrer Vermutung absolut richtig lag.

39

Die folgende Woche begann stressiger, als sie gedacht hätte. Alex war spät ins Büro gekommen, sie hatte sich heute Morgen zu lange Zeit gelassen, als Jackie bereits weg war.
Wohnbereich 1 blinkte ihr auf dem Display entgegen.
„Guten Morgen, Jasmin", sagte sie, nachdem sie abgehoben hatte.
„Guten Morgen, Frau Breitenbach", Jasmins Stimme klang ernster als sonst, „der MDK ist hier. Kommen Sie rüber?"
Musste das sein? Warum heute?
Alex seufzte, nahm ihr Handy mit und stand auf. „Bin auf dem Weg. Rufen Sie eine Fachkraft an, die heute Ihren Dienst auf Station übernimmt. Wir werden ja genug damit zu tun haben, Rede und Antwort zu stehen."
„Alles klar."
Alex gab noch kurz in der Küche Bescheid und bestellte für die Damen und Herren des Medizinischen Dienstes der Krankenkassen

eine Kanne Kaffee und ein paar Butterbrezeln. Das gebot nun mal die Höflichkeit. Auch würde sie ihnen einen Raum auf Station anbieten, wo sich die Herrschaften anschließend zur Beratung zurückziehen könnten.
Sie schnappte sich ihre Ordner aus dem Regal und verließ ihr Büro in Richtung stationärer Wohngruppen.
Sie spürte sofort die veränderte Atmosphäre, als sie die Wohngruppe betrat. Es war unruhiger als sonst. Alex warf einen Blick ins Stationszimmer. Eine fremde Frau saß über den Dokumentenwagen gebeugt und las in einer offenen Bewohnerakte.
„Guten Morgen, ich bin Frau Breitenbach, die Einrichtungsleitung", stellte sie Alex vor.
Die fremde Frau blickte auf, lächelte sie an und erwiderte:
„Guten Morgen, Krause, vom MDK Menden, wir führen heute eine Prüfung durch, in Ihrem Haus."
„Wo sind Ihre Kollegen?"
„Bei der Bewohner-Visite."
„Ich hatte ausdrücklich gesagt, dass ich da dabei sein möchte."
Frau Krause zuckte nur mit den Schultern, nannte ihr aber drei Namen von Bewohnern im unteren Wohnbereich, die ausgewählt worden waren.
„Mit wem haben Sie angefangen?", fragte Alex knapp. Sie spürte bereits jetzt Unmut in sich hochsteigen.
„Ihre Pflegedienstleitung wird ein grünes Licht gesetzt haben, schätze ich mal."
Alex verließ sie, bevor sie unhöflich werden würde, suchte auf dem Flur nach einem grünen Licht, fand es, klopfte an und trat ein. Sie erkannte Jasmin und einen unbekannten Mann mittleren Alters, der Jasmin ein paar Sachen zu der Bewohnerin fragte, die im Bett lag und offensichtlich schlief.
Es handelte sich um eine Patientin mit der Pflegestufe drei. Sie bekam ihr Essen mithilfe einer Magensonde, das Trinken ebenso. Alle zwei Stunden wurde sie im Bett gedreht, bei guter Tagesform in den Pflegesessel mobilisiert, der jetzt neben dem Bett stand.
Der Mann hatte Alex' Ankunft registriert, nickte ihr nur kurz zu, um sich dann der Bewohnerin zuzuwenden. Er trat zu ihr ans Pflegebett.
„Dann wollen wir doch mal sehen, wie gut sie versorgt sind", sagte er und zog ihr mit einem Ruck die Bettdecke weg.

Die alte Frau erschrak, zuckte zusammen.
Alex verschlug es die Sprache.
„Das hatten wir aber auch mal anders gelernt, oder?“ Ihre Stimme klang schneidend. Sie ging einen Schritt auf ihn zu. Jasmin hielt sich dezent im Hintergrund. Der Mann sah sie fragend an.
„Wer sind Sie denn?“
„Breitenbach“, stellte sich Alex knapp vor, „ich bin die Einrichtungsleitung. Und ich empfehle Ihnen, sich in meinem Haus anständig aufzuführen. Vor allen Dingen werden Sie die Untersuchung meiner Bewohner mit aller Höflichkeit ausführen, wie wir es in der Pflege gelernt haben. Haben Sie mich da verstanden?“
Alex ging nicht auf seine weiteren Ausführungen ein, sondern nahm Jasmin die Bewohnerakte ab, suchte die Nummer der Angehörigen, tippte sie in ihr Handy.
Sie hatte Glück, die Tochter war zu Hause.
„Einen schönen guten Morgen, Frau Hildebrandt. Ich rufe Sie an, weil Ihre Mutter soeben vom Medizinischen Dienst der Kassen kontrolliert wird. Ich bin mir jetzt nicht sicher, ob Sie darüber informiert worden sind? ... Nein? Das wundert mich aber …Gut, dann werde ich das weitere Vorgehen stoppen, bis Sie da sind. Gerne. Auf Wiederhören.“ Lächelnd wandte sie sich an den Gutachter des MDK Menden.
„Frau Hildebrandt, die Tochter und Generalbevollmächtigte ihrer Mutter, wünscht nicht, dass Sie die weitere Untersuchung ohne ihr Beisein vornehmen. Sie werden sich also gedulden müssen, bis sie da ist. Vielleicht können wir solange mit dem nächsten Bewohner fortfahren?“
„Was?“
„Außerdem haben Sie sich mir gegenüber noch nicht vorgestellt, Herr …“
„Mein Name ist Bauer, vom MDK“, giftete er sie an. „Sie werden hier nicht unsere Kontrolle boykottieren.“
Alex strahlte. „Ich werde nichts boykottieren, das würde mir nie in den Sinn kommen.“ Ihre Stimme wurde einen Tick leiser und eindringlicher: „Aber ich rate Ihnen, sich in meinem Haus anständig zu verhalten.“ Dann wandte sie sich wieder an Jasmin.
„Rufen Sie bitte die Angehörigen der anderen Bewohner an, die von der Visite heute betroffen sind. Auch die vom oberen Wohnbereich. Ich werde diesen Herrn hier gerne weiterhin begleiten.“

Jasmin verschwand mit einem knappen Nicken.
„Auf zum Nächsten?", fragte Alex.
Herr Bauer ging ein paar Zimmer weiter, las sich die Akte durch, bevor er ohne Anzuklopfen das Zimmer betreten wollte.
„Bei uns wird angeklopft."
„Wollen Sie mich eigentlich nerven?"
„Wollten Sie sich nicht endlich zusammenreißen?"
Sie standen sich gegenüber und sahen sich mit giftigen Blicken an. Alex würde sich von solch einem Dilettanten nicht einschüchtern lassen, nahm sie sich vor.
Ausgerechnet da kam die Hausärztin noch ins Spiel – Sabine Geiger trat hinzu. „Guten Morgen, Alex. Was ist denn bei euch heute los? So eine Aufregung."
Alex kam nicht dazu zu antworten.
Herr Bauer machte Anstalten das Zimmer betreten. Jasmin trat hinzu, teilte mit, dass der Sohn des Bewohners bei der Körperinspektion dabei sein wollte.
Herr Bauer überhörte es, ging einfach ins Zimmer.
Jetzt hatte Alex die Nase gestrichen voll. Sie ging ihm hinterher.
Man hörte deutliche Worte aus dem Bewohnerzimmer bis auf den Gang dringen. Jasmin und Frau Doktor Geiger schauten sich an, erst verblüfft, dann grinsten sie beide.
Herr Bauer kam also wieder heraus, dicht gefolgt von Alex, die jetzt mit gezielten Schritten ins Stationszimmer lief und die Nummer der zuständigen Ärztin des MDK Menden wählte.
Die Frau, die bisher Einsicht in die Akten genommen hatte, blickte irritiert auf. „Was ist das denn für ein Chaos hier?", fragte sie konsterniert.
„Ein Chaos, das Sie hier durch Ihre Unfähigkeit anrichten", entgegnete Alex gereizt.
Eine Stimme meldete sich am anderen Ende der Leitung.
„Wer ist da?", fragte Alex nach, „Frau Doktor Reuter … Margot, du? Seit wann bist du denn beim MDK … Ach, was. Hör mal …"
Das Telefonat dauerte nicht lange, sie brachte ihre Beschwerden kurz und bündig vor, dann reichte sie den Hörer an Frau Krause weiter, mit einem Lächeln. „Für Sie. Ihre Vorgesetzte."
Frau Krause nahm ihr den Hörer ab und lauschte. „Ja … natürlich. Machen wir doch." Ihre Stimme wurde ungehalten. „Was kann ich denn für das Verhalten meines Kollegen? Ich kann Sie gerne weiter

geben." Mit diesen Worten stand sie auf, suchte ihren Kollegen, Herrn Bauer, der dabei war, es mit einem dritten Bewohner zu versuchen. Sie reichte ihm das Telefon. „Deine Chefin." Dann ging sie wieder zu Alex zurück. „Für das Verhalten meines Kollegen kann ich gar nichts", äffte sie zu Alex hinüber.
Mittlerweile war die Tochter von Frau Hildebrandt eingetroffen. Sie streckte ihren Kopf ins Stationszimmer, sah Alex, begrüßte sie wie eine alte Schulfreundin und fragte: „Das ist nett, dass Sie mich informiert haben. Wo muss ich hin?"
„Warten Sie einfach im Zimmer, bei Ihrer Mutter. Es wird gleich jemand kommen."
Es wurde ein recht turbulenter Vormittag. Spätestens ab dem Zeitpunkt, als die anderen Angehörigen auch eingetroffen waren und alle lautstark einen freundlichen Umgang von den Mitarbeiter des Medizinische Dienstes einforderten.
Endlich war Leben in der Bude. Alex war äußerst zufrieden.
Sabine hatte ihre Visite beendet, die sie ausnahmsweise ohne Jasmin durchführen musste. Sie sah Alex im Flur stehen, ihre Blicke trafen sich.
„So wie es aussieht hast du wieder allen gezeigt, wo es langgeht."
Alex warf ihr einen unschuldigen Blick zu.
Sabine grinste leicht, verdrehte die Augen und stöhnte theatralisch. „Oh Gott, wie ich starke Frauen liebe!", und kaum hörbar ergänzte sie: „Da kommt es mir ja fast nur durch's Zusehen."
Alex starrte sie an.
Sabine hielt ihrem Blick stand, regungslos, nur in ihren Augen schimmerte ein Hauch aufsteigender Selbstironie.
Dann prusteten beide los vor Lachen.
Alex war sehr erleichtert. Sie hatte sich schon Sorgen gemacht, wie wohl ihr weiterer Umgang miteinander aussehen würde. Aber ganz offensichtlich hatte sie eine Freundin in Sabine gefunden. Sie war wirklich nicht nachtragend, weil sie abgewiesen worden war.
Es freute sie aufrichtig.

Alex entschied, noch kurz oben nachzusehen, ob dort auch alles mit rechten Dingen zuginge. Jackie war im Schwesternzimmer, antwortete geduldig auf die Fragen, die ihr die Gutachterin stellte.
„Und wie geht's dir hier oben?", fragte Alex beim Eintreten, ohne Rücksicht auf die Anwesenheit einer fremden Person.

Jackie blickte zu ihr auf, lächelte. Der Blick, den sie ihr zuwarf, sagte soviel wie: „Du brauchst dich nicht aufzuregen, hier ist alles okay."
Alex hätte sie jetzt am liebsten geküsst. Sie nickte und ging wieder hinaus. Um weiterhin ihre Präsenz zu zeigen, ging sie mit in ein Bewohnerzimmer, um dem weiteren Geschehen zu folgen. Es gab aber nichts mehr zu beanstanden.
Nach einer weiteren Stunde war der MDK wieder verschwunden. Alex verabschiedete die Mitarbeiter mit einem knappen Nicken; sie war froh diese Leute wieder los zu haben.

Das Geschehen war vorherrschendes Thema bei der Übergabe an die Spätschicht. Jasmin erzählte in aller Ausführlichkeit, was geschehen war, schilderte, wie ihre Heimleitung Herrn Bauer in seine Grenzen gewiesen hatte, wie sie sich über ihn geärgert hatte, wie sie sich postwendend beim ärztlichen Leiter des MDK beschweren musste. Jasmin hatte ausgesprochenes Talent dafür, die Situation am Morgen wieder in Szene zu stellen.
Die Mitarbeiter amüsierten sich hörbar. Irgendwie hatten alle Spaß daran, sich vorzustellen, wie Alex der Blutdruck gestiegen war. Jackie saß nur ruhig da, hörte zu, grinste an der einen oder anderen Stelle.
Das war auch der Anblick, der sich Alex bot, als sie nach der Unterredung mit dem Geschäftsführer zur Übergabe dazu stieß. Sie wollte noch mit ein paar Worten auf den Kontrollbesuch eingehen.
„Wie ich sehe, haben sie bereits das Wesentliche berichtet", sagte sie zu Jasmin, als sie in die grinsenden Gesichter sah.
„Ich hab' schon mal angefangen", gab Jasmin kleinlaut zu.
„Ich wollte mich für Ihren Einsatz heute morgen in aller Form bedanken", übernahm Alex das Wort und wandte sich an die beiden Pflegekräfte, die man heute früh überraschend aus dem Frei geholt hatte. Dann ließ sie ihren Blick auch über die anderen schweifen. „Und allen anderen vielen Dank für Ihre Geduld und Ihre Mitarbeit heute Morgen."
Es gab ein Gemurmel, das schnell verebbte, dann hörte sie eine ihr sehr bekannte Stimme fragen:
„Und wie geht's dir? Hast du dich inzwischen wieder abgeregt?"
Alex war zu perplex, um zu antworten.
Hättest du mit dieser Frage nicht warten können, bis wir alleine sind?
Aber Jackie grinste ihr direkt ins Gesicht.

Niemand der anderen Anwesenden sagte ein Wort.
„Wenn du möchtest, koch' ich schon mal was, bis du zu Hause bist. Hast du Lust auf was Besonderes?", fragte Jackie völlig unbedarft. Als Alex ihr immer noch nicht antwortete, schlug sie entgegenkommend vor: „Wie wäre es mit einem großen Blech Pizza nur für uns beide mit viel fettigem Käse, sozusagen als reine Nervennahrung?" Ihr Grinsen wandelte sich in ein liebevolles Lächeln, das immer breiter wurde und ihre schönen Zähne entblößte.
Alex konnte gar nicht anders. Sie musste lachen. „Wunderbare Idee", gestand sie. Dann tat sie das, was sie den ganzen Tag schon hatte tun wollen. Sie ging zu ihr und küsste sie. Jackies Arme umschlossen sie zärtlich und sie vergaßen für einen Augenblick, dass sie nicht allein waren.
Es herrschte betretenes Schweigen, als sie sich wieder voneinander lösten.
Alex bemerkte es. „Entschuldigung." Sie räusperte sich. „Einen schönen Dienst noch heute Nachmittag."
Mit einem knappen Kopfnicken verließ sie das Stationszimmer wieder.

40

„Sag mal Jackie, wie ist das mit einer Frau?", fragte Jasmin sie später, als alle anderen schon weg waren.
„Wie meinst du das?"
„Wie ist das mit einer Frau im Bett?"
„Ich glaub nicht, dass ich dir das erklären muss."
„Das sieht so verdammt erotisch aus, wenn ihr zwei euch küsst. Was machst du mit ihr im Bett?"
„Kein Kommentar", entschied Jackie.
„Euch fehlt da nichts?"
„Nein."
„Vielleicht stehe ich auch auf Frauen."
„Wie kommst du jetzt da drauf?"
„Es macht mich an, wenn ich euch sehe", gestand Jasmin.
Jackie lachte aus vollem Hals.
„Lach' mich nicht aus."

„Sorry."
„Mit wem oder was ich auch immer mal zusammen sein werde ..." Jasmin Blick nahm einen verträumten Ausdruck an. „Auf jeden Fall möchte ich auch einmal so geküsst werden." Sie seufzte und atmete hörbar aus. „Weißt du eigentlich, dass du ein Glückspilz bist, Jackie?"
„Ja, das weiß ich", sagte Jackie ernst.

41

„Das war ganz schön gewagt, meinen Sie nicht?" Die Psychologin warf Jackie einen fragenden Blick zu, mehr nicht.
„Ja, wahrscheinlich, aber ich war mir sicher, es würde klappen. Außerdem hätte ich es gar nicht geschafft, ihr zu widerstehen."
Die rothaarige Frau, die ihr gegenüber saß, lächelte verständnisvoll. „Ich schätze, es hatte auch damit zu tun, dass Sie beide nicht im Bett waren und Sie kein Gewicht auf sich gespürt haben. Ihrem Gehirn fehlte sozusagen der Schlüsselreiz, um negativ Erlebtes abzurufen."
Jackie dachte einen Augenblick über ihre Bemerkung nach. „Ja, vielleicht lag es daran. Es war auf jeden Fall das erste Mal, dass ich es zulassen konnte. Es war ein wunderschönes Gefühl."
„Sie lieben Ihre Frau?"
„Ja."
Das hatte Diplom-Psychologin Frau Speyer sie schon einmal gefragt. In der ersten Sitzung, als Jackie mit zitternden Knien bei ihr aufgetaucht war, nicht ganz pünktlich, aber sie hatte es geschafft, unter Aufbietung ihres ganzen Mutes. Das war letzten Monat gewesen, ein erstes Kennenlernen von Klientin und Psychologin, um zu sehen, ob man überhaupt in der Lage war, miteinander zu arbeiten, sich zu vertrauen. Aber Jackie hatte diese rothaarige, etwas rundliche Frau mit ihrer Nickelbrille vom ersten Augenblick an gemocht, hatte sofort gewusst, dass sie es schaffen würde, sich bei ihr öffnen. Jetzt kam sie bereits zum vierten Mal und jedes Mal wurde es leichter für sie.
„Weiß Ihre Frau von Ihrem Problem?"
„Ja. Im Großen und Ganzen ja."
„Was heißt das?"

„Ich hab angefangen ihr davon zu erzählen", sagte Jackie zögernd, „aber sie muss ja nicht alles so im Detail wissen."
„Warum?"
„Sie hatte sich sofort übergeben."
Frau Speyer lehnte sich zurück, wartete einen Augenblick, bis sie schließlich fragte: „Was glauben Sie, warum Ihrer Frau schlecht geworden ist?"
„Vor Ekel?", versuchte es Jackie.
Frau Speyer sah sie nur an. Jackie ahnte, dass sie mit dieser Antwort nicht ganz zufrieden war. Warum sollte sich Alex aber sonst übergeben haben? Sie kam auch nach nochmaligem Überlegen auf keine andere Lösung, zuckte mit den Schultern.
„Vielleicht aus Mitgefühl?", half ihr die Psychologin weiter. „Vielleicht, weil sie sich vorgestellt hatte, wie furchtbar es Ihnen als Kind ergangen war, wie Sie gelitten haben?"
Das traf.
„Ja", sagte Jackie nur und wurde blass und erinnerte sich nur zu gut.
„Sie haben noch keinen Zugang zu Ihrem inneren Kind, Frau Becker, fällt Ihnen das auf? Ihre Frau spiegelt Ihnen lediglich das natürliche Empfinden eines Menschen, der davon erfährt, was man Ihnen angetan hat. Sie hingegen scheinen die Schuld immer noch bei sich selbst zu suchen."
Jackie sagte nichts darauf. Die Frau hatte ja Recht mit dem was sie sagte. Irgendwo hatte sie total Recht, und im Prinzip wusste Jackie es auch, irgendwo in ihrem Kopf. Nur war diese Erkenntnis noch nicht ganz durch sie hindurch gedrungen.
„Ich würde bei Ihnen gerne nächste Woche mit den EMDR-Sitzungen anfangen, bei denen wir ganz gezielt Ihre Erinnerung, Ihr Trauma von früher abrufen werden. Wir hatten uns ja darüber unterhalten. Haben Sie das Info-Blatt schon gelesen?"
„Ja."
„Würden Sie diesen Schritt mitgehen?"
„Ja."
„Ihre Frau sollte darüber Bescheid wissen, sagen Sie ihr endlich, dass Sie in psychologischer Behandlung sind. Ich würde es begrüßen, wenn Ihre Frau Sie nach der nächsten Sitzung abholen könnte. Werden Sie es ihr sagen?"
„Ja, mach ich." Jackie atmete aus, fuhr sich mit einer fahrigen Handbewegung durchs Haar.

„Nächste Woche Donnerstag? Eine Doppelstunde?“, fragte Frau Speyer.
„Muss ich mich darauf vorbereiten?“
„Nein. Kommen Sie ganz entspannt. Alles Weitere geschieht hier. Haben Sie die Möglichkeit Urlaub zu nehmen? Ich kann nicht voraussagen, wie Sie sich anschließend fühlen werden.“
„Ich nehm frei. Kein Problem.“ Jackie sah auf die Uhr. Die Stunde war vorbei. Sie war erleichtert, für heute hatte sie genug. Sie merkte es an ihrem übermächtigen Wunsch, aufzustehen und den Raum zu verlassen.
Frau Speyer nickte und lächelte sie aufbauend an. „Sie schaffen das, da bin ich mir sicher.“
Jackie nickte ihr zu beim Abschied. Sie konnte es nur hoffen. Allein der Gedanke, sich erinnern zu müssen, löste in ihr eine Schwäche aus, die sie mit weichen Knien die Treppe hinuntergehen ließ.
Sie würde Jasmin anrufen, ob sie das Wochenende frei haben könnte, und: Sie musste mit Alex reden.

42

Jackie hatte mit ihrer Kollegin das Wochenende getauscht. Alex freute sich auf die freien zwei Tage mit ihr. Die Woche war so turbulent weiter gegangen, wie sie begonnen hatte. Das Wetter sollte so schön bleiben und sie begannen Pläne zu schmieden.
„Sollen wir am Wochenende eine kleine Tour zur Atterhöhle machen?“, fragte Alex am Freitagmorgen am Frühstückstisch. Jackie hatte Spätdienst und sie ließen sich noch Zeit für eine gemeinsame Tasse Kaffee.
Jackie grinste. „Mit dem Moped?“
„Ich dachte eher an mein Auto.“
„Und ich an mein Moped.“
„Du hast doch gar keinen zweiten Helm.“
„Hab ich wohl.“
Alex merkte, dass sie hier nicht weiter kam. Also gut, dann eben in Gottes Namen eine Motorradtour. „Ich sitz nicht gerne hinten. Ich fahr gern selbst“, startete sie einen letzten Versuch.
„Dann gewöhn dich schon mal daran.“

Alex schaute sie verblüfft an. Diese Frau wurde von Tag zu Tag selbstbewusster. Oder kam ihr das nur so vor?
Jackie hielt ihrem Blick stand, konnte ihr Lachen nicht mehr länger unterdrucken und platzte los. „Weißt du eigentlich, dass es tierisch Spaß macht, dich aus dem Konzept zu bringen. Du guckst dann immer so konsterniert. Du bist es nicht gewohnt, dass man dir widerspricht, stimmt's?"
„Keine Ahnung", antwortete Alex nur. Sie wusste wohl, dass Jackie bereits ihren wunden Punkt gefunden hatte. Sie konnte andere Meinungen schlecht stehen lassen.
Jackie sah sie an und grinste versöhnlich. „Ich tanke also schon mal auf, fürs Wochenende", sagte sie, als warte sie auf Alex' endgültige Zustimmung.
„Mach doch", gab Alex nach. Vielleicht hätte sie ja auch Glück und das Wetter würde sich wider Erwarten nicht halten. Dann wären sie froh, ein Dach über dem Kopf zu haben – in dem Fall eben ein Autodach.
„Tschüß. Ich muss los." Alex beugte sich zu ihr für einen flüchtigen Kuss. Jackie jedoch zog sie an ihren Haaren an sich, küsste sie mit einer Intensität, die ihr die Luft nahm.
„Ich freu mich schon", sagte sie, als sie Alex wieder los ließ.
„Ich mich auch", stammelte Alex, bemüht, nichts zu vergessen, als sie ihre Sachen zusammenkramte und das Haus durch die Seitentüre verließ.

Jackie hatte sich wirklich verändert. Die Frau war in letzter Zeit irgendwie anders drauf, dachte sie, als sie wenig später im Auto saß und beschleunigte. Sie war wirklich deutlich selbstbewusster geworden.
Wo war ihr das noch aufgefallen? Es war noch nicht lange her. Alex versuchte die Situation ihrem Gehirn wieder zu entlocken. Richtig. Als Alex sie vor den anderen geküsste hatte. Es hatte sie nicht im Geringsten irritiert, im Gegenteil. Sie hatte ihren Kuss so selbstbewusst erwidert, ihre Arme hatten sie mit größter Selbstverständlichkeit umschlossen, als wären sie allein in ihrem Wohnzimmer und nicht von Mitarbeitern umgeben, mitten in der Übergabe.
Stimmt, jetzt wo sie darüber nachdachte, fiel es ihr auf. Das war nicht mehr dieselbe Person, die sich nicht einmal getraut hatte, ihren Kollegen von ihrer Beziehung zu erzählen.

Es freute sie.
Jackie schien zunehmend aufzutauen. Alex war gespannt, was dabei noch alles zum Vorschein kommen würde.

43

Am Samstagmorgen saßen sie lange beim Frühstück. Das Wetter war entgegen Alex' letzter Hoffnung bestechend schön geblieben. Laut Plan wollten sie eigentlich schon unterwegs sein, aber es hatte heute Morgen Verzögerungen gegeben. Sehr schöne Verzögerungen, wenn man Alex fragte, aber auch jetzt konnte sie kaum ihre Hände von dieser Frau lassen, die ihr in einer karierten Hemdbluse gegenüber saß, unter der sie nichts weiter trug. Alex schaffte es nur mit Anstrengung, ihre Blicke nicht immer auf Jackies Ausschnitt zu werfen, auf die Stelle freier Haut, die sie gerade noch geküsst hatte, nicht weit von der Stelle ihres Halses, in die sie gerade noch leidenschaftlich gebissen hatte, als sie unter ihren Fingern gekommen war. Alex hoffte, Jackie würde keinen allzu großen blauen Fleck davontragen.
Konnte sie von Jackie jemals genug bekommen?
„Wir sind etwas später dran als geplant", bemerkte nun auch Jackie. Ihre blauen Augen sahen sie liebevoll an.
Ob deine Kinder auch diese Augen hätten? fragte sich Alex plötzlich.
„Was hast du?"
Jackie hatte ihren Blick bemerkt.
„Nichts."
Es war zu früh, um darüber zu reden. Als nächstes würde sie diese Frau erst einmal fragen, ob sie heiraten wollte, und wenn ja, ob sie, Alex, dann die passende Frau dafür wäre. Vielleicht nächstes Wochenende?
Das Klingeln an der Haustür riss sie aus ihren Gedanken. Ein lautes und kräftiges Rrring.
Sie kannte dieses Klingeln bereits. So läutete nur einer.
„Oh nein. Lass es nicht wahr sein", stöhnte Alex auf. Jackie sah verwundert auf, hörte an ihrem Tonfall, dass jetzt etwas Unvorhersehbares eingetreten war.
Alex ging zur Haustür, öffnete sie. Warum um alles in der Welt hatte sie sein Auto nicht schon gehört, als es in den Hof gefahren war?

„Guten Morgen, mein Schatz", schmetterte ihr es an der Haustür entgegen. Ihr Vater stand leibhaftig vor ihr.
„Hallo Liebling", ihre Mutter küsste sie flüchtig, als sie sich mit Tasche und Trollie an ihr vorbeidrängen wollte.
„Stopp!" Mehr schaffte sie nicht zu sagen. Alex versperrte ihren Eltern demonstrativ den Weg. Sie bremste damit aber nicht den Redeschwall ihrer Mutter.
„Wir haben gedacht, wir kommen auf dem Rückweg bei dir vorbei und schauen mal, wie es dir mit deinem Haus ergeht. Freust du dich? Dein Vater hat für heute schon einen Ausflug geplant."
„Hättet ihr nicht zumindest anrufen können?", fragte Alex vorwurfsvoll. Was sollte sie jetzt Jackie sagen? Außerdem hatte sie sich so auf ein ruhiges Wochenende mit ihr gefreut.
„Hast du dir ein Motorrad gekauft?", fragte ihr Vater unbekümmert, mit anerkennendem Blick auf Jackies BMW. Er kam gar nicht auf die Idee, dass es jemandem anderen gehören könnte.
„Das ist nicht meine Maschine", sagte Alex mit unumwundener Deutlichkeit. „Und überhaupt: Ist euch jemals die Idee gekommen, dass ihr stören könntet?"
„Oh", sagte ihre Mutter nur. So wortkarg war sie sonst selten.
„Wir stören?", fragte ihr Vater, als sei dies etwas völlig Absurdes.
„Leute, ihr könnt hier nicht einfach so überfallsweise auftauchen", polterte Alex, „schon mal was von vorher anrufen gehört?"
Weder Vater noch Mutter sagten etwas darauf. Sie sahen sie nur erstaunt an. Alex brauchte einen Moment um zu begreifen, dass ihrer Eltern nicht sie ansahen, sondern die blonde Frau, die hinter ihr aufgetaucht war. Jackies Arm umfasste besänftigend ihre Taille. Alex hörte sie sagen:
„Oh, wie schön. Du wolltest mir deine Eltern vorstellen?"
Alex holte tief Luft. „Mom und Paps, das ist Jackie, die Frau meines Lebens", stellte Alex sie vor, um in resignierten Tonfall fortzufahren: „Und eigentlich hätte ich sie gerne noch ein paar Wochen für mich alleine gehabt."
Beide Eltern fingen beinahe zeitgleich an zu strahlen. So, als hätten sie schon nicht mehr daran geglaubt, diese Worte jemals von ihrer Tochter zu hören.
„Nein", rief ihre Mutter entzückt und ließ augenblicklich alle Taschen sinken, um Jackie um den Hals zu fallen.
„Mom, bitte, bring sie nicht um!"

„Das ist aber mal eine Überraschung", freute sich ihr Vater. Er nahm seine Tochter in den Arm und klopfte ihr wohlwollend auf die Schultern. Dann ließ er es sich nicht nehmen, Jackie ebenfalls herzlich zu drücken.
Jackie ließ alles amüsiert über sich ergehen. Ihr Lächeln war echt. Alex musste sich wundern, wie locker sie die Wendung der Dinge wegsteckte. Sie sah aus, als hätte sie wirklich ihren Spaß an diesem Überfall.
Als Alex gerade dabei war, etwas zu sagen, kam noch ein Auto in den Hof gefahren: Ein grünes Jaguar-Cabriolet.
„Ich glaub, ich bin im falschen Film", stammelte Alex. Sie war kurz davor zu explodieren.
„Haben wir nicht erwähnt, dass dein Bruder auch kommt?", fragte ihr Vater mit unschuldigem Gesichtsausdruck.
Alex konnte es nicht fassen. Jackies Arm umschloss sie noch fester. Sie konnte es deutlich spüren und versuchte freundlich zu bleiben.
„Dein Vater hat fürs Wochenende einen schönen Ausflug für uns alle geplant", redete ihre Mutter weiter, ohne im mindesten auf sie einzugehen.
„Hallo Schwesterherz", winkte ihr Bruder aus dem Auto heraus. „Geiles Motorrad. Gehört das dir?"
„Würdest du mit mir in ein Hotel ziehen, übers Wochenende?", fragte Alex Jackie.
Aber Jackie antwortete nicht darauf, im Gegenteil, sie bestimmte ab jetzt das Geschehen.
„Jetzt kommen Sie erst mal rein", sagte sie einladend und trat zur Seite. Nicht ohne dabei näher an Alex zu treten und ihr ins Ohr zu raunen: „Reiß dich zusammen."
Das hatte sie ja noch nie zu ihr gesagt! Was war plötzlich in diese Frau gefahren?
Dann wandte sich Jackie an Alex' Mutter. „Soll ich tragen helfen?"
„Danke, geht schon. Mein Mann wird den Rest bringen."
Mit diesen Worten ging Alex' Mutter ins Gästezimmer in den oberen Stock. Man konnte ihre Entzückungsrufe hören. Wahrscheinlich gefiel ihr der Raum noch besser als beim letzten Mal. Ihr Vater folgte erst später, er zog es vor sich mit Jackie zu unterhalten. Sie plauderten locker miteinander im Hof, Alex' Bruder Robert kam dazu.

Alex verfolgte das ganze Geschehen mit dem nötigen Abstand. Sie hatte sich auf die obere Treppenstufe gesetzt und versuchte zu begreifen, wo ihr ruhiges Wochenende geblieben war.
„Dann ist das wirklich Ihr Motorrad?“, fragte ihr Vater interessiert. Bevor sie antworten konnte, meinte Robert:
„Wirklich ein hübsches Teil. Kann ich da mal mit fahren?“ Auf Jackies skeptischen Blick fügte er hinzu: „Im Tausch gegen mein Cabrio?“
„Da kommen wir ins Geschäft“, Jackies blaue Augen funkelten ihn charmant an. Alex war sich sicher, spätestens ab diesem Augenblick hatte Robert Jackie in sein Herz geschlossen.
Und tatsächlich. Nicht viel später fragte er: „Wie kommt meine Schwester zu so einer attraktiven Frau?“
„Wir arbeiten in derselben Einrichtung“, erklärte Jackie.
„Da hat sie ja wieder mehr Glück als Verstand.“
Wenn Alex nicht genau gewusst hätte, dass er schwul war, hätte sie angenommen, er versuchte mit ihr zu flirten.
Hey, das ist meine Frau.
Aber auch ihr Vater schien von Jackie eingenommen zu sein. Sie bemerkte immer wieder seinen bewundernden Blick, als er sie ansah, oder sein Blick sie sie wie zufällig streifte. Jackie konnte einen umwerfenden Charme an den Tag legen. Mein Gott, das hätte sie gar nicht gedacht.
Alex ging hinein zu ihrer Mutter.
„Das ist ja mal eine Hübsche. Wo hast du die denn kennen gelernt?“, fragte ihre Mutter sofort, als sie ins Zimmer trat.
„Wir arbeiten zusammen.“ Sie sah den Anflug von Sorge in ihren Augen. „Diesmal keine Geschäftsführerin. Mach dir keine Sorgen. Sie ist meine Wohnbereichsleitung für den dementen Bereich. Eine ausgesprochen fähige Kraft.“
Ihre Mutter seufzte und sagte voller Inbrunst: „Endlich mal was Handfestes. Das freut mich aber. Nein, so eine tolle Frau aber auch. Und dann noch diese Augen“, schwärmte sie.
„Ja, nicht? Die haben mich auch von Anfang an fasziniert.“
„Und ihre Haare und dieses interessante Tattoo am Hals. Weißt du was?“, kicherte sie fast verlegen, „ich finde sie ausgesprochen sexy.“
Alex lachte. „Schön, dass du mir das nachempfinden kannst.“
Sie schüttelte den Kopf. Oh, ihre Eltern. Irgendwie waren sie immer diese Späthippies geblieben. Etwas abgehoben, aber durchaus lie-

bevoll. Sie lächelte ihre Mutter an, zum ersten Mal, seit sie gekommen war.
„Komm, lass uns wieder nach unten gehen, zu den anderen."

Als sie die Treppe hinabstiegen, bot sich ihnen im Wohnzimmer ein Anblick, der Alex vor Überraschung erst mal einen Augenblick verharren ließ, obwohl sie dachte, für heute könnte sie nichts mehr aus der Bahn bringen. Die Terrassentür stand weit offen. Draußen am Tisch saßen bereits ihr Vater, ihr Bruder und Jackie, lachend ins Gespräch vertieft. Jeder hielt bereits eine Flasche Bier in der Hand. Beim Näherkommen sah Alex auch Schnapsgläser herumstehen. Eine Flasche Korn prangte daneben.
„Leute, es ist früher Morgen", war ihr letzter Versuch, Ordnung in dieses Wochenende zu bringen, das zunehmend aus dem Ruder lief.
„Kind, es ist halb elf. Zeit für einen Frühschoppen. Außerdem mussten wir ja mit irgendetwas anstoßen." Robert lachte, nahm sein Glas und stieß mit der Frau ihres Lebens an. „Stimmt' s Jackie?"
„Stimmt, Reinhard", antwortete die Frau ihres Lebens.
„Ich bin Robert", sagte ihr Bruder, als sein Glas Jackies berührte. „Auf die Familie!"
Alex fragte sich, wo das enden sollte, wenn man Samstag früh bereits auf die Familie trank. Sie nahm sich vor, alles, was ab jetzt kommen würde ganz entspannt hinzunehmen.
Reg dich nicht auf. Reg dich einfach nicht auf.
„Setzt euch doch, Mädels", rief ihr Vater.
Sie holten sich Stühle von drinnen, setzten sich mit dazu. Jackie schenkte Alex einen Korn ein, prostete ihr grinsend zu und sah zu, wie Alex ihn in einem Zug hinunter kippte. Sie grinste noch mehr.
Unter dem Tisch spürte Alex Jackies Hand, wie sie für einen kurzen Augenblick zärtlich ihren Schenkel entlangstrich.
Alex ertappte sich bei dem Gedanken, wie schön es wäre, mit ihr allein zu sein. Jackie sah sie an, als könne sie ihre Gedanken erraten. Wieder mahnte ihr Blick: „Reiß dich zusammen."

Sie machten keinen Ausflug mehr an diesem Tag. Stattdessen grillten sie im Garten, lachten, erzählten, spielten Karten, sahen mit Jackie Fotoalben von früher an, klärten sie auf über alles Wissenswerte dieser Familie.

Es wurde ein anstrengender Tag. Alex und ihre Mutter machten abends als Erste schlapp. Es war erst zehn Uhr, aber Alex konnte nicht mehr. Sie fiel ins Bett und war eine Sekunde später eingeschlafen. Jackie vertrug wesentlich mehr, sie blieb mit den beiden Männern noch bis spät in die Nacht sitzen.
Alex nahm im Halbschlaf war, wie sie zu ihr unter die Decke kroch. „Du bist kalt. Iiih, geh weg!"
Jackie lachte und ließ sie in Ruhe. Sie roch nach Bier und Schnaps. Alex dachte noch, dass sie so schon länger nicht mehr gerochen hatte. Das letzte Mal war damals gewesen, als sie Jackie aus ihrer Stammkneipe geholt hatte. Es schien so lange her zu sein. Dabei waren gerade vier Wochen vergangen. Mit diesem Gedanken schlummerte sie friedlich wieder ein.

Sie erwachte um sechs Uhr. Es war ihre gewohnte Zeit. Sie ging auf die Toilette, putzte die Zähne, um den schalen Geschmack des Alkohols zu vertreiben und genoss es, sich noch für einmal ins Bett zu kuscheln.
Jackie erwachte, als sie sich gerade in die Decke genestelt hatte. Sie schmiegte sich an ihren Rücken, strich zärtlich ihre Haare zu Seite, küsste ihren Hals. „Guten Morgen meine Liebste", flüsterte sie leise. Alex hörte, dass sie lächelte, sie brauchte sie gar nicht zu sehen. Jackie begann sanft ihren Rücken zu streicheln. Sie seufzte vor Wohlgefühl. „Wenn du dein Shirt ausziehst, massier ich dich."
Das war ein Angebot! Alex zog sich das Shirt über den Kopf, warf es vors Bett und ließ sich wieder auf den Bauch fallen. Jackies Hände berührten sie sofort, zuerst sanft, dann nachdrücklicher. Alex stöhnte.
„Deine Hände sind Wunderwerke. Weißt du das?"
„Ich weiß." Jackie Stimme klang leise und überaus erotisch so dicht hinter ihr. Alex bemerkte, wie Jackie ebenfalls ihr Shirt auszog.
Dann fanden ihre Hände zu Alex' Rücken zurück, bearbeiteten sanft ihre Schultern, lockerten ihre Muskulatur. Als sie entspannt da lag, glitten Jackies Hände tiefer. Ihre warme Hand bahnte sich von hinten zwischen ihre Schenkel und begann sie zu streicheln. Alex stöhnte auf. Aber sie war nicht die einzige, die das anmachte. Jackie streifte sich nach einer Weile ihren eigenen Slip vom Leib. Alex wollte sich schon zu ihr drehen, Jackie aber presste ihren Körper auf sie.

„Bleib so", sagte sie nur. Ihre Hände nahmen nur eine kleine Korrektur ihres Beckens vor.
Jackies Atem streifte über ihren Rücken, als sie begann, sich an ihrem Po zu reiben. Alex hörte, wie es sie erregte. Ihre Finger streichelten sie indes weiter, bis sie feucht genug war, damit sie in sie eindringen konnte. Sie nahm sie von hinten. Erst mit einem, dann mit zwei ihrer Finger. Mit ihrer zunehmenden Erregung schob Jackie einen dritten Finger in sie und stieß weiter. Alex brach der Schweiß aus. Was tat diese Frau?
„Entspann dich", sagte Jackie hinter ihr. Auch sie war bereits außer Atem. Jackies Brüste rieben gegen ihren Rücken, als ihre Hand so lange in ihrem Rhythmus weiter machte, bis sie sich zuckend und stöhnend ihrem Höhepunkt ergab.
Jackie kam kurz darauf, als sie ihre Klit noch einige Male an ihrer Hüfte rieb, dann spürte sie, wie der Körper hinter ihr sich mit einem unterdrückten Stöhnen krümmte. Jackie fiel völlig erschöpft neben sie. Zwischen ihren Brüsten glänzte feuchte Haut.
„Der viele Alkohol scheint dich fertig zu machen, wie es aussieht." Alex konnte sich ein schadenfrohes Lächeln nicht verkneifen.
„Ja, ich glaube, das letzte Bier hätte nicht mehr sein müssen." Jackie fuhr sich über ihre Haare, grinste verlegen.
„Ich liebe es, wenn du so richtig scharf drauf bist", sagte Alex, als sie sich ermattet zu ihr legte und ihr dabei zusah, wie ihre Atmung sich wieder normalisierte.
„Und ich liebe diese Frau, die mich dermaßen anmacht", entgegnete Jackie in einem ganz weichen Tonfall. Dann warf sie sich auf sie und sie rangen wie zwei kleine Kinder miteinander, bevor sie sich aneinander kuschelten und entschieden, noch so lange wie möglich zu schlafen.
Bis Alex' Mutter sie unweigerlich wecken würde.

Es war bereits zwei Stunden später, als lautes Geklapper aus der Küche sie wachrüttelte und der Geruch von Kaffee bereits durch ihre Türritzen drang.
„Kinder! Frühstück."
Alex wälzte sich zu Jackie hinüber. „Nein, ich will nicht", stöhnte sie in ihr Ohr und schmiegte sich an sie.
Aber Jackies Lebensgeister waren sofort erwacht. Sie schlug die Decke zurück und blickte sie auffordernd an. „Komm schon, du alter Miesepeter."

Alex wunderte sich, woher diese Frau ihre Energie hatte. Die war ja nicht tot zu kriegen. War das bisher auch schon so gewesen?
Jackie verschwand als Erste ins Bad, um nach zehn Minuten frisch und ungemein gut riechend wieder im Schlafzimmer aufzutauschen, wo sie sich eilig etwas zum Anziehen heraussuchte. „Willst du nicht endlich aufstehen?"
„Ja, doch. Will ich." Alex gab sich einen letzten Ruck und verließ ihr warmes, kuscheliges Bett.
„Frühstück, Mädels.", hörte sie ihren Bruder rufen.
„Ja, ja, ich komm ja schon", murmelte Alex, als sie die Badezimmertür hinter sich schloss.

Als sie zwanzig Minuten später am Frühstückstisch erschien, stellte sie fest, dass alle anderen schon weitgehend fertig waren. „Gibt's noch Kaffee?", fragte sie vorsichtig.
„Aber natürlich. Setz dich."
Es befremdete sie, in ihrem eigenen Haus bedient zu werden. Blieb man eigentlich immer die Tochter, auch wenn man schon neunundzwanzig war?
„Kind, iss was", sagte ihre Mutter und lud ihr zwei Scheiben Brot auf den Teller.
Ja. Es würde immer so bleiben.
Sie nahm sich Butter und Marmelade und folgte der regen Unterhaltung am Tisch. Jackie und ihr Vater hatten den Tag offensichtlich schon verplant.
„Du wolltest doch schon immer in die Atterhöhle gehen, nicht wahr?", vergewisserte sich Jackie bei ihr. Alex war sich sicher, auch wenn sie nein gesagt hätte, würde das keine Auswirkungen auf ihr Ausflugsziel mehr haben. „Ja, wollte ich", sagte sie deshalb und nahm sich eine zweite Tasse Kaffee.
„Schön, dann können wir ja aufbrechen." Ihr Vater stand auf, ihr Bruder tat es ihm nach.
„Hallo!", rief Alex, „darf man hier vielleicht noch in Ruhe zu Ende frühstücken?"
„Mach doch", warf ihr Vater ein, „ich pack schon mal ein paar Sachen ins Auto."
Ihre Mutter begann freudig den Tisch abzuräumen. Jackie machte Anstalten, sich ebenfalls zu erheben. Als sie jedoch Alex' vernichtenden Blick wahrnahm, setzte sie sich wieder.

Arglose, blaue Augen sahen sie fragend an.
Was hast du?
„Ich wollte schon immer mal mit dir einen romantischen Ausflug in die Atterhöhle machen“, sagte sie mit etwas sarkastischem Tonfall.
„Schön, dann freu dich doch, dass es jetzt endlich soweit ist.“ Jackie grinste, küsste sie und stand endgültig auf.
Alex trank rasch ihre Tasse aus und begann eilig, ihre nötigen Sachen zusammenzusuchen.
Wo waren die anderen? Saßen alle schon im Auto?
„He! Ich darf wenigstens noch kurz auf die Toilette“, rief sie.

Es wurde ein sehr schöner Tag, für alle. Wenn auch wider Erwarten. Aber Alex hatte ihren Spaß mit dieser verrückten Familie und Jackie wich ihr nicht von der Seite, hatte sich bei ihr eingehängt. Alex merkte, wie sie die Nähe dieser Frau genoss, die sich so geduldig und souverän verhielt und einen Witz an den Tag legen konnte, der sie verblüffte.
Sie waren alle erschöpft, vom vielen Lachen, von den vielen Eindrücken, als sie zur Kaffeezeit wieder zu Hause ankamen und sich gemütlich auf der Terrasse nieder ließen.
Nach zwei Stunden verabschiedeten sich die drei schließlich wieder. Alex bedauerte es beinahe.
„Wie? Wollt ihr schon gehen?“, entfuhr es auch Jackie.
Ihr Vater klopfte Alex beim Abschied in seiner typischen Weise auf die Schulter, als sie unter sich waren. „Wie alt bist du jetzt, Mädchen?“
„Neunundzwanzig, Paps“, meinte Alex und verzog ihr Gesicht zu einer Grimasse.
„Meinst du nicht, es wäre an der Zeit für was Festes?“
„Paps!“
„Es ist eine wirklich tolle Frau, die du dir da an Land gezogen hast ...“
„Ich weiß auch ohne dich, dass ich sie fragen werde, ob sie mich heiraten möchte. Dazu brauch ich dich nicht.“
Er strahlte sie an. „Das tut sie bestimmt. Sie mag dich. Fällt dir auf, wie sie dich jedes Mal ansieht ...“
„Raus jetzt. Tschüß, Paps.“ Sie küsste ihn und drängte ihn durch die Tür.

Sie waren tatsächlich weg. Alex ging in ihr Wohnzimmer, ließ sich laut seufzend ins Sofa fallen. Jackie kam hinter ihr her, als sie gerade

ihre Füße hochlegte, um zu demonstrieren, dass sie für heute keinen Handschlag mehr tun würde.
„Sie lieben dich“, sagte Alex zu ihr.
Jackie lächelte bescheiden. „Das freut mich, aber ich finde sie auch wirklich nett.“
Alex streckte sich, wartete bereits auf den Satz, der kommen musste.
Sie sagte ihn. „Du kannst froh sein, solche Eltern zu haben.“
„Bin ich auch.“
Jackie setzte sich zu ihr aufs Sofa, nahm ihren Kopf auf ihren Schoß, begann zärtlich über ihre Haare zu streichen.
„Morgen ist wieder Montag“, bemerkte Alex. „Wir müssen also wieder eine ganze Woche warten mit unserer gemütlichen Motorradausfahrt.“
„Müssen wir nicht, ich hab Mittwoch und Donnerstag Freizeitausgleich. Kannst du dir nicht Mittwoch frei nehmen?“
Alex überlegte, genoss ihre zarten Hände. „Eine sehr gute Idee. Ich glaub, ich nehme wirklich frei. Mal sehen, was mein Kalender dazu sagt.“

44

Ihr Kalender hatte nichts dagegen. Alex gab Jasmin Bescheid und Herrn Fischer und nahm den Mittwoch frei. Sie freute sich unheimlich auf einen ganzen Tag mit Jackie alleine. Ob sie mit ihr abends Essen gehen würde? Sollte sie Jackie an diesem Tag fragen?
Sie nahm es sich vor, griff zum Telefon und reservierte einen gemütlichen Tisch im Eck in einem der besten Restaurants des Sauerlands, bei Kerzenschein und Holunderblütensekt gleich zur Begrüßung.
Sie würde Jackie fragen.

Alex erwachte am Morgen mit dem Gefühl, dass es ein großartiger Tag werden würde.
Sie nötigte ihre Liebste bereits um halb acht aus dem Bett. Sie selbst war ab sechs Uhr morgens wach, wie immer. Da Jackie im Schichtdienst arbeitete, war die innere Uhr bei ihr nicht ausgeprägt. Sie

schlief so lange, bis sie eben ausgeschlafen hatte. Alex entschied sich also nachzuhelfen. „Komm' schon Süße, unser freier Tag verstreicht bereits."
Jackie drehte sich stöhnend auf den Rücken. Ihr Anblick war wieder die reinste Versuchung. Diese halbverschlafene, bettwarme Frau verführte einfach zum längeren Verweilen. Alex wandte ihren Blick ab und entschwand schleunigst Richtung Bad.
„Warum hast du es so eilig?", murmelte Jackie noch.
„Weil mein Leben davon läuft", sagte Alex auf dem Weg zur Tür. *Schließlich bin ich schon neunundzwanzig. Und außerdem habe ich vor, dir heute noch einen Heiratsantrag zu machen.*
Sie stellte sich unter die Dusche, nahm sich mehr Zeit als sonst. Sie rasierte sich und nahm zum ersten Mal ihre neu erstandene Bodybutter. Als sie die Dusche verließ war ihre Haut glatt und weich wie ein Babypopo.
Irgendwo hatte sie noch ihre Lederhose und die dazu passende Jacke. Wo hatte sie die beim Umzug verstaut? Wahrscheinlich im Keller, oder in der Garage? Sie entschied, erst Kaffee anzustellen, bevor sie sich auf die Suche machte.
Als Jackie nach einer halben Stunde in der Küche erschien, war sie bereits passend für die Tour angezogen und der Frühstückstisch war gedeckt.
„Toast oder Vollkornbrot?", fragte Alex.
„Könnte ich auch etwas ganz anderes bekommen?", fragte Jackie, als ihre Blicke auf sie fielen. Sie kam zu ihr, strich ihr mit beiden Händen über ihren Po und meinte nur: „Du sieht so geil aus. Können wir auch einfach da bleiben?"
„Nein, können wir nicht. Also?" Da Jackie immer noch nicht antwortete, versenkte sie zwei Scheiben Weißbrot im Toaster.
„Was roch im Bad so gut? Es war ein ganz neuer Geruch."
„Bodybutter", sagte Alex, und krempelte wie zum Beweis den Ärmel ihres Shirts hoch. „Riech!"
„Mhm. Das riecht fantastisch. Sag mal, wollten wir nicht erst etwas später gehen?" Sie fuhr sich mit den Fingern durchs Haar. Ihre Augenfarbe wurde einen Ton sanfter und dunkler.
„Das mit der Tour war deine Idee."
„Da wusste ich aber noch nicht, dass du so scharf aussehen würdest", verteidigte sich Jackie.
„Komm jetzt. Sei anständig und setz dich hin."

Jackie nahm Platz, ließ sich Kaffee einschenken, unternahm noch einen Versuch, Alex umzustimmen, als sie ihr das Toast auf den Teller legte.
Aber Alex war gewappnet. „Und untersteh dich, mich anzugrabschen."
Sie lachten sich an, als sie sich wieder gegenüber saßen.
„Du bist unmöglich", stellte Alex nicht zum ersten Mal fest.
Nach einer halben Stunde waren sie aufbruchbereit. Die Katze bekam noch Futter und frisches Wasser, dann verließen sie das Haus.
Jackie fuhr. Es war ungewöhnlich für Alex, auf dem hinteren Sitz Platz zu nehmen, aber sie genoss es, stellte sie wenig später fest, als sie sich an Jackie schmiegte und sich ganz den Eindrücken der vorbei fliegenden Landschaft überlassen konnte.
Die Frau konnte Motorrad fahren. Wie so manches andere auch, dachte Alex und spürte ein verräterisches Ziehen im Unterleib.
Jackie ging immer nur so weit, wie sie sich hundertprozentig sicher war.
Eine wundervolle Frau.
Sie ließen sich treiben, heizten schöne Strecken entlang, fuhren Serpentinen hinauf und hinab. Gegen Mittag aßen sie im Garten eines kleinen Restaurants. Sie beeilten sich mit Essen, die anderen Menschen störten sie heute.
Rast machten sie an einer schattigen Stelle, auf einer frisch gemähten Wiese, an einem Bach.
Sie wussten nicht genau, wo sie waren, es war auch nicht wichtig.
Sie legten sich auf ihre Motorradjacken. Alex nahm eine Flasche Wasser aus dem Rucksack.
„Wie wär's mit einer Dose kaltem Bier?", fragte Jackie.
„Gibt's nicht. Nicht beim Fahren. Nicht, solange du mich hinten drauf hast."
Jackie grinste.
Sie hätte auch nichts getrunken, wenn sie die Möglichkeit dazu gehabt hätte. Sie mochte sich selbst bereits schon oft genug gefährdet haben, aber Alex wusste, sie würde nicht das Geringste riskieren mit ihr auf dem Rücksitz.
Jackie rollte sich auf sie und küsste sie. Erst spielerisch, aber das hielt nicht lange an. Ihr Kuss wurde drängender. Alex' Brustwarzen wurden hart und eine ganz bestimmte Stelle ihres Körpers erwachte aus ihrem bisher unauffälligen Stand-by-Modus. Es wäre nicht Jackie gewesen, wenn sie es nicht sofort bemerkt hätte.

Sie lachte. „Komm, lass es uns machen. Hier. Es kommt doch niemand."
Sie machte, Anstalten ihr die Hose zu öffnen.
Alex wehrte sie ab. „Bist du verrückt. Die Straße verläuft keine zwanzig Meter entfernt von uns."
„Dann beeilen wir uns eben", war alles, was Jackie dazu einfiel.
Sie lachte lauthals, als Alex ihre ganze Kraft zusammennahm, um sich zu befreien.
„Das war jetzt nicht dein Ernst", erkundigte sie sich entsetzt, als sie mit genügendem Abstand neben ihr wieder zu Atem kam.
„Das Gelände fällt so steil ab, man kann uns von der Straße aus nicht sehen", erklärte Jackie.
Sie blieb demonstrativ liegen. Alex wandte den Blick nicht von ihr ab, auch nicht, als Jackie sich das T-Shirt auszog und langsam damit begann, den Reißverschluss ihrer Hose zu öffnen. Ihre strahlend blauen Augen sahen sie belustigt an, es lag eine deutliche Aufforderung darin.
Alex konnte nicht mehr wegsehen. Jackies Bauchmuskeln waren deutlich zu erkennen. Genauso deutlich wie der Bund ihres Slips. Eine durchtrainierte, halbnackte Frau, die im Gras liegend nur auf Alex wartete. Gab es überhaupt eine Frau, die da hätte widerstehen können?
Alex kämpfte mit sich. Jackie merkte es, stand auf, zog sie an der Hand zu sich hinunter und gemeinsam fielen sie auf Jackies Motorradjacke.
„Es kommt niemand, versprochen", sagte Jackie, als sie Alex zärtlich die Haare aus dem Gesicht strich und sie sanft zu küssen begann.
Sie war eine geborene Verführerin. Warum wussten ihre Hände immer, was sie machen mussten? Sie war nie zu fordernd, nie zu direkt, ging immer nur so weit, um bei Alex die Lust auf mehr zu wecken.
Den Zeitpunkt hatte sie rasch erreicht. Alex konnte es kaum mehr erwarten, von Jackie berührt zu werden, ihre Hände auf ihren Brüsten zu fühlen, auf ihrem Bauch, zwischen ihren Schenkeln. Jackie lächelte siegesgewiss, schob ihr Shirt nach oben, öffnete ihren BH und ihr Mund nahm Alex' Brüste in Besitz.
Alex stöhnte auf, hätte es gar nicht unterdrücken können, auch wenn sie es gewollt hätte, und es wäre ihr mittlerweile völlig egal

gewesen, wenn jemand vorbei gekommen wäre. Sie wollte nur noch diese Frau fühlen, die sich ganz offen ihrer Lust hingab.
Jackie öffnete Alex' Hose, ihre Hand glitt sofort unter ihren Slip. „Du bist ganz nass."
Alex keuchte auf, als ihre Sinneswahrnehmungen sich zu überschlagen drohten. Dann drang Jackies Zunge ebenso in sie ein, wie ihre Hand es tat.
Die Umgebung um Alex herum verschwand. Sie schien abzutauchen. Von ihr aus sollte dieses Gefühl nie mehr aufhören, das Jackie in ihr auslöste. Es wurde immer schlimmer mit ihnen, es beruhigte sich gar nicht. Es wurde nie Routine, es wurde immer besser und heftiger und erregender ...
Dann kam sie.
Auch das fühlte sich immer wieder anders an. Wie machte diese Frau das nur?
Als sie sich entspannt hinlegen wollte, geschah etwas Ungewöhnliches: Jackie nahm ihre Hand und schob sie sich da hin, wo sie sie haben wollte.
Alex nahm ihre Chance sofort wahr. Sie freute sich, sie wieder spüren zu können. Jackie bewegte sich auf ihr. Ihr Becken gab den Rhythmus vor, den sie brauchte. Es tat so unendlich gut, sie dabei stöhnen zu hören. Zwischendurch wurde ihr Körper weich und genießerisch langsam um dann wieder anzuziehen und heftiger zu werden.
„Oh, ja!", keuchte sie nach einiger Zeit, um nach einigen weiteren heftigen Stößen mit einem erlösenden Seufzer zu kommen, der Alex völlig überraschte. Jackie war so unverkrampft wie noch nie.
„Oh Gott, ist das schön", stöhnte Jackie auf und küsste sie ungestüm. „Ich danke dir."
Alex verstand die Welt nicht mehr.
Sie dankte ihr?

Sie waren immer noch allein, stellte sie etwas später fest, als sie sich ihre Kleider am Leib sortierte und ihre Lederhose wieder anzog. Jackie schüttelte ihre Jacke aus, schloss ihren Reißverschluss und war wieder startklar.
„Brauchst du immer so lange?", fragte sie grinsend, als Alex fertig war. Sie legte ihr den Arm um ihre Schulter, als sie zu ihrer BMW zurückgingen. Es fühlte sich gut an, so neben ihr zu gehen.

„Lass uns im nächsten Biergarten halt machen, dann sehen wir mal auf die Karte."
„Okay."

Sie saßen noch lange Zeit im Biergarten, oben beim Kahlen Asten. Um den Aussichtsturm herum waren viele Massivholzbierbänke aufgebaut. Beide hatten sich ein großes Radler bestellt und ließen ihre Blicke in die weite, wunderschöne Landschaft schweifen.
Der Himmel war immer noch von einem strahlenden Blau. Es ging ein warmer Wind, sogar hier oben, man spürte die wärmenden Sonnenstrahlen auf der Haut.
Alex lächelte Jackie benommen zu. Sie hatte eine sehr sportliche Ausstrahlung, diese Frau, die ihr gegenüber saß und sie mit ihr einen jener Blicke musterte, bei denen sie sonst sofort dahingeschmolzen wäre. Aber es war schließlich kein halbe Stunde her, dass sie miteinander geschlafen hatten. Deshalb lächelte sie nur.
Es tat gut, Jackie so glücklich und entspannt zu sehen. Wieder wurde Alex bewusst, wie sehr sie diese Frau liebte, ein beinahe schmerzliches Gefühl machte sich breit in ihrem Bauch.
Mit dieser Frau würde ich gerne gemeinsam durchs Leben gehen, dachte sich Alex wieder, wenn sie es auch möchte. Sie würde sie wirklich fragen, heute Abend.
Oder war das zu früh? Sollte sie nicht besser noch abwarten? Aber auf was sollte sie warten? Es gab nie im Leben eine Garantie für das, was man tat, und sie liebte diese Frau, da war sie sich sicher. Ihr Blick glitt noch einmal über Jackie, als die gerade einen tiefen Schluck aus ihrem Bierglas nahm.
Ein Alkoholfreies.
Das sie das noch erleben durfte. Jackie grinste, als sie mit ihr anstieß. „Möchtest du was essen?"
„Nein, danke", sie sah auf die Uhr. „Spar dir deinen Appetit noch. Du wirst mit mir heute Abend noch Essen gehen. Ich habe uns einen Tisch reserviert."
„Was?"
„Um sieben Uhr, heute Abend", sagte Alex beiläufig. „Ich hatte mal wieder Lust auf ein exklusives Essen, du nicht? Du kannst auch was trinken. Ich fahre."
Jackie sah überrascht aus. „Wenn du möchtest."
Das heißt, du möchtest eher nicht.

Jackie zögerte tatsächlich einen Moment. „Ich würde gerne mal mit dir in meine Stammkneipe gehen", sagte sie, „Vielleicht könnte ich dir auch Klaus mal vorstellen", ergänzte sie vorsichtig.
Alex hatte das Bild des jungen Mannes vor Augen, der sie aus seinem Polo damals so unverhohlen angestarrt hatte. Aber es war schließlich Jackie bester Kumpel, Er musste ganz nett sein. Sie lächelte. „Wann?"
„Ich dachte eigentlich an heute Abend."
„Ah." Jetzt hatte sie ein Problem. Was sollte sie jetzt sagen, ohne egoistisch zu wirken?
Jackie sah es ihr an. „Muss nicht sein. War nur so eine Idee", gab sie sofort nach.
Mist.
„Können wir nicht nach dem Essen noch in deine Stammkneipe?", versuchte es Alex.
Jackie winkte ab. „Kein Stress."

Sie wusste zu diesem Zeitpunkt noch nicht, dass sie weder das eine noch das andere machen würden.
Es geschah auf der Heimfahrt, in einer Kurve. Es war eine traumhafte Motorradstrecke mit lang gezogenen Windungen und geraden Streckenabläufen zum Gas geben. Jackie drosselte noch die Geschwindigkeit, legte sich in die Kurve, dann passierte es.
Es war Öl auf der Fahrbahn gewesen, zumindest sagte ihr das später die Polizei. Sie rutschten so schnell weg, dass Alex der Sturz gar nicht bewusst wurde. Sie spürte nur noch, dass das Motorrad mit ihr über den Asphalt schliff. Sie hörte ihren eigenen Schmerzensschrei. Dann wurde alles schwarz.

45

Jackie reagierte mit jahrelanger Routine. Sie ließ sich fallen, rollte ab, als sie merkte, dass die Maschine wegschmierte und landete im Grünen. Glücklicherweise war kein Baum in der Nähe. Jackie benötigte eine Sekunde, um zu registrieren, dass sie unverletzt war. Dann blickte sie sich suchend um.
„Alex?"

Panik überkam sie, als sie das Motorrad einige Meter weiter am Straßenrand liegen sah. Die Frau, die sie liebte, lag zur Hälfte darunter begraben und regte sich nicht.
„Alex! Oh Gott."
Sie eilte zu ihr, so schnell es ging, warf sich vor ihr auf die Knie und packte sie an der Schulter. „Alex. Bitte sag was."
Aber Alex regierte nicht. Ihre Augen waren geschlossen, ihr Körper schlaff.
Panisch überlegte Jackie, auf was sie achten musste, wenn sie einer Bewusstlosen den Helm abnahm.
Jemand hupte.
Gott sei Dank, ein Auto.
Eine etwas pummelige Frau stieg aus, lief zu ihr, so schnell es ihr möglich war. „Was ist passiert?", fragte sie atemlos.
„Wir sind plötzlich weg gerutscht. Sie ist bewusstlos", sagte Jackie verzweifelt.
Die Frau hatte gute Nerven. Sie öffnete Alex' Visier, prüfte ihren Puls am Hals, fand ihn offensichtlich, denn sie war zufrieden. Warum hatte Jackie nicht selbst daran gedacht?
„Können Sie mit anpacken? Dann versuchen wir zuerst mal, das Motorrad von Ihrer Freundin runterzukriegen."
Jackie nickte nur, war dankbar für die Hilfe. Zu zweit schafften sie es, die Maschine hochzuheben und wieder aufzurichten. Alex blieb regungslos liegen. Die Frau rief den Notarzt, gab die Position durch. Warum konnte Jackie es nicht tun? Warum konnte sie nicht einmal mehr logisch denken? Sie saß wie betäubt bei Alex, konnte nicht fassen, dass sie nicht mehr ansprechbar war.
„Alex, bitte. Komm zu dir."
„Es ist ganz gut, dass sie nicht bei Sinnen ist", sagte die Frau beruhigend, „sonst hätte sie nur Schmerzen. Ich schätze mal, das Bein ist gebrochen. Wir warten lieber mit dem Helm, bis der Notarzt da ist. Das ist mir zu riskant. Ich weiß nicht, ob die Wirbelsäule …" Als sie sah, wie Jackie jegliche Farbe im Gesicht verlor, verstummte sie betroffen. „Nur eine Vorsichtsmaßnahme", sagte sie wie zur Entschuldigung.

Sie mussten über zehn Minuten warten, bis der Krankenwagen eintraf. Der Notarzt kam eine Minute später. Die Frau erstattete ihm Bericht, so selbstverständlich, dass Jackie sich sicher war, sie war

entweder selbst Ärztin oder zumindest in der Ausbildung. Es beruhigte sie, denn sie selbst war völlig unfähig zu handeln. Sie konnte ihre Tränen nicht zurückhalten. Sie liefen ihr einfach über die Wange. Es störte niemanden.
„Sind Sie die Fahrerin des Motorrads?", fragte der Arzt Jackie.
„Ja", sagte sie und verwünschte sich dafür.
„War ihre Freundin zwischendurch bei Besinnung?"
„Nein."
„Nehmen wir den Helm ab?", fragte einer der beiden Sanitäter.
Es dauerte keine zehn Sekunden, da hatten sie Alex mit geübten Griffen den Helm vom Kopf gezogen. Einer der Sanitäter hielt ihren Kopf gestreckt.
„Wie heißt sie?"
„Alex", sagte Jackie.
Der Arzt sprach sie an, rief einige Male ihren Namen. Alex reagierte nicht. Erst als er ihre Augenlider öffnete und mit einer Taschenlampe in die Augen leuchtete, um den Reflex der Pupillen zu testen, kam sie zu sich.

46

„Jackie, was ist passiert?"
„Sind plötzlich weggeschmiert", sagte Jackie leise.
„Haben Sie Schmerzen? Tut Ihnen etwas weh?", fragte eine Stimme.
„Mein Bein."
„Können Sie Ihre Arme bewegen? Spüren Sie Ihre Arme?"
„Ja."
„Ihr rechtes Bein? Was ist mit dem rechten? Können Sie es bewegen?"
Alex war wieder dabei wegzudriften. Die Schmerzen waren nicht zum Aushalten. Jemand klatschte ihr wiederholt auf die Wange.
„Bleiben Sie wach. Sagen Sie mir, wie es Ihnen geht."
„Gut", stöhnte Alex leise.
„Wie viele Finger sehen Sie?", fragte er und hielt zwei Finger in die Höhe, die sie nur verschwommen erkennen konnte.
„Alex", hörte sie Jackies Stimme. „Er will nur checken, ob dein Kopf okay ist und deine Wirbelsäule. Beweg mal dein rechtes Bein."

Sie tat es. Es ging.
„Keine Vakuummatratze", entschied der Notarzt. Drei Männer hoben sie auf die Trage. Sie stöhnte auf, ihr wurde wieder schwarz vor Augen.
Sie zogen ihr die Jacke aus und legten ihr einen Venenzugang.

Als sie das nächste Mal zu sich kam, hatte sie keine Schmerzen mehr. Ein wunderschönes Gefühl. Sie konnte tief Luft holen. Nichts tat mehr weh.
„Frau Breitenbach?" Eine Frau in blauer OP-Kleidung sprach sie an.
„Wie geht es Ihnen?", fragte diese schemenhafte Frau. Ihre Stimme war recht hell.
„Gut." Alex versuchte, ihre Augen scharf zu stellen.
Die Frau lächelte. „Ich bin Schwester Renate. Sie sind hier im Aufwachraum. In einer Stunde bringen wir Sie auf Station. Sonst alles klar mit Ihnen?"
„Wo ist Jackie? Wie geht es ihr?"
Schwester Renate musste einen Augenblick überlegen. „So eine Frau mit blonden, kurzen Haaren?"
„Ja."
„Sie wartet draußen. Sie hat den Sturz unverletzt überstanden. Ich schätze, sie ist noch im Warteraum der chirurgischen Ambulanz, leider kann sie hier nicht rein."
„Würden Sie ihr was ausrichten?"
„Kann ich machen."
„Sie soll nach Hause gehen, es geht mir blendend. Wie spät ist es?"
„Halb zehn."
Alex erschrak. So spät schon? Die Arme. Sie wird hoffentlich nicht die ganze Zeit hier gewartet haben. „Wie lange hat die OP gedauert?"
Schwester Renate sah auf das OP-Protokoll. „Eineinhalb Stunden. Alles Weitere wird Ihnen Frau Doktor Behrends gleich erzählen. Ich sag ihr, dass Sie jetzt wach sind."
Alex sah sich um. Es liefen zwei Infusionen in ihren Arm. Ein Antibiotikum und eine Zuckerlösung. Ihr Bein lag erhöht in einer Schaumstoffschiene und war eingegipst. Ihre Zehen waren orange verfärbt. Mehr konnte sie nicht sehen.
Jackie war unverletzt geblieben? Sie lächelte erleichtert. Jackie hatte einfach die bessere Reaktion. Sie war schneller, sportlicher und hatte mehr Routine im Fallen. Was war überhaupt passiert?

Eine Frau trat an ihr Bett. Sie war nicht sehr groß, hatte blonde, halblange Haare und ein freundliches Lächeln. Sie strahlte etwas durch und durch Liebevolles aus. Alex war überrascht, so eine Ärztin in der Chirurgie zu finden. Frau Doktor Behrends warf einen Blick auf die Röntgenbilder, die hinter ihr hingen.
„Ah ja, der Motorradunfall", sagte sie mit einem Lächeln. Sie reichte ihr die Hand.
„Guten Tag, Frau Breitenbach. Ich bin Frau Doktor Behrends. Wie fühlen Sie sich?"
„Danke, gut", sagte Alex wieder.
Frau Doktor nahm die Röntgenbilder ab, hielt sie so, dass Alex sie sehen konnte. „Sie hatten eine offene Fraktur. Wie haben Ihre Tibea und Fibea reponieren müssen, aber jetzt ist alles wieder so, wie es sein sollte." Ihr Lächeln nahm zu, als ihr Finger auf die Bruchstelle der beiden Unterschenkelknochen wies. Alex' Blick war ihrer Hand gefolgt. Waden- und Schienbein sahen aus, als wären sie unter den Heimwerker gekommen.
„Das war wohl eine ganz schöne Wucht, der Sie da ausgesetzt waren. Die Polizei sagte bereits etwas davon, dass dies in letzter Zeit häufiger vorkommt. Irgendjemand scheint absichtlich Öl auf die Straße zu gießen, gerade bei bekannten Motorradstrecken. Sie waren nicht die Ersten, die dadurch zu Fall gekommen sind." Wieder lächelte sie, als hätte sie Alex soeben den Gewinn einer Lotterie verkündet. „Ich denke, wir können Sie jetzt auf Station bringen. Haben Sie noch Fragen?"
„Wo ist meine Frau?"
Die Ärztin zuckte die Schultern. „Keine Ahnung. Ich habe nicht mit bekommen, dass jemand auf Sie gewartet hat. Aber ich guck mich draußen mal um. Wir legen Sie auf die 25. Sind Sie privat versichert?"
„Im Krankenhaus, ja."
Alex hatte eine Zusatzversicherung fürs Krankenhaus abgeschlossen. Eine Unterbringung zu dritt in einem Zimmer wäre für sie unvorstellbar gewesen. Welcher Arzt sie behandelte, war ihr hingegen egal.
Frau Doktor Behrends telefonierte einen kurzen Augenblick. „Sie werden gleich abgeholt und auf meine Station gebracht. Wir sehen uns also noch", sagte sie wieder lächelnd. Dann nickte ihr zu und ging.

Zwei Schwestern kamen und schoben sie auf Station. Sie stellten sich mit Namen vor. Alex vergaß sie im selben Augenblick wieder. Ein blödes Gefühl, so im Bett zu liegen. Man kam sich ja schon ausgeliefert vor, dachte Alex, die ein Krankenhaus aus dieser Perspektive noch nicht erlebt hatte. Bisher war sie in ihrem ganzen Leben noch nicht operiert worden, bis auf ihre Mandeln, und damals war sie noch ein Kind gewesen.
Sie bekam ein freundliches Zimmer, in einem gelblichen Ton, nicht so steril weiß, wie man sich sonst ein Krankenzimmer vorstellte. Man brachte ihr tatsächlich noch etwas zum Abendessen. Mit so einem Service hätte sie gar nicht mehr gerechnet.
Auf dem Nachttisch standen zwei große Flaschen Mineralwasser und ein Glas.
„Möchten Sie noch einen Tee?", fragte sie eine Schwester mit langen, braunen Haaren, die sie zu einem Zopf zusammengebunden hatte.
„Gerne", antwortete Alex. Dann kam Jackie ins Zimmer.
So besorgt hatte Alex sie noch nie gesehen.
Diese Frau liebt mich wirklich.
„Hey. Wie geht' s dir?" Jackie umarmte sie vorsichtig.
Es tat gut, sie wiederzusehen. Jackie sah mitgenommen aus, bemerkte Alex und sagte: „Du Arme, musst hier ewig warten. Du siehst fertig aus."
Jackie antwortete nicht, ließ sich nur seufzend auf ihren Bettrand fallen und hielt ihre Hand. Ihre Stimme klang rau und bestimmt: „Ich verkauf diese Scheiß Maschine, ich versprech es dir. Wir fahren nie wieder. Ich kauf mir einen Fiat 500 und mach das Dach auf, wenn schönes Wetter ist, ich brauch kein Motorrad mehr, wirklich!"
Alex lachte. „Ein Fiat 500? Wie sollte da ein Kinderwagen reinpassen?", fragte sie, ohne zu überlegen.
Jackie sah sie basserstaunt an.
Alex ging nicht weiter darauf ein und schlug ihr stattdessen vor: „Wie wär's wenn wir den Porsche als Spaßmobil behalten und wir kaufen uns lieber noch einen Kombi dazu?"
So wie Jackie jetzt aussah, musste sie konkreter werden. Alex setzte sich auf, soweit es eben ging.
„Jackie, würdest du mich heiraten?"
Sie reagierte nicht. War wie versteinert.
„Ich hatte vor, dich heute Abend zu fragen. Allerdings in einem schöneren Ambiente. Ich hab dazu den Tisch reserviert … Aber das

hat ja nicht geklappt. Oh Gott, da müsste ich anrufen und mich entschuldigen. Es war alles schon arrangiert. Ich hätte es dich heute Abend gefragt, ob wir beide nicht klar Schiff machen wollten, ob du und ich nicht einfach ..." Ihre Worte versiegten, als sie in Jackies immer noch unbewegliches Gesicht sah.
Die Schwester kam herein, stellte eine Kanne Tee auf das Tablett, das noch unberührt auf ihrem Nachttisch stand. Sie warf beiden Frauen einen freundlichen Blick zu.
„Danke", sagte Alex.
„Du hast uns einen Tisch reserviert, um mir einen Heiratsantrag zu machen?", fragte Jackie ungläubig, als die Schwester wieder gegangen war. Dann endlich wechselte ihr Gesichtsausdruck. Ihr plötzliches Lächeln ließ ihre schönen weißen Zähne aufblitzen.
Erleichtert fuhr Alex fort: „Normalerweise hätten wir um diese Uhrzeit bereits ein wirklich leckeres Menü hinter uns. Von dem guten Spätburgunder und dem Holunderblütensekt ganz zu schweigen."
Dann wieder Stille.
Warum antwortete ihr diese Frau nicht?
„Können wir das nachholen?", fragte sie stattdessen.
„Nur wenn du ja sagst."
„Ja", sagte sie endlich.
Alex ließ sich entspannt in ihr Kissen zurückfallen.
Gott sei Dank.
„Ja", wiederholte sie. „Wenn du mich ein Leben lang aushalten willst?"
„Ich liebe dich, Jackie." Die Frau ihrer Träume lächelte bescheiden.
„Du darfst auch entscheiden, wann und wie", versprach Alex.
„Jetzt. Hier?", grinste Jackie. „Bevor du es dir anders überlegst." Plötzlich lachte sie auf und küsste sie glücklich. Dann schüttelte sie den Kopf und stand auf, immer noch grinsend. „Ich hab dir Klamotten mit gebracht", sagte sie wie nebenbei.
Alex liebte ihre fürsorgliche Art.
„Und deine Waschsachen, deinen Laptop und ein paar Bücher zum Zeitvertreib. Ich schätze, du bleibst erstmal eine Weile hier."
„Danke. Was ist mit deinem Motorrad?"
„Ist beim Händler. Er kennt es ja schon. Wenn es wieder hergestellt ist, werd ich es verkaufen."
Einerseits freute es Alex, dann bräuchte sie sich kein Sorgen mehr um sie zu machen, andererseits gehörte das Motorrad einfach zu

Jackie. So hatte sie Jackie kennen gelernt. Hatte sie das Recht, diese Frau zu verändern?
„Deine BMW ist irgendwie ein Teil von dir", äußerte sie ihre Bedenken.
„Wenn ich Gas geben will, nehm ich einfach deinen Porsche."
„Ich bin mir jetzt nicht sicher, ob mich diese Aussage beruhigen kann."
Jackie stand auf und räumte ihre Kleider in den Schrank. „Möchtest du das Flügelhemd ausziehen?", fragte sie mit dem Anflug eines anzüglichen Lächelns.
Jackie half ihr in ein längeres Schlafshirt. Es war gar nicht so einfach.
„Ich seh schon, das Ausziehen geht mit dir irgendwie leichter", bemerkte Alex trocken.
Jackie grinste etwas verlegen.

Nach zehn Minuten verabschiedete sie sich. „Ich lass dich jetzt in Frieden. Soll ich eigentlich deinen Eltern Bescheid geben?"
„Um Himmels willen, nein. Das mach ich nicht vor morgen." Zumindest nahm sie es sich fest vor. Aber zuerst würde sie im Restaurant anrufen und erklären, warum sie nicht gekommen waren.
„Wie du willst." Jackie küsste sie zum Abschied, strich ihr zärtlich übers Haar. „Es tut mir Leid, dass es dich erwischt hat. Ich wäre froh, es hätte stattdessen mich getroffen." Bevor Alex etwas sagen konnte, war sie schon an der Tür. „Bis morgen", hörte sie Jackie noch sagen, bevor sie die Tür hinter sich zu zog.

47

Jackie konnte noch nicht nach Hause. Sie war viel zu aufgewühlt. Sie sagte den Termin für den nächsten Tag bei ihrer Psychologin ab, sprach ihr aufs Band. In dieser Situation konnte sie sich nicht konzentrieren, Frau Speyer würde es verstehen. Danach entschied Jackie spontan, noch ihre Stammkneipe aufzusuchen. Wenn sie Glück hatte, wäre Klaus da.
Sie parkte den Porsche am Straßenrand und ging hinein.
Und hatte Glück. Klaus saß an ihrem Stammplatz, wie immer.

„Jackie, hey!" Er freute sich sehr, sie endlich mal wieder zusehen. Als Jackie das letzte Mal hier gewesen war, konnte er leider nicht kommen, hatte ein Gespräch mit seinem Chef gehabt.
Wie lange hatte sie ihn schon nicht gesehen? Es war so viel passiert seit der letzten Nacht bei ihm, als er sie getröstet und ihr am nächsten Tag geholfen hatte, sich bei Alex für ihr Verhalten zu entschuldigen. All das erschien ihr schon beinahe wie aus einem vorigen Leben.
Sie hatte sich seitdem nicht oft bei Klaus gemeldet, und wenn sie ihn angerufen hatte, hatte sie kein Wort über Alex oder ihr gemeinsames Glück verloren. Als wollte sie es noch eine Weile für sich alleine behalten. Sofort überkam sie ein schlechtes Gewissen.
„Was treibst du denn so? Wie geht's dir?", strahlte er sie an.
Jackie bestellte sich ein Bier. Es war eine fremde Frau hinter dem Tresen, Ritschie hatte offenbar frei. „Alex ist im Krankenhaus", sagte sie geradeheraus.
„Alex?" Er grinste, konnte mit diesem Namen nichts anfangen. „Ist das die Frau, die dich nachts von der Straße geklaubt hatte?"
„Ja."
„Geil. Und wie ist sie, so? Erzähl schon."
„Du hast sie schon mal gesehen."
„Wann?"
„Als du im Auto auf mich gewartet hast, als ich versucht habe, mich bei ihr zu entschuldigen."
„Was? Deine Chefin? Du verarscht mich jetzt, oder?"
„Nein."
„Deine Chefin hat dich aufgegabelt?"
Jackie nickte.
„Aber du hattest doch am Telefon gesagt, dass diese Phase bei dir vorbei wäre …"
„Hab ich nicht. Ich habe nur gesagt, die unglückliche Phase ist vorbei. Ich hab nicht erwähnt, dass die glückliche angefangen hat."
Klaus brauchte etwas Zeit um das zu verdauen. „Du hast also endlich was mit deiner Chefin? Du hast es geschafft?" Er konnte es nicht fassen.
„Wir sind zusammen", lächelte Jackie selbstbewusst.
„Und warum ist sie im Krankenhaus?"
Jackie erklärte es in knappen Worten. Erzählte von einem wunderschönen Ausflug zu zweit, der verhängnisvoll geendet war.

„Gegen Öl hast du keine Chance“, schüttelte er den Kopf. „Wäre mir auch so gegangen.“ Dann schaute er sie mit einem völlig veränderten Gesichtsausdruck an, als fiele ihm plötzlich etwas ein. „Darf ich dich mal was fragen, Jackie?“
„Klar.“
„Warum hattest du eigentlich vor ihr nie eine längere Beziehung mit einer Frau?“ Er sah sie an, direkt, wollte endlich eine Antwort auf die Frage haben, die ihn seit Jahren beschäftigte.
Jackie nahm einen großen Schluck aus ihrem Bierglas. Was sollte sie ihm darauf antworten? Klaus wusste nicht alles aus ihrem Leben. Ganz bewusst hatte sie ein bestimmtes ihres Lebens vor ihm geheim gehalten. Sie konnte nicht darüber reden, nicht mit ihm. Sie versuchte es so allgemein wie möglich zu formulieren. „Weil sie mich so genommen hat, wie ich bin. Alex ist was Besonderes.“
Das kapierte er nicht. „Das kam aber irgendwie anders rüber. Ihr wart euch doch überhaupt nicht grün.“
„Das war nur am Anfang“, grinste Jackie.
Klaus passte, als er merkte, dass sie nicht mehr Worte darüber verlieren wollte. „Dich hat's wirklich gepackt. Find ich toll, dass du so glücklich bist, du hast es wirklich verdient, Jackie.“
Sie lachte kurz auf. Wer verdiente schon sein Glück? Was hatte Alex dazu gesagt? Sie versuchte sich ihre Worte wieder ins Gedächtnis zu rufen: Glück kann man sich nicht verdienen, man bekommt es immer geschenkt.
Und plötzlich fing sie an zu weinen. Tränen bahnten sich ihren Weg ins Freie, liefen ihr über die Wangen. Es geschah einfach. Etwas in ihr brach sich den Weg nach draußen.
Klaus war bestürzt. „Hab ich was Falsches gesagt?“
„Nein“, lachte Jackie, als sie merkte, dass es Tränen des Glücks waren, hast du nicht. Weißt du, sie hat mir gerade einen Heiratsantrag gemacht. Kannst du dir das vorstellen? Sie ist kaum aus dem OP raus und fragt mich, ob ich sie heiraten möchte.“
Klaus setzte sein Bierglas wieder ab, das er eben erst angehoben hatte. Es sagte einige Zeit nichts, dann: „Die Frau schafft Fakten.“
„Ja“, sagte Jackie, während sie auf der Suche nach einem Taschentuch war, „und sie möchte Kinder mit mir.“
„Echt? Und du?“ Er war auf einmal hingerissen von dieser entschlossenen Frau, in die sich seine Freundin verliebt hatte.

„Ich möchte diese Frau und Kinder mag ich auch. Stell dir mal vor, ich hätte eine richtige Familie. Meinst du, ich wäre eine gute Mutter?“
Klaus überlegte nicht lange. „Natürlich, das wärst du“, sagte er mit Überzeugung. „Wenn du hier nicht regelmäßig versumpfst“, fügte er grinsend hinzu.
Jackie lächelte beschämt. Sie wusste selbst, dass sie in der Zeit, als sie wegen Alex so frustriert war, zu oft und zu lange hier gewesen war. Es war unverantwortlich gewesen, sich dann noch aufs Motorrad zu setzen. Was hatte sie sich nur dabei gedacht? Sie konnte sich jedoch sehr gut an das verzweifelte Gefühl erinnern, in diese Frau verliebt zu sein und absolut keine Chance zu bekommen. Sie konnte dieses vernichtende Gefühl sofort wieder abrufen und war gottfroh, dieses hinter sich gelassen zu haben. Nun hatte sie ihre Chance bekommen, sie war mit dieser Frau liiert und noch mehr: Alex hatte ihr einen Heiratsantrag gemacht. Nie wieder würde Jackie zu viel trinken und sich selbst oder andere dadurch gefährden.
„Wie ist sie eigentlich? Lerne ich sie irgendwann mal kennen?“
„Ja, klar. Hat bloß noch nicht gereicht, bisher. Aber ich kenne bereits ihre ganze Familie. Sie hat übrigens noch einen schwulen Bruder, falls dich das interessiert.“ Sie warf ihm einen bedeutungsvollen Blick zu.
„Sieht der auch so gut aus wie sie?“, fragte Klaus plötzlich zurückhaltender.
„Aha, sie gefällt dir also auch?“
„Ich glaube sie wirkt auf Männer wie auf Frauen, oder? Sie ist der Typ Frau, nach der man sich einfach umdreht.“ Seine eigenen Worte waren ihm peinlich, er wandte den Blick ab.
„Ja, das ist sie“, sagte Jackie langsam, „und ihr Bruder sieht ihr ähnlich. Aber er hat einen etwas abgehobenen Geschmack, fährt ein grünes Jaguar Cabriolet.“
„Scheint insgesamt eine etwas besser gestellte Familie zu sein.“
„Geld haben sie“, musste Jackie zugeben, das war sicher kein Problem, „aber sie sind alle völlig normal, keine Sorge.“
„Dann kannst du mich ja mal vorstellen.“
„Du wirst alle kennen lernen, spätestens an unserer Hochzeit.“
Klaus sah sie an, lächelte als er den Glanz in ihren Augen bemerkte.
„Ja, spätestens dann.“

48

Alex musste fast zwei Wochen im Krankenhaus bleiben, da war nichts dran zu ändern. Sie versuchte ihren Aufenthalt etwas zu verkürzen. Im Bett und auf dem Sofa liegen konnte sie schließlich auch zu Hause, denn nach zwei Tagen begann ihr der Aufenthalt im Krankenhaus langweilig zu werden.
Endlich bekam Alex einen anderen Gips, einen, der leichter war, mit dem sie mithilfe von Krücken gehen konnte, ohne das Bein allerdings wirklich zu belasten.
„Wir sehen uns in einem halben Jahr wieder, wenn wir die Schrauben entfernen", sagte die freundliche Ärztin zum Abschied.
„Können wir sie nicht einfach drin lassen?"
Die Ärztin lächelte beschwichtigend, sie schien Alex' Ungeduld bereits gewöhnt zu sein. „Nein, das halte ich für keine gute Idee, Frau Breitenbach. Außerdem piepst es dann bei der Flughafenkontrolle immer. Das ist doch nervig, oder?"
„Wenn Sie meinen." Alex blies sich eine Strähne aus dem Gesicht. Sie musste unbedingt mal wieder ihren Friseur aufsuchen.

Es war himmlisch, endlich wieder im eigenen Bett liegen zu können, sich auf dem eigenen Sofa zu fläzen. Keine Visite mehr, die plötzlich in ihr Zimmer stürmte, keine Putzfrau mehr, die morgens um sechs ihren Dienst begann. Alex empfand es als eine unheimliche Erleichterung, endlich wieder zu Hause zu sein.
Sie hatte während ihres Krankenhausaufenthaltes mehrmals mit Jasmin und Herrn Fischer telefoniert. Wichtige Termine wurden verschoben, ansonsten lief alles seinen alltäglichen Gang. Nächste Woche würde sie probieren, für einige Stunden ins Büro zu gehen. Zu viel war liegen geblieben, und im Sitzen würde sie ja schließlich arbeiten können.
Der Gips begann ihr äußerst lästig zu werden. Außerdem begann die Haut darunter zu jucken. Sie sehnte sich danach, wieder unter ihre Dusche gehen zu können. Das müsste doch möglich sein, wenn sie das Bein mit wasserdichter Folie einwickelte … Sie nahm sich vor, es auszuprobieren.
„Was machst du?", fragte Jackie, als sie ihr Treiben beobachtete. Alex hatte bereits sechs Abfalltüten um ihr Bein gewickelt und sie mit einer Schnur fixiert.

„Ich gehe duschen."
„Das ging aber früher irgendwie einfacher", meinte Jackie mit ironischem Lächeln. „Ich bin mir auch nicht sicher, ob du das wirklich dicht kriegst. Du weißt, dass der Gips noch ein paar Wochen dran bleiben muss, oder?"
„Ja, weiß ich. Stör mich nicht." Alex machte sich auf den Weg ins Bad. Wo waren eigentlich diese blöden Krücken, wenn man sie brauchte? Aber es ging auch so.
„Soll ich dir helfen?"
„Danke, nein."
Alex warf die Tür ins Schloss. Das wäre doch gelacht, wenn sie das nicht hinkriegen würde. Sie zog sich aus, stellte sich so unter die Dusche, dass ihr Bein möglichst wenig Wasser abbekam und drehte auf. Herrlich warmes Wasser plätscherte auf sie herab. Welch eine Wohltat, nach zwei Wochen täglicher Wäsche am Waschbecken. Sie duschte lange und ausgiebig, rasierte sich, cremte sich ein und fühlte sich wie ein neuer Mensch, als sie das Bad verließ.
Jackie hatte ihr zwei Jogginganzüge gekauft, sie hatte die Naht des linken Beins aufgetrennt und das Hosenbein nur mit Sicherheitsnadeln zusammengehalten. Damit passte das Bein samt Gips in die Hose. Es sah beinahe wieder normal aus.
Jackie grinste erfreut, als ihr Blick sie wenig später traf. „Hey, du siehst gut aus." Mit wenigen Schritten war sie bei ihr. Ihre Arme umfassten sie. „Und du fühlst dich auch gut an", fügte sie hinzu, als sie sich noch ein wenig dichter an sie schmiegte und ihre Hand über ihren Po strich. Ihre Lippen tasteten sich an ihren Hals entlang, um am Ausschnitt ihrer Fleece-Jacke zu enden.
Alex' Hände umschlossen ihren Nacken, als sie zu einem langen Kuss zu einanderfanden. Beide hatten sich darauf gefreut, wieder alleine zu sein. Es war Jackie deutlich anzumerken, so sehr hätte sie das gar nicht erwartet. Ihre Hände hungerten förmlich nach ihrem Körper.
„Meinst du, es wird gehen?", fragte sie.
Alex spürte ihren Atem an ihrem Hals. „Lass es uns ausprobieren", antwortete sie lächelnd. Es gab keinen Grund, es nicht zu versuchen. In Jackies Gesicht spiegelte sich ein Lächeln.
Sie fanden ins Schlafzimmer.
„Eigentlich schade, nachdem ich es gerade geschafft habe mich anzuziehen", meinte Alex, sei es auch nur, um ihre Partnerin zu ärgern.

„Ich helf dir auch, versprochen", sagte Jackie, deren Atmung bereits sichtlich schneller ging. Sie hatte es eilig, den Reißverschluss ihres Sweatshirts zu öffnen.
Es ging alles wider Erwarten sehr gut.
Das Ausziehen, das Anziehen.
Und das dazwischen.

49

„Ich habe den Dienstplan für den nächsten Monat und den kommenden bereits geschrieben. Könnten Sie nochmals drüber sehen?" Jasmin hatte sich außerordentlich gefreut, Alex wiederzusehen. Zwar hatte sie während ihrer Abwesenheit alles nach besten Wissen und Gewissen geregelt, aber man konnte ihr anmerken, dass sie froh war, diese Verantwortung wieder abgeben zu können.
Jackie hatte Alex für heute Nachmittag mitgenommen, es war ihr kaum möglich gewesen, sich in den Beifahrersitz zu zwängen, auch wenn man den Sitz maximal nach hinten stellte. Sie benötigten einige Zeit dazu. Das Aussteigen war nicht weniger beschwerlich und Alex fragte sich selbst, ob das mit zunehmendem Alter im Leben so ähnlich werden würde. Sie nahm ihre Krücken und ging entschlossen in Richtung ihres Büros.
Sie hatte vor, sich zuerst einen Überblick zu verschaffen und wollte dann täglich für einige Stunden wieder einsteigen, solange es ihr Bein eben zuließ. Gegen Abend schwoll es meist an, Alex konnte es an ihren Zehen sehen, merkte aber auch, wie die Spannung im Gips zunahm. Dann wurde es unangenehm und sie musste ihr Bein hochlegen.
Sie merkte, wie sie immer ungeduldiger mit diesem Handicap wurde. Längst wollte sie wieder richtig durchstarten, es ging aber nicht. Nicht so, wie sie es wollte. Einfach nicht schnell genug. Warum konnte man einen Gips nicht einfach wieder entfernen, wenn man einen Knochen verschraubt hatte? Das musste doch wohl ausreichend halten!
Sie versuchte, sich auf die Dienstpläne zu konzentrieren, die Jasmin ohne sie bereits im EDV-Programm erstellt hatte. Sie musste einige Korrekturen vornehmen, da die Ruhezeiten nicht eingehalten wur-

den und Jasmin die Abwesenheitszeiten der Mitarbeiterinnen nicht eingeplant hatte, deren Fortbildung Alex bereits genehmigt hatte. Nach einer Stunde hatte sie jedoch alles soweit berichtigt, dass sie den Plan zum Aushang freigegeben konnte.

Den Plan für den Folgemonat schickte sie gleich hinterher. Ihre Mitarbeiterinnen tauschten die Dienste sowieso spontan, wenn sie frei brauchten. So viel Flexibilität hatte Alex ihrem Personal schon immer eingeräumt. Ein Tauschvorgang musste lediglich von ihr selbst oder von Jasmin genehmigt werden.

Sie war gerade dabei, die Pläne auszudrucken, als ihr Geschäftsführer, Herr Fischer ihr Büro betrat.

„Wie geht es Ihnen?“, fragte er, ohne sie zu grüßen. Als Alex nur lächelte, fiel es ihm auf.

„Oh, ich meine Guten Tag, erstmal. Was macht denn Ihr Bein? Können Sie denn überhaupt arbeiten?“

„Hallo, Herr Fischer. Ich mache nur soviel, vie es mir möglich ist. Ich wollte aber unbedingt mal meinen Schreibtisch sichten.“

„Ja, ja. Das ist gut. Aber übernehmen Sie sich nicht dabei.“

Warum glaubte eigentlich jeder, sie in Watte packen zu müssen, nur weil sie nicht in der Lage war, richtig von einem Motorrad abzusteigen?

„Es geht mir gut. Keine Sorge“, stellte Alex richtig.

Herr Fischer räusperte sich. „Ich weiß jetzt nicht, ob es der richtige Zeitpunkt ist …“, begann er wieder etwas steif.

Alex war aufmerksam geworden, diesen Tonfall kannte sie bereits. Sie zog interessiert eine Augenbraue hoch und sah ihn fragend an. Das verunsicherte ihn noch mehr.

„Ich meine … Würde es Ihnen etwas ausmachen, einfach Norbert zu mir zu sagen?“

Alex benötigte ihre ganze Selbstkontrolle, um jetzt nicht loszuprusten. Sie schluckte das Lachen hinunter, ließ lediglich ein kleines Lächeln an die Oberfläche durchkommen und antwortete ihm herzlich: „Aber gerne. Ich bin Alexandra.“

Er lächelte, als wäre er erleichtert.

Eigentlich ein wirklich netter Kerl, dachte sich Alex.

„Tja dann. Mach heute nicht zu viel. Ich habe den Mitarbeitern des Seniorenheims gegenüber so etwas wie eine Fürsorgepflicht, und ich bin mir sowieso nicht sicher, ob ich es dulden darf, dass jemand arbeiten kommt, der eigentlich noch wochenlang krank geschrieben ist.“

„Das geht. Man braucht keine Gesundschreibung. Es liegt im Ermessen des Mitarbeiters, zur Arbeit zu gehen oder nicht, laut Tarifvertrag", entgegnete Alex amüsiert. Als sie sein unschlüssiges Gesicht sah, ergänzte sie: „Ist schon okay. Wirklich."
Daraufhin zog er beruhigt wieder ab.
„Schön, dass du wieder da bist", sagte er noch zu ihr, als er bereits halb durch die Tür getreten war. Es hörte sich noch etwas ungewohnt an, aber das würde sich geben mit der Zeit.
Alex grinste immer noch, auch als sie bereits damit begann die Post auf ihrem Schreibtisch zu öffnen.

„So, die können Sie ans schwarze Brett hängen", sagte Alex später zu Jasmin, als sie nochmals in ihr Büro kam. Sie selbst würde den langen Weg zur Pflegestation noch nicht auf sich nehmen.
Jasmin griff nach den Plänen, zog sich einen Stuhl vom Besuchertisch heran und nahm unaufgefordert neben ihr Platz. Sie lächelte Alex an und meinte: „Schön, dass Sie wieder da sind."
„Ah, ja?", war alles, was Alex dazu einfiel. „Dankschön."
„Hab ich Ihnen eigentlich erzählt, dass ich seit drei Wochen mit jemandem zusammen bin?", fragte Jasmin und strahlte sie unverblümt an.
Alex konnte sich keinen Grund denken, warum sie das wissen sollte oder warum sie das überhaupt etwas anging, aber Jasmin redete weiter: „Es ist eine Frau, eine ganz süße, mit braunen, halblangen Haaren ..."
Musste sie darüber informiert werden?
„... und wissen Sie was? Manchmal hat sie so einen ähnlichen Blick drauf wie Sie."
Alex hatte das Gefühl, dass ihr irgendetwas entglitten war. Sie versuchte sich diese plötzliche Vertrautheit zu erklären. Jasmin bemerkte ihre Irritation gar nicht. Sie plauderte unbekümmert fort:
„Es wäre wirklich eine tolle Idee, wenn Jackie und Sie hier in der Cafeteria Ihre Hochzeit feiern würden. Das würde uns alle unheimlich freuen."
Alex riss die Augen auf. Von was sprach diese Frau?
Jasmin ließ sich in ihrer guten Laune nicht beeinträchtigen. Sie fragte wie nebenbei: „Kommen Sie morgen auch so um die Mittagszeit?"
„Ja", sagte Alex, „wenn Jackie Spätschicht hat, wird sie mich mitnehmen", bemüht um einen geschäftsmäßigen Tonfall.

„Schön. Bis dann." Jasmin nickte ihr freundlich zu, stand auf und verließ ihr Büro.
Alex blickte wie hypnotisiert auf ihren Schreibtisch.
Was war hier eigentlich alles passiert, während ihrer Abwesenheit? Sie musste mit Jackie reden.

Sie rief sich ein Taxi, um nach Hause zu kommen. Mehr als drei Stunden hatte sie nicht geschafft, ihr Bein schmerzte. Sie konnte auch keine Hausarbeit verrichten, sondern musste es erst einige Zeit hoch legen. Alex merkte wieder, dass es sie nervte, nicht so agieren zu können wie sie gerne wollte. Sie mahnte sich selbst zu mehr Geduld und drückte auf die Fernbedienung. Es kam irgendein Tierfilm, sie sah gar nicht genau hin. Nach wenigen Minuten war sie eingeschlafen.
Sie erwachte nach einer Dreiviertelstunde, erfrischt, aber verwundert. Wie konnte sie schon wieder schlafen? Die paar Stunden im Büro mussten sie mehr angestrengt haben, als sie sich eingestehen wollte. Aber ihr Bein schmerzte nicht mehr.
Sie stand auf, machte sich ein paar Brote und überlegte, was sie heute noch kochen konnte. Der Kühlschrank war voll. Jackie hatte gut vorgesorgt. Ein warmes Gefühl überkam sie. Jackie dachte immer mit, erledigte viel, ohne es überhaupt zu erwähnen. Nur müssten sie jetzt mal das Finanzielle regeln. Es ging nicht an, dass Jackie immer mit ihrem Geld einkaufen ging, aber sie hätten heute Abend sowieso noch etwas zu bereden.
Das Gespräch mit Jasmin war Alex Wort für Wort gegenwärtig geblieben.
Ob Jackie das wirklich wollte – sie heiraten?

Alex sah sich gerade die Tagesthemen an, als Jackie endlich auftauchte.
„Und wie erging es dir? Hat es geklappte?", erkundigte sie sich nach ihrem ersten Arbeitsversuch.
„Ging so. Eigentlich hatte ich vor mehr zu tun. Aber nach guten drei Stunden hatte ich bereits genug."
„Was hast du denn erwartet? Dass du einen ganzen Arbeitstag aushältst? Du bist nicht umsonst noch vier Wochen krank geschrieben."
Alex äußerte sich nicht dazu, fragte dafür das, was sie die ganze Zeit beschäftigte. „Du willst wirklich im Seniorenzentrum feiern?"

Jackie hielt inne, war überrascht, dass sie es bereits wusste, lachte kurz auf, als sie ihr Gesicht sah. „Du brauchst jetzt nicht in Panik zu verfallen, Alex."
„Tu ich nicht", stritt sie ab.
Jackie setzte sich zu ihr aufs Sofa und küsste sie. „Es war die Idee unserer Köchin. Sie hat mich darauf angesprochen."
„Sie hat was?"
„Ja, letzte Woche, beim Mittagessen. Sie hat gesagt, für den Fall, dass ich dich heiraten sollte, würde sie uns ein großes Büffet zusammenstellen. Ist das nicht süß?"
Alex brauchte etwas Zeit, um das auf sich wirken zu lassen. Das konnte sie sich gut vorstellen, dass ihre Köchin Inge so etwas vorschlug. Sie stand mit Leib und Seele in ihrem Beruf und es war ihr wichtigstes Anliegen, zum Wohlbefinden aller beizutragen. Außerdem verstand sie ihr Handwerk. Alex hatte keine Bedenken, dass sie einer Hochzeitsgesellschaft nicht gewachsen sein könnte.
Je länger sie darüber nachdachte, umso passender fand sie die Idee. Außerdem hatte sie Jackie das Recht eingeräumt, zu entscheiden, wann und wo und wie. Dazu stand sie nach wie vor, sie würde alles mitmachen. Sie grinste plötzlich.
„Was amüsiert dich daran?"
„Du weißt, dass ich Zeiten hatte, wo ich das Private noch streng vom Beruflichen trennte?"
„Tja, das scheint sich wohl gerade etwas zu verändern", lachte Jackie.
„Ja, das sehe ich auch so. Essen steht übrigens auf dem Herd. Nimm dir, wenn du Hunger hast."
„Du solltest dich nicht verausgaben."
„Mach ich nicht. Aber Kochen und etwas Aufräumen kann mir keiner verbieten, du auch nicht."
Jackie lud sich hungrig den Teller voll und ließ sich stöhnend neben sie aufs Sofa fallen. „Würde mir nicht im Traum einfallen."

Sie sahen gemeinsam etwas im Fernsehen, mehr so nebenbei, bis Jackie sie fragte:
„Wenn dein Gips weg ist, heiraten wir dann?"
Das kam jetzt wirklich überraschend. Alex musste Luft holen, bevor sie antworten konnte. „Wie wäre es mit einer Vorlaufzeit von mindestens sechs Wochen? Wegen den Einladungen und der Planung

und so?", warf sie ein, in der plötzlichen Gewissheit, dass es trotzdem noch stressig werden würde.
„Okay", willigte Jackie ein. „Ich hab übrigens eine Pfarrerin gefunden, die uns trauen würde in einer ganz goldigen Kapelle, nicht weit von hier. Das Formelle können wir auf dem Standesamt vor Ort regeln. Ich hab' mit dem Standesbeamten schon telefoniert."
Alex war völlig baff. So viel Initiative hätte sie ihr gar nicht zugetraut.
Aber Jackie legte noch nach: „Wie möchtest du nachher heißen? Nur Breitenbach oder Breitenbach-Becker?"
„Wie wäre es mit Becker-Breitenbach? Das spricht sich irgendwie leichter", meinte Alex, krampfhaft versucht, sich ihre Verblüffung nicht anmerken zu lassen.
„Da hast du auch wieder Recht", gab Jackie zu, stand auf und holte sich noch etwas zu essen.
Nach weiteren zehn Minuten waren sie sich bereits einig, wo sie heiraten, wer sie trauen würde, bei welchem Lokal sie für die Verwandtschaft zum Mittagessen anfragen und dass sie zum Kaffee und zum Abendessen tatsächlich die Cafeteria des Seniorenzentrums buchen würden. Da gäbe es dann auch genügend Platz zum Tanzen und für die Band.
„Ich frag Inge, ob der Termin bei ihr passt. Dann reicht es noch mit den Einladungen, oder?"
„Ja", nickte Alex, „und wer keine Zeit hat, kann ruhig wegbleiben." Sie lehnte sich entspannt zurück. „Aber ich schätze mal, sie werden alle kommen. Meine gesamte Verwandtschaft."
„Ich freu mich schon." Jackie freute sich wirklich auf die gesamte Sippe.
Das wären, wenn man nur den innersten Kern ihrer Verwandtschaft einlud, ungefähr sechzig Gäste, dazu Jackies Verwandtschaft, die zahlenmäßig weit unterlegen war, dazu kämen noch die Freunde und die enge Bekannten, Alex ging grob von einhundert Gästen aus. Eventuelle Mitarbeiter nicht mit gerechnet. Da wurde es ihr beinahe etwas mulmig, Jackie jedoch störte sich nicht daran. Alex registrierte zum wiederholten Mal ihre Familientauglichkeit. Und wieder ertappte sie sich bei dem Wunsch, mit ihr zusammen Kinder zu haben. Jackie hatte alles, was sie dazu brauchte: Geduld, Durchhaltevermögen, Humor, Zärtlichkeit. Sie lächelte sanft, als sie sich an sie lehnte.

„Ich liebe dich. Weißt du das?"
„Ich bin dabei, es zu verinnerlichen", hauchte Jackie ihr leise ins Ohr.
Alex lachte. Das hatte sie bemerkt.

„Ich sollte dir noch etwas sagen", fing Jackie beim Frühstück nebenbei an. Alex sah von ihrer Zeitung hoch, so halb. Eigentlich las sie den Artikel weiter.
„Ich habe eine Therapie begonnen."
„Ach, ja?" Die eintretende Ruhe ließ sie stutzen. Was hatte Jackie da gesagt? Alex sah auf, ihre Blicke begegneten sich. „Was machst du?", fragte Alex.
„Ich habe eine Therapie begonnen", wiederholte Jackie.
Sie machte keine Witze. Es war ihr Ernst. Sie sah ganz entspannt aus, als sie es sagte. Schlagartig begriff Alex, was sich bei ihrer Partnerin verändert hatte.
„Seit wann?"
„Seit sechs Wochen."
„Warum hast du es mir nicht gesagt?"
Jackie zuckte mit den Schultern. „Ich wusste nicht, ob es klappen würde."
„Du hast das ganz allein begonnen?" Und sie hatte es noch nicht einmal bemerkt. Alex war erschüttert.
Jackie lächelte sie beruhigend an. „Ich hab's ja geschafft. Ich hab mich überwunden hinzugehen. Reg dich nicht auf."
„Ich rege mich nicht auf, aber hätte ich dich nicht begleiten können, oder dir irgendetwas helfen, oder …"
„Es ist meine Sache. Ich wollte sehen, ob ich es schaffe, und du weißt es ja jetzt. Zukünftig kannst du mich begleiten, wenn du möchtest."
Alex musste sich sortieren, sie war völlig konfus. Woher hatte Jackie plötzlich den Mut und die Kraft genommen, sich mit diesem Berg auseinanderzusetzen, den sie bereits ihr Leben lang mit sich herum schleppte? Sie spürte ein Schuldgefühl in sich aufsteigen, weil sie ihr dabei nicht geholfen hatte. „Warum hast du es mir nicht gesagt?", fragte sie wieder. Diesmal verzweifelter.
Jackie stand auf. Kam zu ihr herüber, setzte sich mit gespreizten Beinen auf ihren Schoß. „Du hast mir schon genug geholfen, Alex. Ohne dich hätte ich das nie angepackt."

Alex spürte, wie Tränen ihr emporstiegen und sich einen Ausgang verschafften. „Aber ich hab gar nichts …"
Jackie küsste sie zärtlich, versuchte sie zu beruhigen. „Ohne dich Alex, wäre ich das Thema nie mehr angegangen. Aber es ist gut, dass ich es gewagt habe. Es fühlt sich gut an, wirklich gut." Dann küsste sie sie wieder. „Aber demnächst kannst du mich mal zu meiner Therapeutin hin fahren oder wieder abholen, oder wie auch immer. Aber es wird erst nach unserer Hochzeit sein. Du solltest es auf jeden Fall wissen."
„Sie hat gesagt, du sollst es mir sagen, nicht wahr?"
„Ja!", gab Jackie zu.
„Du hättest mir von dir aus nichts erzählt?"
„Doch, aber später." Jackie strich ihr eine Haarsträhne aus dem Gesicht, stand wieder auf. „Möchtest du noch Kaffee?"
Alex schnäuzte sich in ihre Serviette, sah ihre Frau an, unfähig etwas zu sagen.
Jackie goss ihr ein, auch ohne eine Antwort.

50

In der Woche darauf gingen sie gemeinsam hinüber zur Kantine. Sie hatten mit der Köchin einen Termin vereinbart, um das Büffet zu planen.
Inge nahm Jackie sofort in den Arm, kaum dass sie eingetroffen war. „Meine Jackie. Mensch, das freut mich ja." Sie drückte sie so fest, dass Jackie sich lachend befreien musste.
„Bring mich nicht um. Ich will meine Hochzeit noch erleben."
„Ja", sagte Inge, und mit Verwunderung traf ihr Blick auf Alex, „ja, das hätte ich nicht gedacht, wenn ich ehrlich bin."
Alex fragte nicht nach, warum, es war auch nicht nötig. Inge sagte es von sich aus.
„Ich hab ja immer darauf gewartet, dass Sie und der Herr Geschäftsführer etwas miteinander anfangen."
„Ach ja?", war alles, was Alex darauf sagen konnte. Warum nahm das jeder an? Weil er nicht verheiratet war und sie miteinander zum Mittagessen gingen? Reichte so etwas schon für diese Annahme?

„Wissen Sie, ich hab Sie immer so eingeschätzt … Nun, Sie sind eben ganz die Chefin ... und Jackie ist so ganz anders als Sie …" Inge winkte ab, als sie merkte, dass sie sich in Einzelheiten verzettelte. „Auf jeden Fall freut es mich riesig und ich mach Ihnen das beste Büffet aller Zeiten." Um ihre Worte zu verstärken, klatschte sie in die Hände, als könne sie es kaum erwarten, damit zu beginnen.
Sie setzten sich alle drei in ihr Büro und Inge machte ihnen einen Vorschlag nach dem anderen. Alex war von allem begeistert, Jackie ebenso. Sie überließen es letztendlich der Köchin, alles zusammenzustellen und legten sich lediglich auf zirka einhundert Gäste fest.
Inge meinte abschließend: „Auf zwanzig mehr oder weniger kommt es nicht an."
Sie verließen die Kantine mit einem wirklich guten Gefühl. Alex wunderte sich wieder über sich selbst. So etwas hätte sie früher nie gemacht. Berufliches und Privates waren hier nicht mehr auseinanderzuhalten, und sie musste sich eingestehen: Es gefiel ihr.

Die Mitarbeiterinnen freuten sich über ihr gemeinsames Glück. Das konnte sie ganz deutlich wahrnehmen, als sie am nächsten Tag nach Wochen die Pflegestation wieder betrat. Sie musste immer noch an ihren Krücken gehen und es gab niemanden, der sie nicht freundlich angesprochen hätte und ihr alles Gute wünschte.
Alex nahm an der Übergabe teil, die diesmal überraschend kurz ausfiel. Danach kam das Thema ziemlich schnell auf ihre geplanten Feierlichkeiten.
„Es gibt auch griechische Spezialitäten", entschied Aslan, in einem Tonfall, der keine Widerrede duldete. „Ich habe schon mit Inge gesprochen. Es gibt gute griechische Aufläufe und Fleisch und gefüllte Auberginen und … Ah, lass dich überraschen. Es wird lecker."
Alex war sich nicht sicher, ob Aslan sie selbst oder Jackie angesprochen hatte.
„Und es gibt griechische Mokka", bestimmt Aslan abschließend.
Alex nahm schon an, das sei ihr letztes Wort in dieser Angelegenheit gewesen, als sie noch hinzufügte: „Und ich bin Trauzeuge. Das hab ich Jackie schon gesagt."
Alex wechselte einen schnellen Blick mit Jackie, diese saß ganz entspannt in der Ecke des Raums auf der Arbeitsfläche, entgegen der Hygienevorschrift, wie Alex nebenbei bemerkte, und warf ihr einen belustigten Blick zu. „Ich finde die Idee wirklich gut", sagte

sie und warf Alex noch einen Blick zu, diesmal einen eindringlichen.
Diese erinnerte sich auch sofort wieder an ihr Versprechen, dass Jackie alles in Bezug auf die Hochzeit entscheiden durfte, und nickte nur.
„Weißt du", begann Aslan zu erklären, „ich war die Erste, die gemerkt hat, dass da etwas läuft mit Jackie und unserer Chefin und so … Ich hab' ihr immer ins Gewissen geredet, dass es jetzt ernst ist. Aber es hat ja geklappt." Dann wandte sie sich direkt an ihre Wohnbereichsleitung. „Du hast dich geändert, Jackie. Hast Glück gehabt. Sonst hättest du was erleben können", drohte sie mit deutlicher Geste.
Wohlwollendes Lachen erfüllte den Raum, Alex nahm es mit Erleichterung wahr. Jeder kannte Aslan schließlich gut genug, um ihre Äußerungen bewerten zu können.
Ja, Jackie hatte sich geändert. Das musste sie zugeben. Sie hatte den Mut gefunden, sich wirklich auf einen Menschen einzulassen, mit ihrer ganzen Geschichte, die sie mit sich herumtrug.
Alex war furchtbar stolz auf sie. Ihre Partnerin hatte Mut bewiesen, das war nicht zu leugnen, sie war in der Tat eine taffe Frau. Alex sah zu ihr hinüber und ihre tiefblauen Augen erwiderten liebevoll ihren Blick.
Es würde schon alles gut über die Bühne gehen, sagte sie sich.

Nach zwei weiteren Wochen wurde endlich ihr Gips entfernt. Alex fieberte diesem Termin entgegen. Die Haut juckte mittlerweile so unangenehm, dass sie nicht nur genervt war, sondern beinahe unausstehlich.
Jackie fuhr sie in die Klinik, zur ambulanten Chirurgie. Sie mussten nicht lange warten und es dauerte keine drei Minuten und die Gipsschale war weg. Alex ertappte sich bei dem Gedanken, dass sie sie sich mit der Haushaltsschere hätte ja auch schon früher behelfen können.
Sie betrachtete ihr Bein äußerst kritisch. Dass Muskulatur so schnell abbaute, war ihr nicht bewusst gewesen. Das verletzte Bein sah viel dünner aus als früher und eine deutliche, rote, lange Narbe verunzierte ihren Unterschenkel.
Na, ja, das wird sich wohl noch etwas abschwächen, mit der Zeit, tröstete sie sich.

Die ersten Schritte fühlten sich merkwürdig an. Das Bein war plötzlich so leicht, aber auch so schwach.
Jackie fuhr sie wieder nach Hause, musste dann aber auf Station.
Alex ging als Erstes duschen.
Als sie eine dreiviertel Stunde später aus dem Bad kam, war sie wieder normal gekleidet. Endlich passte sie wieder in alle ihre Hosen. Sie konnte keinen Jogginganzug mehr sehen.
Sie genoss es, ihre engste Jeans wieder zu tragen, hatte dazu eine Bluse mit passender Weste gewählt und ging den Flur auf und ab um sich wieder ans Gehen zu gewöhnen.
Nach zehn Minuten nahm sie auf dem Küchenstuhl Platz.
Es ging wieder, stellte sie befriedigt fest.
Dann wurde ihr klar, dass sie in drei Wochen heiraten würden. Ihr Magen meldete sich mit einem leichten Ziehen und sie gestand sich ein, dass sie jetzt schon nervös war.

Jackie schien das alles viel lockerer zu nehmen. Sie kam gut gelaunt vom Dienst und erzählte, was die Mitarbeiter als Programm so planen, wer sich alles angeboten hatte, Kuchen zu backen und Alex merkte immer mehr, wie ihr die Planung ohne sie stattfand, wie sich alles immer mehr verselbstständigte. Sie nahm sich vor, alles möglichst entspannt auf sich zukommen zu lassen.

„Hallo, mein Schatz“, hatte ihre Mutter abends am Telefon geflötet, „wie viele Kuchen soll ich denn machen, und welche? Soll ich noch etwas anderes mitbringen?“
Alex sah sich außerstande, auf diese Frage zu antworten. „Ich geb dir mal Jackie“, hatte sie gesagt und den Hörer an ihre Liebste weitergereicht. „Deine Schwiegermutter!“
Jackie hatte nur gegrinst und sich dann ausgiebig mit ihrer Mutter über den bisherigen Stand der Planungen unterhalten. Alex las solange die Zeitung.
Nach einer halben Stunde waren die beiden Frauen endlich fertig mit telefonieren und Jackie kam wieder ins Wohnzimmer. Ihr Blick streifte Alex, die Zeitung, die sie demonstrativ vor sich hielt.
„Aber du möchtest mich schon noch heiraten, oder?“, fragte sie wie beiläufig.
„Ja, möchte ich“, bekräftigte Alex, „auf einer einsamen Berghütte, oben in den Wolken.“

Jackie schmiegte sich zärtlich an sie, küsste liebevoll ihren Hals. „Du musst keine Angst haben. Du wirst sehen, es wird ein berauschendes Fest. Wenn wir vom Seniorenzentrum etwas können, dann ist es Feiern." Ihr strahlendes Lächeln nahm Alex alle Unsicherheit, zumindest für den Augenblick. Aber Jackies sanfte und behutsame Hände schafften es an diesem Abend noch, alle ihre Bedenken endgültig zu vertreiben und abzuschalten.

51

Es war soweit.

Der Tag war da.

Alle Verwandten auch. Es war ein wahnsinniges Gewimmel und Gelärme in ihrem sonst so ruhigen Haus. Alles rief durcheinander, jeder musste plötzlich noch dringend irgendwelche letzten Vorbereitungen treffen. Kater Moritz war vor so viel Aktionismus geflüchtet. Alex konnte ihn nirgendwo finden. Es war nicht zum Aushalten mit dieser Familie.

Jackie aber sah umwerfend aus.

Nach eingehender Diskussion, was sie am besten tragen sollten, und nachdem Alex sich entschieden geweigert hatte, ein Kleid anzuziehen, entschlossen sie sich beide für einen eleganten Damenanzug, dem Jackie durch die Weise, wie sie ihn trug und wie sie ihn kombinierte, eine besonders saloppe Note abrang. Alex Art war hingegen ein Tick klassischer.

Am Ende besahen sie sich im Spiegel, grinsten beide erfreut und waren äußerst zufrieden mit dem Anblick, der sich ihnen bot.

Jackie war immer noch kein bisschen nervös. Im Gegenteil. Sie betrachtete amüsierte das Treiben um sie herum. Alex konnte es nicht fassen.

Sie waren zu spät dran, als sie endlich das Haus verließen. Der Großteil der Sippe war bereits zur Kapelle vorgefahren, wo die Pfarrerin auf sie wartete. Nur ihr Vater, ihre Mutter und ihr Bruder warteten noch auf sie.

Alex schaute zum Himmel empor. Die Sonne kam nur zeitweise durch, die Wolken wurden vom aufkommenden Wind zunehmend zerrissen. Bis heute Nachmittag jedoch würde es warm und sonnig werden.

Das ungestüme Wetter passte zu ihrer Stimmungslage.
Alex nahm die Hand ihrer Frau. Ihre Finger verschränken sich ineinander. Sie betrachtete diese liebevollen Hände, mit ihren kurzen Fingernägeln, die ihr damals schon aufgefallen waren, bei Jackies erstem, verzweifeltem Vorstoß, sich ihr zu nähern. Ein schlechtes Gewissen überkam sie.
„Ich hätte damals schon auf deinen ersten Annäherungsversuch eingehen sollen, dann hätten wir uns einiges ersparen können, nicht wahr?“
„Stimmt, das hättest du tun können. Aber dafür habe ich jetzt ein Leben lang Zeit, mich an dir zu rächen.“
Jackies Lächeln war bezaubernd, sie umfasste Alex’ Schultern und zog sie mit zum Cabrio ihres Bruders. Er würde sie fahren.
Es war soweit.

13068481R00114

Printed in Poland
by Amazon Fulfillment
Poland Sp. z o.o., Wrocław